Edgar Rice Burroughs

TARZAN und der Schatz von Opar

Edgar Rice Burroughs wurde am 1. September 1875 in Chicago geboren. In den Jahren von 1912 bis zu seinem Tode im Jahre 1950 schrieb er über 50 Romane und eine Vielzahl von Kurzgeschichten. Besondere Fähigkeiten entwickelte er beim Schreiben von Abenteuerbüchern, die aufgrund ihres chronologischen Aufbaus beliebig viele Fortsetzungen ermöglichten, wobei die Hauptfiguren gleich blieben und somit zu Seriengestalten wurden. Besonders die TARZAN-Geschichten wurden so berühmt und populär, daß sie als Vorlage für mehrere Verfilmungen dienten.

Edgar Rice Burroughs

TARZAN
und der Schatz von Opar

KVL

KRANICHBORN VERLAG LEIPZIG

Aus dem Amerikanischen übersetzt von Franziska Willnow
Titel der Originalausgabe: TARZAN AND THE JEWELS OF OPAR

1. Auflage

ISBN 3-930040-13-1

Belgier und Araber

Leutnant Albert Werper hatte es dem Gewicht des Namens zu verdanken, den er entehrt hatte, daß er der Entlassung in Unehren nur knapp entkam. Zuerst war er dankbar und ergeben, daß man ihn auf diesen gottverlassenen Posten in den Kongo schickte und nicht vors Kriegsgericht brachte, wie er es eigentlich verdient hatte. Aber nach sechs eintönigen Monaten in der entsetzlichen Isolation und Einsamkeit hatte sich seine Meinung geändert. Der charakterschwache und unausgeglichene junge Mann brütete ständig über sein Schicksal. Tagelang erging er sich in krankhaftem Selbstmitleid, so daß schließlich seine Dankbarkeit in Haß umschlug gegenüber denjenigen, die ihn hierher geschickt und ihm die schmachvolle Degradierung erspart hatten.

Er trauerte dem ausgelassenen Leben in Brüssel nach und vergaß völlig, welche Skandale ihn der amüsantesten aller Hauptstädte entrissen hatten. Mit der Zeit konzentrierte sich sein Groll auf den Vertreter jener Staatsgewalt, die ihn hierher verbannt hatte – seinen Hauptmann und direkten Vorgesetzten im Kongo.

Dieser war ein kühler, wortkarger Mann, dem seine unmittelbar Untergebenen wenig Liebe entgegenbrachten, aber der dennoch von den dunkelhäutigen Soldaten des kleinen Kommandos respektiert und gefürchtet wurde.

Abends saß Werper meistens stundenlang mit seinem Vorgesetzten auf der Veranda ihrer gemeinsamen Unterkünfte und starrte ihn an. Sie rauchten ihre Zigaretten in einer Stille, die keiner von ihnen zu unterbrechen wünschte. Schließlich nahm sein sinnloser Haß krankhafte Züge an. Er deutete das für den Hauptmann typische Schweigen als Absicht, ihn wegen seiner früheren Vergehen zu beleidigen, und schäumte innerlich, da er glaubte, sein Vorgesetzter verachte ihn, bis eines Abends das Verhängnis seinen Lauf nahm. Er tastete nach dem Revolver an seiner Hüfte, sprang auf und schrie mit wutverzerrtem Gesicht:

„Sie haben mich zum letzten Mal beleidigt! Ich bin Offizier und Gentleman. Ich lasse mir das nicht länger ungestraft von Ihnen gefallen, Sie Schwein!“

Erstaunt blickte der Hauptmann seinen Untergebenen an. Er hatte schon oft Männer gesehen, die der Dschungel, die Einsamkeit, das endlose Nachdenken und vielleicht auch etwas Fieber wahnsinnig gemacht hatte.

Er erhob sich und wollte Werper die Hand auf die Schulter legen. Beruhigende Worte lagen ihm auf den Lippen, aber sie wurden nie ausgesprochen.

Denn dieser dachte, er wolle handgreiflich werden, richtete den Revolver auf das Herz des Hauptmanns und drückte ab, noch ehe der andere auch nur einen Schritt getan hatte. Lautlos sank er auf die groben Dielen der Veranda. In dem Moment wich der Nebel, der Werpers Verstand getrübt hatte, so daß er sich und seine Tat vor Augen hatte, wie seine Richter sie sehen würden.

Von den Soldatenunterkünften ertönte aufgeregtes Geschrei, er hörte, wie jemand hergerannt kam. Sie würden ihn festnehmen und, sofern sie ihn nicht töteten, einem ordentlichen Militärgericht im Süden des Kongo übergeben, das mit ihm genauso verfahren würde, wenn auch auf zivilisiertere Art und Weise.

Werper wollte nicht sterben. Nie zuvor hatte er das so stark empfunden wie in diesem Moment, als er das Recht auf sein Leben unwiderruflich verwirkt hatte. Die Männer kamen näher. Was sollte er tun? Er blickte um sich, als ob er etwas finden könne, mit dem sich sein Verbrechen rechtfertigen ließ; jedoch sah er nur den Körper des Mannes, den er grundlos erschossen hatte.

Verzweifelt wandte er sich um und stürzte vor den herbeieilenden Soldaten davon. Er rannte quer durch das Lager, den Revolver noch fest in der Hand. Die Wache am Tor hielt ihn an. Ohne eine Erklärung vorzubringen oder seinen Rang zu nutzen, hob Werper seine Waffe und schoß den unschuldigen Schwarzen nieder. Einen Augenblick später hatte er das Tor aufgerissen und war in der Dunkelheit des Dschungels verschwunden, aber nicht ohne das Gewehr und den Munitionsgürtel des Toten an sich genommen zu haben.

Werper floh die ganze Nacht immer tiefer in die Wildnis. Ab und zu brachte ihn das Gebrüll eines Löwen zum Stehen, dann lauschte er kurz, stürzte aber bald mit geladenem und schußbereiten Gewehr weiter. Er hatte mehr Furcht vor den Menschen, die ihn verfolgten, als vor den Raubtieren der Wildnis.

Schließlich dämmerte es, doch der Mann schleppte sich vorwärts. Der Gedanke an eventuelle Gefangenschaft verdrängte jedes Gefühl von Hunger und Erschöpfung. Er dachte nur ans Entkommen. Er wagte weder zu essen noch sich auszuruhen, um vor jeder Verfolgung sicher zu sein. So taumelte er weiter, bis er zu guter Letzt abgehetzt und ohnmächtig zu Boden sank und nicht mehr aufstehen konnte. Er wußte nicht, wie lang er unterwegs war, versuchte auch nicht, es herauszufinden. Er hatte seine Grenzen erreicht.

So fand ihn Achmet Zek, der Araber. Seine Leute wollten den Körper ihres Erzfeindes zunächst mit einem Speer durchbohren; aber Achmet war dagegen. Zuerst würde er den Belgier verhören, und man konnte einen Mann schließlich nur ausfragen, bevor man ihn tötete.

Er ließ den Gefangenen in sein Zelt bringen und ihm von Sklaven kleine Mengen Wein und Nahrung einflößen, bis er das Bewußtsein wiedererlangte. Werper öffnete die Augen und fand sich von unbekannten Schwarzen umgeben. Draußen vor dem Zelt stand ein Araber. Nirgendwo waren die Uniformen seiner Soldaten zu entdecken. Der Araber wandte sich um, und als er sah, daß der Gefangene erwacht war, kam er ins Zelt.

„Ich bin Achmet Zek", sagte er. „Wer bist du, und was hast du in meinem Land zu suchen? Wo sind deine Soldaten?"

Achmet Zek! Werpers Augen weiteten sich, ihm schwand der Mut. Er war in die Fänge eines der schlimmsten Verbrecher geraten – eines Mannes, der alle Europäer haßte und insbesondere jene in belgischer Uniform. Jahrelang hatte die Armee von Belgisch Kongo einen ergebnislosen Krieg gegen ihn und seine Bande geführt – einen Krieg, in dem von keiner Seite Gnade gewährt oder erwartet wurde.

Mit einem Mal sah er aber in Achmets Haß auf die Belgier einen schwachen Hoffnungsschimmer. Auch er war ein Ausgestoßener und Gesetzesbrecher. So weit hatten sie also gemeinsame Interessen, und Werper entschied, darauf zu setzen, was es auch bringen mochte.

„Ich habe von euch gehört", erwiderte er. „Ich habe euch gesucht. Mein Volk hat sich gegen mich verschworen. Ich hasse es. Jetzt noch suchen seine Soldaten nach mir, um mich zu töten. Ich wußte, daß ihr mich schützen würdet, da ihr sie auch bekämpft. Als Gegenleistung will ich bei euch dienen. Ich bin ein ausgebildeter Soldat. Ich kann kämpfen. Eure Feinde sind auch meine Feinde."

Achmet Zek schaute den Europäer schweigend an. Ihm gingen viele Gedanken durch den Kopf, und unter anderem auch der, daß der Ungläubige lüge. Natürlich bestand die Möglichkeit, daß er die Wahrheit sagte; wenn ja, dann war sein Vorschlag bedenkenswert – man konnte nie zuviel Krieger haben –, besonders Weiße mit der Ausbildung und den militärischen Kenntnissen eines europäischen Offiziers.

Achmet Zek runzelte die Stirn, und Werper verlor schon die Hoffnung, aber er wußte nicht, daß Achmet Zek die Stirn runzelte, wenn ein anderer gelächelt hätte, und lächelte, wenn ein anderer die Stirn runzeln würde.

„Und wenn du mich angelogen hast, werde ich dich töten. Was für eine Gegenleistung erwartest du von mir noch außer deinem Leben für diesen Dienst?"

„Hauptsache, ich bleibe am Leben", antwortete Werper. „Später, wenn ich mich nützlich gemacht habe, können wir uns leicht darüber einigen." Werper hatte nur diesen einen Wunsch. So war die Übereinkunft vollkommen, und Leutnant Albert Werper wurde ein Mitglied der Bande des berüchtigten Achmet Zek, die mit Elfenbein und Sklaven handelte.

Monatelang ritt der abtrünnige Belgier mit den Räubern. Er kämpfte mit der gleichen wilden Hingabe und teuflischen Grausamkeit wie die anderen. Achmet Zek beobachtete den Neuling mit Adleraugen und mit wachsender Zufriedenheit, so daß er ihm schließlich mehr Zutrauen entgegenbrachte und seinen Handlungsspielraum vergrößerte.

Achmet Zek zog den Belgier weitgehend ins Vertrauen und offenbarte ihm zu guter Letzt eine Idee, die er schon lange mit sich trug, zu deren Verwirklichung er jedoch nie Gelegenheit hatte. Mit Hilfe eines Europäers konnte er den Plan leichter ausführen. Er rief Werper zu sich.

„Hast du schon von einem Mann namens Tarzan gehört?" fragte er.

Werper nickte. „Ja, aber ich kenne ihn nicht persönlich."

„Wenn er nicht wäre, könnten wir unseren ‚Handel' unbehelligter und mit großem Profit betreiben", fuhr der Araber fort. „Seit Jahren steht er uns im Weg, er hat uns aus dem reichsten Teil des Landes vertrieben und die Eingeborenen mit Waffen ausgestattet, damit sie uns zurückschlagen können, wenn wir kommen. Er ist sehr reich und hat viel Gold. Wenn wir ihn zwingen könnten, viele Goldstücke herauszurücken, können wir uns nicht nur rächen, sondern auch unsere Verluste beim Handel mit den Eingeborenen wiedergutmachen, die wir ihm zu verdanken haben."

Werper entnahm seinem juwelenbestückten Etui eine Zigarette und zündete sie sich an.

„Hast du eine Idee, wie wir ihn zwingen können?" fragte er.

„Seine Frau soll sehr schön sein", erwiderte Achmet Zek. „Sie würde oben im Norden einen guten Preis bringen, falls er kein Lösegeld rausrücken will."

Werper senkte den Kopf und dachte nach. Achmet Zek wartete auf seine Antwort. Der letzte Funke Anstand, der dem Leutnant geblieben war, rebellierte gegen den Gedanken, eine weiße Frau der Sklaverei und den Demütigungen eines moslemischen Harems auszusetzen. Er blickte Achmet an. Dessen Augen hatten sich verengt, und er erriet, daß der Araber seinen Widerwillen gegenüber diesem Plan spürte. Was wäre, wenn er ablehnte? Er befand sich in den Händen dieses halben Barbaren, dem das Leben eines Ungläubigen weniger bedeutete als das eines Hundes. Werper liebte das Leben. Außerdem, was bedeutete ihm diese Frau? Sie war eine Europäerin, ein Mitglied der Gesellschaft. Er gehörte nicht dazu. Jeder weiße Mann war gegen ihn, war sein natürlicher Feind, und wenn er ablehnte, gegen Tarzan zu kämpfen, würde Achmet Zek ihn töten.

„Du zweifelst?" murmelte Achmet Zek.

„Ich habe gerade abgewogen, wie groß unsere Chancen sind", log Werper und fuhr fort, „und wie hoch meine Belohnung wäre. Als Europäer erlange ich leichter Zutritt zu ihrem Haus und ihrem Tisch. Du hast hier niemanden, der so viel tun könnte. Das Risiko ist sehr hoch. Da muß ich mich gut bezahlen lassen, Achmet Zek."

Ein erleichtertes Lächeln ging über das Gesicht des Banditen.

„In Ordnung, Werper." Achmet Zek klopfte seinem Leutnant auf die Schulter. „Du wirst gut bezahlt werden, darauf mein Wort. Nun wollen wir uns überlegen, wie wir es am besten anstellen." Die beiden Männer hockten sich auf einen weichen Teppich hinter den verschlissenen Seidenvorhängen des ehemals prachtvollen Zeltes des Arabers und berieten leise bis spät in die Nacht. Beide waren groß und bärtig. Die viele Bewegung bei Sonne und Wind hatte dem Gesicht des Europäers einen fast arabischen Teint verliehen. Da er die Kleidung seines Anführers bis ins einzelne nachahmte, sah er nach außen hin wie die anderen Araber aus. Es war spät, als er sich erhob und sich in sein Zelt zurückzog.

Am nächsten Tag besserte er seine belgische Uniform aus und entfernte jedes Detail, das auf die militärische Herkunft hinweisen konnte. Aus dem bunt zusammengewürfelten Plünderungsfundus steuerte Achmet Zek einen Tropenhelm und einen europäischen Sattel bei und stellte eine Gruppe von Trägern, Laufjungen und Askaris zusammen, die eine angemessene Safari für einen Großwildjäger abgab. An der Spitze dieses Trupps ritt Werper aus dem Lager.

Auf dem Weg nach Opar

Zwei Wochen später erblickte John Clayton, oder Lord Greystoke, auf der Rückkehr von einer Inspektion seines riesigen afrikanischen Anwesens die Spitze einer Reitergruppe, die gerade das Flachland überquerte, das sich zwischen seinem Haus und dem Wald im Norden und Westen erstreckte.

Er zügelte sein Pferd und beobachtete die kleine Gesellschaft, die bald ganz aus dem unübersichtlichen Schatten auftauchte. In der Sonne war der weiße Helm eines der Reiter deutlich zu sehen, und in der Annahme, ein auf Großwildjagd befindlicher Europäer suche seine Gastfreundschaft, wandte Tarzan sein Pferd und ritt den Ankömmlingen langsam entgegen.

Eine halbe Stunde später stieg er die Stufen zur Veranda seines Landhauses hinauf und stellte seiner Frau, Lady Greystoke, M. Jules Frecoult vor.

„Ich habe mich verirrt", erklärte dieser. „Mein Jagdführer war noch nie in diesem Teil des Landes, und die Männer, die mich vom letzten Dorf an begleiten sollten, fanden sich hier sogar noch weniger zurecht als wir. Sie haben uns vor zwei Tagen im Stich gelassen. Habe ich ein Glück, hier Hilfe zu finden! Ich weiß gar nicht, was ich sonst getan hätte."

Man beschloß, Frecoult und seine Leute einige Tage dazubehalten, zumindest solange, bis sie sich erholt hatten. Lord Greystoke wollte dann eine Gruppe zusammenstellen, die sie soweit begleiten würde, bis Frecoults Jagdführer sich wieder zurechtfanden.

Werper gab sich als französischer Reisender und Gentleman aus. Er hatte keine Schwierigkeiten, seine Gastgeber zu täuschen und sich bei Tarzan und Jane Clayton beliebt zu machen; doch je länger er blieb, desto mehr verlor er die Hoffnung, seine Pläne ungehindert durchzuführen.

Lady Greystoke entfernte sich allein nie weit von dem Landhaus, und die Treue und Unbestechlichkeit der wilden Wazirikrieger, die einen großen Teil des Gefolges von Tarzan bildeten, schlossen das Gelingen einer gewaltsamen Entführung aus.

Eine Woche verging, und Werper war, so weit er das beurteilen konnte, der Erfüllung seines Planes nicht näher als bei seiner Ankunft; da geschah etwas, das ihn erneut anspornte und ihm sogar einen noch höheren Gewinn als das Lösegeld für die Frau in Aussicht stellte.

Ein Bote hatte die wöchentliche Post ins Haus gebracht, und Lord Greystoke verbrachte den Nachmittag in seinem Arbeitszimmer mit dem Lesen und Beantworten der Briefe. Zum Essen schien er mit seinen Gedanken woanders zu sein. Früh am Abend entschuldigte er sich und zog sich zurück. Lady Greystoke folgte ihm bald darauf. Werper saß auf der Veranda und konnte hören, daß beide ein ernstes Gespräch miteinander führten. Etwas Ungewöhnliches mußte vorgefallen sein. Er erhob sich leise und schlich im Schatten des üppig um das Haus wuchernden Gebüsches unter das Schlafzimmerfenster seiner Gastgeber.

Hier lauschte er, und seine Mühe wurde sogleich belohnt, denn bereits die ersten Worte, die er aufschnappte, überraschten ihn. Er hörte Lady Greystoke sagen:

„Ich habe immer um die Stabilität dieser Gesellschaft gefürchtet. Dennoch ist es aber unglaublich, daß sie mit so einer großen Summe Bankrott gemacht haben – da ist etwas nicht mit rechten Dingen zugegangen."

„Das denke ich auch", erwiderte Tarzan. „Aber was auch immer der Grund ist, ich habe alles verloren und mir bleibt nichts anderes übrig, als noch einmal nach Opar zu gehen und mehr zu holen."

„Oh, John!" rief Lady Greystoke, und Werper fühlte, wie sie erschauderte. „Gibt es keinen anderen Weg? Der Gedanke ist mir unerträglich, daß du in diese entsetzliche Stadt zurückkehren willst. Lieber bleibe ich mein Leben lang arm, als daß du dich noch einmal den fürchterlichen Gefahren von Opar aussetzt."

„Hab keine Angst", meinte Tarzan lachend. „Ich kann sehr gut auf mich aufpassen. Außerdem werden mich die Waziri begleiten und darauf achten, daß mir nichts zustößt."

„Sie sind schon einmal in Opar davongelaufen und haben dich deinem Schicksal überlassen", erinnerte sie ihn.

„Das tun sie nicht wieder", antwortete er. „Sie haben sich sehr dafür geschämt und wollten gerade zurückkommen, als ich zu ihnen stieß.“

„Es muß eine andere Möglichkeit geben“, beharrte die Frau.

„Man kann nicht halb so einfach reich werden, als wenn man zu den Schatzgewölben von Opar geht und sich dort etwas holt“, erwiderte Tarzan. „Ich werde sehr vorsichtig sein, Jane, und die Einwohner erfahren wahrscheinlich überhaupt nicht, daß ich wieder zurückgekehrt bin und sie um einen weiteren Teil des Reichtums erleichtert habe, von dem sie nicht den geringsten Schimmer haben und dessen eigentlichen Wert sie nicht einschätzen können.“

Sein entschlossener Tonfall überzeugte Lady Greystoke, daß es zwecklos war, ihn überreden zu wollen, und so ließ sie das Thema fallen.

Werper blieb noch für einige Zeit und lauschte, bis er sicher war, daß er das Wichtigste mitbekommen hatte, und da er fürchtete, entdeckt zu werden, kehrte er zur Veranda zurück und rauchte hintereinander zahlreiche Zigaretten, bevor er zu Bett ging.

Am nächsten Morgen erklärte Werper beim Frühstück, daß er bald aufbrechen wolle, und bat Tarzan um die Erlaubnis, auf seinem Weg aus dem Land der Waziri Großwild zu jagen – eine Erlaubnis, die ihm Lord Greystoke bereitwillig gab.

Der Belgier benötigte zwei Tage, um seine Abreise vorzubereiten. Schließlich brach er mit seiner kleinen Jagdgesellschaft auf, begleitet von einem Waziri, den Lord Greystoke ihm zur Verfügung stellte. Sie hatten erst einen kleinen Teil des Weges hinter sich gebracht, als er vorgab, sich nicht wohl zu fühlen, und meinte, er wolle besser bleiben, wo er im Moment war, bis er wieder völlig genesen sei. Da sie sich nicht weit von dem Haus Lord Greystokes entfernt hatten, schickte er den Waziri wieder zurück; er würde ihn holen lassen, wenn er sich zum Weitermarsch in der Lage fühle. Nachdem der Krieger verschwunden war, rief Werper einen der schwarzen Vertrauten von Achmet Zek zu sich und beauftragte ihn, zu beobachten, wann Tarzan aufbrach, dann sofort zu ihm zurückzukehren und ihm zu melden, in welche Richtung der Engländer gezogen sei.

Der Belgier mußte nicht lange warten, denn am folgenden Tag kehrte sein Bote zurück und teilte ihm mit, daß Tarzan und etwa fünfzig Waziri am Morgen in südöstliche Richtung aufgebrochen seien.

Werper verfaßte einen langen Brief an Achmet Zek und rief den Mann erneut zu sich. Er überreichte ihm die Nachricht.

„Schick damit sofort einen Boten zu Achmet Zek“, beauftragte er ihn. „Du bleibst hier im Lager und wartest auf weitere Anweisungen von ihm oder von mir. Sollte irgend jemand aus dem Haus des Engländers hierher kommen, sagst du ihm, ich liege schwerkrank in meinem Zelt und kann niemanden empfangen. Nun brauche ich noch sechs Träger und sechs Askaris – die stärksten und mutigsten – dann folge ich dem Engländer und finde heraus, wo sein Gold versteckt ist.“

Währenddessen befand sich Tarzan, bekleidet nur mit einem Lendenschurz, und in der einfachen Weise bewaffnet, die er am meisten liebte mit seinen getreuen Waziri auf dem Weg zur toten Stadt Opar. Werper, der Abtrünnige, folgte ihm in der Hitze des langen Tages und schlug des Nachts unweit von ihm sein Lager auf.

In der Zwischenzeit ritt Achmet Zek mit all seinen Leuten nach Süden zur Farm der Greystokes.

Für Tarzan von den Affen war die Expedition eine Art Erholungsausflug. Wie zivilisiert er auch schien, es war nur eine äußere Hülle, deren er sich zugleich mit seiner unbequemen europäischen Kleidung entledigte, wann immer sich ein einleuchtender Vorwand dafür bot. Es war die Liebe einer Frau, um derentwillen er sich den Regeln der Zivilisation unterwarf, einer Lebensweise, die er immer weniger schätzte, je besser er sie kennenlernte. Er haßte die mit ihr verbundene Falschheit und Heuchelei. Mit der Klarsicht eines unverdorbenen Verstandes hatte er ihren faulen Kern erkannt – die rückhaltlose Gier nach Wohlstand und Bequemlichkeit und die Sicherung von Besitzrechten. Seiner Ansicht nach konnten die schönen Dinge des Lebens – Kunst, Musik, Literatur – nicht auf diesen schwachen Idealen gedeihen, und er war der Meinung, daß sie sich eher aus Trotz gegenüber der Zivilisation durchgesetzt hatten.

„Zeige mir den fetten, verwöhnten Schwächling, der jemals ein erhabenes Ideal geschaffen hat“, pflegte er zu sagen. „Unter Waffengeklirr, im Kampf ums Überleben, bedroht von Hunger, Tod und Gefahr, angesichts des von Gott festgelegten Zusammenspieles der mächtigsten Naturgewalten – dort wird das Edle und Gute des menschlichen Herzens und Verstandes geboren."

Folglich kehrte Tarzan immer wieder in die Natur zurück, wie ein Liebhaber nach einer Zeit hinter Gefängnismauern zu einem ewig verschobenen Stelldichein eilt. Seine Waziri waren im Innersten zivilisierter als er. Sie kochten das Fleisch, bevor sie es aßen, und mieden viele zwar eßbare, aber unsaubere Dinge, die Tarzan sein Leben lang mit Wohlbehagen vertilgt hatte. Aber der heimtückische Virus der Heuchelei hatte sich auch des unerschütterlichen Affenmenschen bemächtigt, so daß er sich scheute, vor ihren Augen seinen natürlichen Trieben zu folgen. Er aß gebratenes Fleisch, obwohl er es lieber roh und unverdorben genossen hätte, und brachte Wild mit einem Pfeil oder Speer zu Boden, wenn er sich lieber aus dem Hinterhalt darauf gestürzt und mit kräftigen Zähne die Kehle des Tieres durchgebissen hätte. Letztendlich wurde seine Sehnsucht nach der Wildnis immer stärker, die er als Kleinkind mit der Milch seiner wilden Mutter eingesogen hatte, dann gierte er nach dem warmen Blut eines frisch getöteten Tieres, und seine Muskeln brannten darauf, sich mit dem unbezwingbaren Dschungel zu messen, im Überlebenskampf, der in den ersten zwanzig Lebensjahren sein einziges Geburtsrecht gewesen war.

Der Ruf des Dschungels

Diese unklaren und doch schweren Gedanken ließen Tarzan eines Nachts nicht zur Ruhe kommen. Schlaflos lag er in der kleinen Umzäunung aus Dornbüschen, die seine Leute zum Schutz vor Angriffen großer Dschungelraubtiere errichtet hatten. Ein Krieger hielt schläfrig Wache neben dem Feuer, das angesichts der gelben Augen in der Dunkelheit recht angeraten schien. Das Brüllen und Fauchen der großen Katzen vermischte sich mit den unzähligen Geräuschen der kleineren Dschungeltiere und entfachte die wilde Flamme in der Brust des wilden englischen Lords. Er kam nicht zur Ruhe und warf sich eine Stunde lang auf seinem Graslager hin und her, dann erhob er sich lautlos wie ein Schatten, schwang sich hinter dem Rücken des Wazirikriegers in die Richtung der funkelnden Augen über die Umzäunung, kletterte lautlos auf einen Baum und verschwand.

Eine Zeitlang stürmte er aus bloßer Freude über die Rückkehr in die Wildnis in halber Höhe durch das Geäst und schwang sich über nicht ungefährliche Entfernungen von einem Dschungelriesen zum nächsten, dann kletterte er in die monderhellten und sich wiegenden Gipfel, wo das Laubwerk dünner und jeder kleinste Luftzug spürbar war, und wo in jedem vertrockneten Ast der Tod lauerte. Hier verhielt er und wandte sein Gesicht Goro, dem Mond, zu. Mit erhobenem Arm stand er, schon den Schrei des Affenmännchens auf den Lippen; indes schwieg er, um seine treuen Waziri nicht zu wecken, denen der entsetzliche Ruf ihres Häuptlings allzu bekannt war.

Dann bewegte er sich weiter, langsamer, verstohlener und vorsichtiger, denn nun war Tarzan von den Affen auf der Jagd. Er ließ sich auf den Boden hinunter, in das undurchdringliche Dunkel der dicht beieinanderstehenden Baumstämme und der üppigen Dschungelvegetation. Ab und zu bückte er sich und beroch die Erde. Er suchte und fand einen ausgetretenen Wildpfad. Schließlich wurde er belohnt: seine Nase nahm die Witterung von Bara, dem Reh, auf. Tarzan lief das Wasser im Mund zusammen, und ein leises Knurren entrang sich seinen aristokratischen Lippen. Vergessen war auch der letzte Rest einer inhaltlosen gesellschaftlichen Stellung – wieder einmal war er der Jäger aus der Urzeit, der erste Mensch, der eigentlich Ranghöchste der Gesellschaft. Gegen den Wind folgte er der schwer faßbaren Spur mit Hilfe seines Wahrnehmungssinns, der den des normalen Menschen weit überstieg und uns unbegreiflich erscheint. Er spürte Bara inmitten der schweren Witterung der Fleischfresser auf; auch der süße, widerliche Geruch Hortas, des Ebers, vermochte nicht den seines Jagdzieles zu verdrängen – den intensiven, sanften Moschusduft des Rotwildes.

Bald erkannte Tarzan, daß sein Opfer nahe vor ihm war. Er kletterte wieder in das unterste Geäst – von dort konnte er den Boden beobachten und sich mit Hilfe von Ohren und Nase heranpirschen. Es dauerte nicht lange, da sah er Bara witternd am Rande einer mondüberfluteten Lichtung stehen. Lautlos schlängelte sich Tarzan durch das Laubwerk der Bäume, bis er direkt über dem Reh war. Seine Hand umschloß das lange Jagdmesser seines Vaters, während er innerlich vom Blutdurst des Raubtieres beherrscht wurde. Einen Moment schwebte er über dem ahnungslosen Tier, dann sprang er auf den glatten Rücken hinunter. Das Gewicht drückte es zu Boden, und noch bevor es sich erneut aufrappeln konnte, war das Messer in sein Herz gedrungen. Als sich Tarzan erhob, um mit seinem Schrei in den Mond von diesem schrecklichen Sieg zu künden, nahm er jedoch eine andere Witterung auf und erstarrte. Seine wilden Augen blickten in die Richtung, aus der der Wind ihm die Warnung zutrug, einen Augenblick später teilten sich die Gräser auf der einen Seite der Lichtung, und Numa, der Löwe, trat majestätisch in sein Blickfeld. Seine gelbgrünen Augen hefteten sich auf Tarzan, er blieb mitten auf der Lichtung und blickte neiderfüllt auf den erfolgreichen Jäger, denn Numa hatte in dieser Nacht kein Glück gehabt.

Den Lippen des Affenmenschen entrang sich ein grollendes Knurren, ebenfalls eine Warnung. Numa antwortete, blieb jedoch stehen. Nur sein Schweif bewegte sich ruhig hin und her, und da bückte sich Tarzan und schnitt eine reichliche Portion aus dem Hinterviertel des Rehes. Numa beobachtet sein Tun mit wachsender Verärgerung und Wut, während der Affenmensch, wenn er nicht gerade kaute, ab und zu ein wildes, drohendes Knurren von sich gab. Nun war dieser Löwe Tarzan von den Affen bisher nicht begegnet und sehr verwirrt. Er sah und roch ein Menschenwesen, und Numa hatte von dessen Fleisch gekostet und wußte, daß man es, wenn es auch nicht das schmackhafteste war, bei weitem am leichtesten bekommen konnte, und doch lag in dem bestialischen Knurren des seltsamen Geschöpfes ein Ton, der ihn an furchterweckende Gegner erinnerte und zurückhielt, obwohl sein Hunger und der Duft des warmen Fleisches von Bara ihn fast aller Sinne beraubte. Tarzan behielt ihn indes im Auge, wohl wissend, was in dem kleinen Hirn der Raubkatze vor sich ging; und er tat gut daran, denn schließlich hielt Numa es nicht länger aus. Plötzlich streckte sich sein Schwanz, und im selben Augenblick ergriff der Affenmensch, dem dieses Zeichen nur allzu bekannt war, die Reste der Hinterkeule des Rehes und schwang sich in einen nahen Baum, als Numa auch schon wie ein geölter Blitz auf ihn zuschoß.

Tarzans Rückzug bedeutete nicht, daß er Angst hatte. Das Leben im Dschungel verläuft in anderen Bahnen als unseres, dort herrschen andere Maßstäbe vor. Wäre Tarzan ausgehungert gewesen, dann hätte er zweifellos seinen Mann gestanden und sich dem Angriff des Löwen gestellt. Mehr als einmal hatte er das in der Vergangenheit getan, auch hatte er selbst schon Löwen angegriffen; aber in dieser Nacht knurrte ihm der Magen nicht so sehr, und an dem Hinterlauf, den er ergriffen hatte, befand sich weitaus mehr Fleisch, als er essen konnte. Dennoch trug er es beileibe nicht mit Gelassenheit, daß der Löwe sich nun an seiner, Tarzans Beute gütlich tat. Die Anmaßung dieses Numa mußte bestraft werden! Unverzüglich trachtete Tarzan danach, dieser Riesenkatze das Leben unerträglich zu machen. Nicht weit von ihm standen Bäume mit großen und schweren Früchten, und flink wie ein Eichhörnchen begab sich Tarzan dorthin. Damit begann er Numa einzudecken und veranlaßte ihn zu markerschütterndem Gebrüll. So schnell er konnte, griff er sich eine harte Frucht nach der anderen und verpaßte sie dem Löwen. Die gelbbraune Katze konnte unmöglich unter diesem Hagel fressen – ihr blieb nur brüllen, knurren und den Geschossen ausweichen. Schließlich wurde sie vollends von dem Kadaver des Rehes fortgetrieben. Jaulend und aufgebracht trottete sie davon. Mitten auf der Lichtung erstarb jedoch ihre Stimme, und Tarzan sah, wie sie das große Haupt zum

Boden senkte, sich duckte und anfing zu kriechen. Der lange Schwanz zuckte, als sie sich vorsichtig an die Bäume auf der anderen Seite heranpirschte.

Tarzan war sofort hellwach. Er hob den Kopf und hielt die Nase in den leichten Wind des Dschungels. Was hatte Numas Aufmerksamkeit auf sich gezogen und ihn samtfüßig und lautlos vom Schauplatz seiner Niederlage gelockt? Als der Löwe zwischen den Bäumen hinter der Lichtung verschwunden war, erfaßte Tarzan im Wind die Erklärung für Numas Ablenkung – er witterte einen Menschen. Im Nu klemmte er den Rest des Hinterlaufes in eine Astgabel, wischte sich die schmierigen Hände an den Schenkeln ab und schwang sich Numa hinterher. Ein breiter, ausgetretener Elefantenpfad führte ihn in den Wald hinter der Lichtung. Numa schlich nebenher, und über ihm kletterte Tarzan durch das Laubwerk, wie der Schatten seiner selbst. Fast gleichzeitig mit der Raubkatze sah der wilde Mensch, hinter wem sie her war, aber schon zuvor hatten beide erkannt, daß es ein Schwarzer war. Noch bevor er in Sichtweite war, hatte es ihnen ihr ausgeprägter Geruchssinn mitgeteilt, und Tarzan wußte, daß es ein alter Mann war, denn jede Rasse, jedes Geschlecht und jedes Alter hat seinen eigenen Geruch. Es war ein Greis, der sich mutterseelenallein seinen Weg durch den finsteren Dschungel bahnte, ein runzeliges, vertrocknetes Männlein, das häßliche Narben und Tätowierungen aufwies und seltsame Kleidung trug: ein Hyänenfell lag um seine Schultern, der ausgetrocknete Kopf des Tieres krönte sein Haupt. Tarzan entdeckte die Zeichen des Medizinmannes und Zauberers und sah Numas Angriff nicht ohne Freude entgegen, da er Zauberer nicht mochte. In dem Moment, da Numa sprang, entsann er sich jedoch, daß der Löwe erst vor einigen Minuten seine Beute gestohlen hatte, und Rache ist bekanntlich süß.

Das erste, was dem Alten die Gefahr verriet, in der er schwebte, war das Knacken von Zweigen, als Numa etwa zwanzig Schritte hinter ihm durch das Unterholz brach. Als er sich umwandte, sah er einen riesigen, schwarzmähnigen Löwen auf sich zukommen und ihn packen. Im selben Moment sprang der Affenmensch von einem herausragenden Ast der Raubkatze auf den Rücken und stieß das Messer in die gelbbraune Flanke hinter der linken Schulter, vergrub die Finger der rechten Hand in der langen Mähne, schlug die Zähne in ihren Hals und schlang seine kräftigen Beine um den Leib des Untieres. Das heulte vor Schmerz und Wut und bäumte sich auf; aber das muskelbepackte Menschenwesen klammerte sich an ihn und stieß ihm ein weiteres Mal das lange Messer schnell in die Flanke. Numa warf sich hin und her, fuhr mit den Krallen durch die Luft, biß um sich, brüllte und schrie entsetzlich, während er versuchte, das Wesen auf seinem Rücken zu erreichen. Mehr als einmal wäre Tarzan beinahe heruntergefegt worden. Er wurde übel zugerichtet und gebeutelt, war voller Erde und besudelt von Numas Blut, und doch hörte er weder mit seinen grausamen Messerstichen auf, noch lockerte er die Umklammerung des Löwen. Wenn er auch nur einen Moment losgelassen hätte, wäre er in die Reichweite der scharfen Krallen oder Zähne geraten und das hätte dem dornenreichen Lebensweg des im Dschungel aufgewachsenen englischen Lords ein Ende gesetzt. Der Zaubermann lag dort, wo der Löwe ihn angesprungen hatte, zerfleischt und blutend, zu schwach, um sich fortzubewegen, und beobachtete den furchtbaren Kampf zwischen diesen beiden Herren des Dschungels. Die eingesunkenen Augen glänzten, und die faltigen Lippen zuckten über zahnlosen Kiefern, als er seine unheimlichen Beschwörungen vor sich hin murmelte.

Eine Zeitlang war ihm klar, wie der Kampf ausgehen würde – der seltsame weiße Mann würde dem schrecklichen Simba unterliegen – wer hatte je gehört, daß ein einzelner Mensch, nur mit einem Messer bewaffnet, ein so mächtiges Untier besiegte! Und doch wurden seine Augen bald größer, und er begann zu zweifeln. Was für ein erstaunliches Wesen war dies doch, das mit Simba kämpfte und den kräftigen Muskeln des Königs der Raubtiere standhielt! Langsam dämmerte ihm ein weit zurückliegendes Schauspiel, und die Augen in dem narbenbedeckten, runzeligen Gesicht strahlten erinnernd. Seine Gedanken wanderten weit in die Vergangenheit zurück, bis sie schließlich ein Bild einfingen, das mit den Jahren verblaßt und vergilbt war. Ein wendiger, weißhäutiger Jugendlicher schwang sich mit einer Gruppe riesiger Affen durch die Bäume, und die Augen des Alten blinzelten und spiegelten große Angst – die abergläubische Furcht desjenigen, der an Geister und Dämonen glaubt.

Wieder konnte es für den Medizinmann keine Zweifel über den Ausgang des Duells geben. Seinen ersten Ahnungen hatten sich umgekehrt, denn nun wußte er, daß der Dschungelgott Simba besiegen würde, und fürchtete mehr das Schicksal, das ihn dann von den Händen des Siegers erwartete, als das, welches ihm die Raubkatze zugedacht hatte – den sicheren und plötzlichen Tod. Er bemerkte, wie der Löwe wegen des Blutverlustes immer schwächer wurde. Die mächtigen Gliedmaßen zitterten und wankten, und schließlich sah er, wie das Biest zusammensank, um sich nie wieder zu erheben. Er beobachtete, wie der Waldgott oder Dämon sich von seinem besiegten Gegner erhob, einen Fuß auf den noch zuckenden Kadaver stellte, das Gesicht dem Mond zureckte und einen furchterregenden Schrei ausstieß, der das versiegende Blut in den Venen des Zaubermannes fast erstarren ließ.

Vorhersage und Erfüllung

Nun wandte sich Tarzan dem Alten zu. Er hatte nicht um seinetwillen mit Numa gekämpft – sich vielmehr nur an dem Löwen rächen wollen; als er den alten Neger jedoch hilflos und sterbend vor sich liegen sah, bemächtigte sich so etwas wie Mitleid seines wilden Herzens. Früher hätte er den Medizinmann ohne mit der Wimper zu zucken getötet; aber der Einfluß der Zivilisation hatte ihn milder gestimmt, wie es auch ganzen Nationen und Völkerstämmen widerfahren war, die mit ihr in Berührung kamen. Jedoch hatte sie Tarzan noch nicht zum Feigling und Schwächling gemacht. Vor ihm lag ein Greis in den letzten Zügen, und er kniete nieder, um sich die Verletzungen anzusehen und das Blut zu stillen.

„Wer bist du?" fragte der alte Mann mit zitternder Stimme.

„Ich bin Tarzan – Tarzan von den Affen", erwiderte der Affenmensch nicht weniger stolz, als wenn er gesagt hätte: „Ich bin John Clayton, Lord Greystoke."

Der Medizinmann zuckte zusammen und schloß die Augen. Als er sie wieder öffnete, lag Hoffnungslosigkeit darin, er ergab sich in das gräßliche Schicksal, das ihn von den Händen dieses gefürchteten Walddämonen erwartete. „Warum tötest du mich nicht?" fragte er.

„Warum sollte ich?" fragte Tarzan. „Du hast mir nichts getan und liegst nun im Sterben. Numa, der Löwe, hat dich getötet."

„Du willst mir nichts tun?" Ungläubiges Erstaunen klang aus den Worten des Greises.

„Ich würde dich gern retten", erwiderte Tarzan. „Das kann ich aber nicht. Warum dachtest du, daß ich dich töten will?"

Einen Augenblick lang schwieg der alte Mann. Er mußte offenbar erst seinen ganzen Mut zusammennehmen, dann sagte er. „Ich kenne dich von früher, als du im Land des Häuptlings Mbonga durch den Dschungel gestreift bist. Ich war damals schon Medizinmann, als du Kulonga und die anderen besiegtest, unsere

Hütten plündertest und den Krug mit Gift umstießest. Zuerst habe ich dich nicht erkannt; aber dann fiel es mir ein – das weißhäutige, haarlose Wesen, das bei den Affen lebte und dem Stamm von Mbonga das Leben zur Hölle machte – der Waldgott – der Munango-Keewati, dem wir Speisen vor das Tor legten, und der sie dann holte. Sag mir, bevor ich sterbe – bist du ein Mensch oder ein Teufel?“

Tarzan lachte und erwiderte: „Ich bin ein Mensch.“

Der Greis seufzte und schüttelte den Kopf. „Du hast versucht, mich vor Simba zu retten“, sagte er. „Dafür will ich dich belohnen. Ich bin ein weiser Zauberer. Hör mir zu, weißer Mann! Ich sehe Böses auf dich zukommen. Es steht in dem Blut geschrieben, mit dem meine Handfläche befleckt ist. Ein Gott, mächtiger als du, wird sich erheben und dich zu Boden werfen. Kehr um, Munango-Keewati! Kehr um, bevor es zu spät ist. Vor dir lauert eine große Gefahr und hinter dir lauert eine große Gefahr, am schlimmsten ist jedoch das, was dich erwartet. Ich sehe ...“ Er hielt inne und atmete lange und keuchend ein. Dann krümmte er sich zusammen und verschied. Tarzan fragte sich, was er noch gesehen hatte.

Es war schon spät, als er wieder im Lager eintraf und sich zu seinen Kriegern legte. Niemand hatte seine Abwesenheit bemerkt, und niemand sah ihn zurückkommen. Vor dem Einschlafen und noch am anderen Morgen dachte er über die Warnung des Medizinmannes nach; aber da er keine Furcht kannte, setzte er seinen Weg fort. Hätte er gewußt, was jenen Menschen erwartete, den er am meisten in aller Welt liebte, wäre er durch den Wald zurückgeeilt und hätte das Gold von Opar für immer in dem vergessenen Gewölbe gelassen.

Einem anderen Weißen auf seiner Spur ließ an diesem Morgen ein Laut keine Ruhe, den er in der Nacht vernommen hatte. Er war schon drauf und dran, seinen Plan daraufhin zu ändern und zurückzukehren. Es war Werper, der Mörder, der in nächtlicher Stille weit entfernt etwas gehört hatte, das sein feiges Gemüt mit Angst und Schrecken erfüllte – einen Schrei, wie er ihn nie zuvor vernommen hatte, und der seiner Ansicht nach überhaupt nicht aus dem Mund eines von Gott erschaffenen Wesens stammen konnte. Er hatte das Siegesgebrüll des Affenmännchens gehört, zu dem Tarzan seine Stimme erhoben hatte, das Gesicht Goro, dem Mond, zugewandt, war zusammengefahren und hatte die

Decke über den Kopf gezogen; und auch jetzt, im hellen Tageslicht, überfuhr es ihn kalt, wenn er daran dachte. Am liebsten hätte er der unbekannten Gefahr den Rücken gekehrt, von der das Echo des Schreies zu künden schien, hätte er nicht Achmet Zek, seinen Führer, weitaus mehr gefürchtet.

Beharrlich setzte Tarzan von den Affen seinen Weg zu den verfallenen Mauern von Opar fort; Werper folgte ihm wie ein Schakal, und nur Gott wußte, was das Schicksal für jeden von ihnen bereithielt.

Am Rand des trostlosen Tales, von dem man die goldenen Kuppeln und Türme von Opar sehen konnte, machte Tarzan mit seinen Leuten halt. In der Nacht würde er den Pfad zu den Schatzgewölben ohne sie auskundschaften, denn er wollte auf der Expedition keinen unbedachten Schritt tun.

Mit Anbruch der Dunkelheit setzte er seinen Weg fort. Werper hatte die Felswand hinter der Gruppe allein erklommen, sich tagsüber hinter den großen Brocken des Gebirgskammes gehalten und schlich nun vorsichtig hinter ihm her. Auf dem felsübersäten Flachland, das sich zwischen dem Talrand und den mächtigen Granitbrocken vor den Stadtmauern erstreckte, konnte er Tarzan unbemerkt zu dem Gang folgen, der zur Schatzkammer führte.

Er sah, wie sich der athletische Affenmensch gewandt auf einen großen Felsen schwang. Werper hingegen klammerte sich beim Aufstieg krampfhaft fest, schwitzte vor Angst und war fast wie gelähmt, doch die Habsucht spornte ihn an, so daß er schließlich hinter Tarzan auf dem Gipfel des Felsens anlangte.

Der Affenmensch war nirgends zu sehen. Eine Zeitlang blieb Werper hinter den kleineren Felsbrocken, die überall verstreut lagen, als er aber von dem Engländer weder etwas hörte noch sah, kroch er aus seinem Versteck und begann, die Umgebung systematisch abzusuchen. Er wollte lediglich wissen, wo sich der Goldschatz befand, mitnehmen wollte er jetzt nichts. War Tarzan dann wieder verschwunden, würde er in aller Ruhe mit seinen Leuten zurückkehren und holen, soviel sie tragen konnten.

Er kam zu dem engen Spalt, von dem abgetretene Granitstufen ins Innere des Felsens führten. An dem Tunneleingang, zu dem er danach gelangte, blieb er stehen, um nicht Tarzan in die Arme zu laufen, wenn er zurückkehrte.

Weit vor ihm tastete sich der Affenmensch durch den steinernen Gang, bis er vor der alten Holztür stand. Einen Augenblick später befand er sich in der Schatzkammer mit den unschätzbaren Barren, vor Jahrhunderten von Menschenhand turmhoch aufgestapelt, für die Herrscher des großen Kontinents, der nun unter den Wassermassen des Atlantik vergraben lag.

Kein Laut drang durch die Stille des unterirdischen Gewölbes. Nichts wies darauf hin, daß seit seinem letzten Besuch noch jemand den in Vergessenheit geratenen, verborgenen Reichtum entdeckt hatte.

Zufrieden wandte sich Tarzan um und ging zurück zum Gipfel des Granitmassivs. Werper hatte sich hinter einem Felsvorsprung versteckt und sah ihn aus dem Schatten der Treppe treten und den Hügel hinaufeilen, der der Bergkette am Talrand gegenüberlag. Dort warteten die Waziri auf das Zeichen ihres Herren. Werper schlich sich vorsichtig aus seinem Versteck und verschwand in der düsteren Schwärze des Eingangs.

Tarzan blieb am Rand des Felsens stehen und erhob seine Stimme zu dem donnernden Gebrüll des Löwen. Zweimal wiederholte er den Ruf in regelmäßigen Abständen, dann lauschte er aufmerksam einige Minuten, nachdem das Echo des dritten Rufes verhallt war. Aus weiter Entfernung ertönte schwach die Antwort – einmal, zweimal, dreimal. Basuli, der Anführer der Waziri, hatte ihn gehört.

Tarzan kehrte nun wieder in die Schatzkammer zurück, da er wußte, daß sein Stamm in einigen Stunden bei ihm sein würde, um ein weiteres Vermögen an diesen eigenartig geformten Barren von Opar abzutransportieren. In der Zwischenzeit würde er soviel Gold ins Freie bringen, wie er tragen konnte.

Sechsmal lief er in den fünf Stunden hin und her, bis Basuli am Fuße des Felsens anlangte. Insgesamt trug er achtundvierzig Barren ins Freie. Bei jeder Tour hatte er eine Last befördert, die zwei normale Männer zu Boden gedrückt hätte, aber seine kräftige Gestalt zeigte keinerlei Ermüdung, als er seinen schwarzen Kriegern mit Hilfe des dafür mitgebrachten Seiles auf den Gipfel half.

Sechsmal kehrte er zu der Schatzkammer zurück, sechsmal wich Werper tief zurück in den Schatten am anderen Ende des langen Gewölbes. Beim siebten Mal erschien der Affenmensch in Begleitung von fünfzig Kriegern – Lastenträgern aus Liebe zu dem einzigen Menschen auf der Welt, der diesen unbezwingbaren und stolzen Kämpfern derart niedrige Arbeit befehlen durfte. Zweiundfünfzig weitere Goldblöcke wurden aus den Gewölben getragen, bis das Hundert voll war, das Tarzan mitzunehmen beabsichtigte.

Als der letzte Waziri das Gemach verlassen hatte, warf Tarzan noch einen Blick auf den legendären Reichtum, in dem seine zwei Einbrüche keinerlei nennenswerte Lücke hinterlassen hatten. Das flackernde Licht seiner Kerze erhellte die undurchdringliche Finsternis der verborgenen Kammer, die bei den Menschen längst in Vergessenheit geraten war. Bevor er sie löschte, kehrten seine Gedanken zu jener Zeit zurück, als er das Gewölbe zum ersten Mal betreten hatte. Er war damals nur zufällig darauf gestoßen, als er aus den Höhlen unter dem Tempel geflohen war, in denen La, die Hohepriesterin der Sonnenanbeter, ihn versteckt hatte.

Er entsann sich des Schauspiels im Tempel, als er ausgestreckt auf dem Opferaltar lag, und La mit hoch erhobenem Dolch über ihm stand. In fanatischer Verzückung hatten die Reihen der Priester und Priesterinnen voll euphorischer Hysterie nach dem ersten warmen Blutstrom ihres Opfers gelechzt, mit dem sie ihre goldenen Pokale füllen wollten, um auf den Ruhm des Flammengottes zu trinken.

Noch eine andere Szene wurde vor Tarzan lebendig. Tha, der Priester, hatte den Verstand verloren und der Zeremonie ein jähes und blutiges Ende bereitet. Die Gläubigen waren angesichts seines wahnsinnigen Blutrausches auseinandergestoben, und Tha hatte La dann auf bestialische Weise angegriffen und wollte sie umbringen. Schließlich hatte auch er, Tarzan, in der düsteren Tragödie eine Rolle gespielt, als er sich dem furchteinflößenden Unhold entgegenstellte und ihn bald darauf tot zu Füßen der Priesterin zurückließ.

Dies und vieles mehr ging Tarzan durch den Sinn, während er den Blick über die langen Reihen des matt glänzenden, gelben Metalls schweifen ließ. Er fragte sich, ob La noch im Tempel der Ruinen Opars herrschte, deren verfallene Mauern steil vor ihm aufragten. Hatte man sie inzwischen zur Heirat mit einem ihrer seltsamen Priester gezwungen? Was für ein entsetzliches Schicksal für eine solche Schönheit! Tarzan schüttelte den Kopf, löschte die Kerze und wandte sich dem Ausgang zu.

Inzwischen waren die Waziri am Ausgang des Tunnels angelangt und ins Freie getreten, wo der Sternenhimmel über dem Berggipfel sie begrüßte. Tarzan schüttelte die Träume der Vergangenheit ab und folgte ihnen langsam. Zum letzten Mal, wie er glaubte, schloß er hinter sich die massive Tür der Schatzkammer.

Hinter ihm wartete jemand darauf, daß er ging. Der Beobachter hatte erfahren, was er wissen wollte, und konnte in Ruhe zu seinen Männern zurückkehren, sie zur Schatzkammer führen und soviel Gold mitnehmen, wie sie tragen konnten. Werper richtete sich auf und reckte sich. Er streckte die Hand aus und liebkoste einen Goldbarren in der nächsten Reihe, hob ihn von seinem uralten Ruheplatz und wog ihn in der Hand. Voll habgieriger Freude drückte er ihn an seine Brust.

Tarzan träumte von seiner glücklichen Heimkehr, stellte sich vor, was ihn erwartete, wie die Arme der Geliebten sich um seinen Hals schlingen und eine zarte Wange an der seinen liegen würde. In diesem Moment geschah, was der alte Zauberer vorhergesagt hatte.

Binnen kürzester Zeit wurden die Hoffnungen beider Männer zunichte gemacht. Der eine vergaß in panischem Entsetzen sogar seine Gier – bei dem anderen löschte ein rauhes Felsstück, das ihm eine tiefe Wunde am Kopf zufügte, jede Erinnerung an die Vergangenheit aus.

Der Altar des Flammengottes

Tarzan hatte sich gerade von der Tür abgewandt und wollte seinen Männern nacheilen, als etwas völlig Unerwartetes geschah. War eben noch alles still und regungslos gewesen – bebte im nächsten Augenblick die Erde, Risse bildeten sich im verfallenen Mauerwerk des Ganges, große Granitblöcke stürzten von der Decke und verstopften den schmalen Weg, dann wölbten sich die Wände unter dem Druck der Trümmer nach innen. Getroffen von einem Deckenteil taumelte Tarzan an die Tür der Schatzkammer, sie gab seinem Gewicht nach, öffnete sich, und er fiel nach innen auf den Boden.

In der Kammer selber richtete das Erdbeben geringeren Schaden an. Einige Barren kippten von höhergelegenen Reihen, ein Stück der Steindecke splitterte ab und fiel zu Boden, die Wände barsten, hielten jedoch der Belastung stand.

Es gab nur einen Erdstoß, kein weiterer vollendete das Werk des ersten. Die plötzliche und heftige Bewegung hatte Werper in voller Länge zu Boden geworfen. Taumelnd kam er auf die Füße und stellte fest, daß er unverletzt war. Er tastete sich auf der Suche nach der Kerze, die Tarzan mit Wachs auf einem hervorstehenden Barren befestigt und zurückgelassen hatte, zum Ende des Gewölbes.

Um das Gesuchte zu finden, mußte er einige Streichhölzer anzünden. Einen Augenblick später erhellte blakendes Licht die tiefe Finsternis, er atmete erleichtert auf, da die undurchdringliche Dunkelheit seine schreckliche Lage noch verstärkt hatte.

Nachdem sich seine Augen an den Lichtschein gewöhnt hatten, wandte er sich zur Tür – seine Gedanken waren darauf gerichtet, aus dieser entsetzlichen Gruft zu entkommen – da erblickte er den nackten Athleten, der ausgestreckt vor der Tür lag. Werper zuckte zunächst aus plötzlicher Furcht vor der Entdeckung zurück; ein zweiter Blick überzeugte ihn jedoch, daß der Engländer wie tot dalag. Er hatte eine tiefe Kopfverletzung, auf dem Steinfußboden neben ihm hatte sich eine Blutlache gebildet.

Behend sprang der Belgier über die reglose Gestalt seines ehemaligen Gastgebers, der möglicherweise noch lebte. Aber er verschwendete nicht einen Gedanken an Hilfe, sondern stürzte dem Ausgang zu.

Bald wurden seine Hoffnungen gedämpft. Der Gang direkt hinter der Tür war von schweren Felsbrocken versperrt. Werper kehrte ins Gewölbe zurück, nahm die Kerze in die Hand und begann, die Kammer systematisch abzusuchen. Da entdeckte er am anderen Ende eine Tür, die mit kreischenden Angeln seinem Druck nachgab und sich öffnete. Sie führte zu einem weiteren, engen Gang. Werper folgte ihm und stieg eine steinerne Treppe hinauf, bis er etwa zwanzig Fuß weiter oben zu einem neuen Korridor gelangte. Die flackernde Kerze erhellte ihm den Weg, und einen Augenblick später war er dieser einfachen und jahrhundertealten Lichtquelle, die er noch vor einigen Stunden wohl gar verschmäht hätte, unendlich dankbar – vor ihm gähnte eine Grube, an der der Tunnel offensichtlich zu Ende ging.

Es war ein runder Schacht. Er beugte sich mit der Kerze nach vorn und spähte in die Tiefe. Weit unten sah er eine Wasserfläche, in der sich das Licht spiegelte. Er war auf einen Brunnen gestoßen. Werper hob die Kerze und blickte in die schwarze Leere. Gegenüber führte der Tunnel weiter; aber wie gelangte er hinüber?

Als er die Entfernung abschätzte und überlegte, ob er einen so weiten Sprung wagen konnte, ertönte auf einmal ein durchdringender Schrei, der immer schwächer wurde und schließlich in einem gräßlichen Stöhnen verebbte. Die Stimme hatte wenig Menschliches an sich und klang so grauenvoll, daß sie durchaus den gequälten Lippen eines armen Sünders entstammen konnte, der im Höllenfeuer schmorte.

Der Belgier zuckte entsetzt zusammen und blickte angstvoll nach oben, von wo der Schrei zu kommen schien. Weit über sich sah er eine Öffnung und ein Stück Sternenhimmel.

War er zuvor halb entschlossen gewesen, um Hilfe zu rufen, so war ihm dieser Wunsch nach dem furchteinflößenden Schrei vergangen – wo eine solche Stimme ertönte, waren Menschen undenkbar. Wer auch immer dort über ihm wohnte, Werper wollte lieber unbemerkt bleiben. Er verfluchte seine Dummheit, sich auf diese Expedition eingelassen zu haben, wünschte sich ins Lager von Achmet Zek zurück und hätte jede Gelegenheit, sich den Militärbehörden des Kongo auszuliefern, fast mit Freuden ergriffen, würde man ihn nur aus dieser gräßlichen Lage befreien.

Voller Angst lauschte er, aber der Schrei wiederholte sich nicht, und dadurch angespornt, unternahm er den verzweifelten Versuch, über den Abgrund zu springen. Er trat zwanzig Schritte zurück, nahm Anlauf und hechtete nach vorn.

In der Hand hielt er die flackernde Kerze, die bei dem Sprung vom Luftzug ausgelöscht wurde. Es war nun stockfinster, und er streckte die Arme nach vorn, um einen Halt zu finden, falls seine Füße den unsichtbaren Rand verfehlten.

Er kam mit den Knien am Rand auf, rutschte nach hinten, griff verzweifelt einen Moment um sich und hing schließlich halb im Brunnen, aber war in Sicherheit. Einige Minuten wagte er nicht, sich zu bewegen, war völlig entkräftet und schwitzte. Dann zog er sich vorsichtig in den Gang hoch, blieb ausgestreckt liegen, und versuchte, sich wieder zu beruhigen.

Als er auf dem Brunnenrand aufgekommen war, hatte er die Kerze verloren. Obwohl es unwahrscheinlich war, daß sie auf den Boden und nicht in den Brunnen gefallen war, kroch er auf allen vieren herum und tastete die Umgebung fieberhaft nach dem dünnen Wachsstäbchen ab, das ihm jetzt unendlich mehr bedeutete als der legendäre Reichtum des Goldschatzes von Opar.

Schließlich fand er sie, drückte sie an sich und sank schluchzend und erschöpft nieder. Lange blieb er wie zerschlagen liegen, aber setzte sich dann auf, nahm ein Streichholz aus der Tasche und zündete den verbliebenen Kerzenstummel an. Mit dem Licht bekam er wieder Mut und machte sich erneut auf die Suche nach einem Ausgang. Der Gedanke an den schrecklichen Schrei, der durch den altertümlichen Brunnenschacht zu ihm gedrungen war, ließ ihn nicht los, so daß ihn jetzt sogar die eigenen Schritte in Angst und Schrecken versetzten.

Nach kurzer Zeit versperrte ihm zu seinem Verdruß eine Mauer den Weg, die den Tunnel vollends abschloß. Was konnte das heißen? Werper war ein gebildeter und intelligenter Mann. Sein Militärstudium hatte ihn gelehrt, seinen Verstand zu nutzen. Eine Sackgasse wie diese ergab keinen Sinn. Der Tunnel mußte hinter der Mauer weiterführen. Irgend jemand hatte ihn vor Unzeiten aus unerfindlichem Grund abgeriegelt. Bei dem Kerzenlicht begann er, das Mauerwerk abzutasten. Zu seiner Erleichterung mußte er feststellen, daß die dünnen Steinblöcke ohne Mörtel oder Zement aufeinandergesetzt worden waren. Er zog an einem davon und entdeckte voller Freude, daß es nicht schwer war, ihn herauszulösen. Nun baute er einen Block nach dem anderen heraus, bis die Öffnung groß genug war, um sich durchzuzwängen. Er gelangte in eine geräumige, niedrige Kammer. Auf der anderen Seite versperrte ihm wieder eine Tür den Weg; sie ließ sich jedoch mühelos öffnen, da sie nicht verschlossen war. Vor ihm erstreckte sich ein langer, dunkler Korridor. Er war aber noch nicht weit gekommen, als die Kerze ihm die Finger verbrannte. Fluchend ließ er sie fallen, sie zischte und erlosch.

Nun befand er sich in der tiefsten Finsternis, und abermals bekam er es mit der Angst. Er hatte keine Ahnung, welche weiteren Fallstricke und Gefahren auf ihn lauerten, zudem glaubte er, daß die Freiheit wieder in unerreichbare Ferne gerückt war, so bedrückend wirkte das Fehlen von Licht in dieser unbekannten Umgebung.

Langsam ging er weiter, tastete sich an der Wand des Tunnels entlang und prüfte vor jedem Schritt den Boden sorgfältig mit dem Fuß. Er wußte nicht, wie weit er gekommen war, aber der Gang schien kein Ende zu nehmen. Völlig entkräftet vor Anstrengung, Angst und Müdigkeit, beschloß er, sich ein wenig hinzulegen, auszuruhen und dann erst weiterzugehen.

Als er erwachte, hatte sich nichts verändert. Ob er eine Sekunde oder einen Tag gelegen hatte, konnte er nicht sagen; er mußte aber länger geschlafen haben, da er sich ausgeruht fühlte und ihm der Magen knurrte.

Wieder machte er sich tastend auf den Weg; schon nach kurzer Zeit jedoch kam er in einen Raum, der durch einen Öffnung an der Decke erhellt wurde, zu der eine Steintreppe hinaufführte.

Über sich, durch die Öffnung, konnte Werper zwei in Sonnenlicht getauchte, gewaltige Säulen sehen, an denen sich Kletterpflanzen emporrankten. Er lauschte, hörte jedoch nur das Pfeifen des Windes im Laub, die heiseren Schreie der Vögel und das Schnattern von Meerkatzen.

Unverzagt schritt er die Treppe hinauf und stand bald darauf in einem runden Hof. Direkt vor ihm erhob sich ein steinerner Altar, der von rostroten Flecken verunreinigt war. Zu dem Zeitpunkt verschwendete er weiter keinen Gedanken an ihre Herkunft – später sollte es ihm auf schreckliche Weise klar werden.

Gleich hinter dem Altar, neben der Öffnung im Boden, durch die er aus den unterirdischen Gewölben gekommen war, entdeckte er mehrere Türen, sie führten wieder hinunter. An den Häuserfronten ringsum waren überall offene Balkons. Meerkatzen sprangen in den verlassenen Ruinen herum, buntgefiederte Vögel schwirrten weit oben zwischen den Säulen und Balkons hin und her; aber nichts wies auf menschliches Leben hin. Werper war erleichtert. Er seufzte, als sei ihm eine Last von den Schultern genommen worden. Er ging auf einen der Ausgänge zu und erstarrte vor Überraschung und Schreck, denn fast im selben Augenblick öffneten sich ein Dutzend Türen und eine Horde gräßlicher Gestalten stürzte sich auf ihn.

Es waren die Priester des Flammengottes von Opar – dieselben struppigen, widerlichen Gnome, die vor einigen Jahren Jane Clayton an derselben Stelle zum Opferstein gezerrt hatten. Die langen Arme, die kurzen, krummen Beine, die engstehenden, bösen Augen und die niedrige, fliehende Stirn verliehen ihnen ein grausiges Aussehen, das dem Belgier mit seinen arg strapazierten Nerven einen Schauer über den Rücken jagte und ihn vor Angst lähmte.

Schreiend fuhr er herum, um in die düsteren Gänge und Gewölbe zu fliehen, aus denen er gekommen war, sie waren das kleinere Übel. Die gräßlichen Wesen machten seine Absichten jedoch zunichte. Sie versperrten ihm den Weg, und obwohl er sie kniefällig anflehte, ihn am Leben zu lassen, fesselten sie ihn und warfen ihn in den Tempel.

Anschließend wiederholte sich, was Tarzan und Jane Clayton durchgemacht hatten. Die Priesterinnen erschienen und mit ihnen La, die Hohepriesterin. Werper wurde ergriffen und über den Altar gelegt. Kalter Schweiß brach ihm aus jeder Pore, als sie den grauenvollen Opferdolch über ihm erhob. Die Todeshymne drang in seine gemarterten Ohren. Sein starrer Blick fiel auf die goldenen Pokale, aus denen die gräßlichen Priester bald ihren unmenschlichen Durst mit seinem warmen Blut stillen würden.

Inständig wünschte er, daß das Schicksal ihm vor dem letzten

Stoß der scharfen Klinge gnädig sein möge und er das Bewußtsein verlor – als plötzlich ein furchterregendes Gebrüll ertönte. Die Hohepriesterin ließ den Dolch sinken. Ihre Augen weiteten sich vor Schreck. Die Priesterinnen, ihre Anhängerinnen, schrien wie von Sinnen und stürzten auf die Ausgänge zu. Die Priester brüllten je nach Veranlagung wütend oder erschreckt. Werper reckte seinen Hals, um zu sehen, was sie so in Panik versetzte. Als er es schließlich sah, wurde ihm abwechselnd heiß und kalt, denn ein riesiger Löwe stand mitten im Tempel, und das erste Opfer lag zerfleischt unter seinen grausamen Pranken.

Wieder brüllte der Herr der Wildnis und wandte den drohenden Blick zum Altar. La taumelte nach vorn, wirbelte herum und fiel ohnmächtig über Werper.

Der Angriff der Araber

Als sich der erste Schrecken über den Erdstoß gelegt hatte, eilten Basuli und seine Krieger zur Grotte zurück, um nach Tarzan und zwei anderen Vermißten zu suchen.

Der Zugang war von einer Unmasse abgesplitterter Felsbrocken verschüttet. Zwei Tage mühten sie sich ab, einen Weg zu ihren eingesperrten Freunden zu graben; als sie aber nach unendlicher Plackerei nur zwei Meter der Gesteinsmasse weggeräumt hatten und auf die zerquetschten Überreste eines der Krieger gestoßen waren, mußten sie einsehen, daß Tarzan und der zweite Vermißte ebenfalls nur tot aus weiteren Tiefen geborgen werden konnten und jede menschliche Hilfe für sie zu spät kam.

Immer wieder riefen sie die Namen ihres Herren und ihres Gefährten; doch umsonst – kein Laut drang zu ihnen und gab ihnen Mut. Schließlich brachen sie die Suche ab. Mit Tränen in den Augen warfen sie einen letzten Blick auf das Trümmergrab ihres Herren, nahmen die schwere Goldlast auf, die ihrer verwitweten und geliebten Herrin zwar keine Freude, aber wenigstens ein Auskommen sichern würde, und begaben sich auf den Heimweg durch das trübselige Tal von Opar und die Wälder hinter den Bergen zu dem fernen Landhaus.

Welch Unheil braute sich währenddessen über diesem ehemals so friedlichen und glücklichen Heim zusammen!

Aus dem Norden kam auf die Nachricht seines Stellvertreters Achmet Zek herbeigeeilt. Mit ihm ritt ein Haufen geächteter Araber, berüchtigter Krimineller und ähnliches Gesindel, das die Bande aus primitiven und unwissenden Kannibalenstämmen rekrutiert hatte, in deren Gebieten sie ungestraft ihr Unwesen getrieben hatte.

Mugambi bemerkte als erster das ungestüme Nahen der finsteren Gesellen. Er war jener schwarze Herkules, der Tarzan, seinen geliebten Herren, von der Dschungelinsel bis fast zum Oberlauf des Ugambi durch alle Gefahren und Wechselfälle des Lebens begleitet hatte.

Ihm hatte Tarzan die Männer anvertraut, die zum Schutz Lady

Greystokes zurückgeblieben waren. Landauf, landab gab es keinen mutigeren oder treueren Wächter. Er war von riesiger Statur, ein unbezähmbarer und furchtloser Krieger, dessen Gefühl und Urteilsvermögen seiner Tapferkeit und Standhaftigkeit voll entsprachen.

Seit der Abreise seines Herren hatte er sich kein einziges Mal aus der Sicht- und Hörweite des Landhauses begeben, es sei denn, Lady Greystoke hatte sich zu einem Ausritt in die weite Ebene entschlossen, oder verschaffte sich durch einen kurzen Jagdausflug in ihrem eintönigen und einsamen Alltag Abwechslung. Bei all diesen Gelegenheiten blieb ihr Mugambi mit einem feurigen Araberhengst stets dicht auf den Fersen.

Die Bande war weit weg, als der scharfsichtige Krieger sie schon bemerkte. Eine Zeitlang beobachtete er sie schweigend, dann wandte er sich um und rannte zu den Eingeborenenhütten, die nur einige hundert Meter vom Landhaus entfernt waren.

Hier rief er die untätig herumsitzenden Krieger zusammen. Auf seine Weisungen griffen die Männer zu ihren Waffen und Schilden. Einige liefen schnell zu den Feldern, um die dort Tätigen zu holen und die Hirten bei den Schaf- und Rinderherden zu warnen. Alle übrigen begaben sich mit Mugambi zurück zum Landhaus.

In weiter Entfernung sah man den Staub, den die Banditen aufwirbelten. Mugambi konnte nicht wissen, ob sie in feindlicher Absicht kamen, aber er war im wilden Afrika aufgewachsen und hatte schon oft Reitergruppen aus dem Nichts auftauchen sehen. Manchmal waren es Freunde, manchmal Feinde gewesen – das ließ sich vorher nie sagen. Man mußte mit allem rechnen. Es mißfiel Mugambi einfach, daß sie sich so schnell näherten.

Das Landhaus der Greystokes war nicht für die Abwehr von Angriffen gerüstet. Es hatte keine Palisaden, und da es von den Hütten der treuen Waziri umgeben war, hatte der Besitzer einen feindlichen Angriff nie in Betracht gezogen. Nur die Fensterläden aus massivem Holz konnten Schutz vor Pfeilen bieten. Mugambi war gerade dabei, sie zu schließen, als Lady Greystoke auf die Veranda trat.

„Mugambi, was tust du da?“ rief sie aus. „Was ist passiert? Warum schließt du die Fenster?“

Mugambi wies in die Ebene, wo man nun deutlich weißgekleidete Reiter erkennen konnte.

„Das sind Araber", erklärte er. „Sie führen nichts Gutes im Schilde, und unser Herr ist nicht da."

Hinter dem gepflegten Rasen und den blühenden Büschen erblickte Jane Clayton die halbnackten Gestalten ihrer Waziri. Die Spitzen ihrer eisenbeschlagenen Speere blitzten in der Sonne, die farbenprächtigen Federn ihres Kopfschmuckes leuchteten und die Haut ihrer breiten Schultern und hohen Wangenknochen schimmerte hell.

Jane Clayton betrachtete sie voller Stolz und Bewunderung. Was konnte ihr schon geschehen, wenn diese Männer sie beschützen würden?

Die Reiter hielten hundert Yards vor dem Anwesen. Mugambi stand bei seinen Kriegern. Er trat einige Yards vor und erhob seine Stimme, um die Ankömmlinge zu begrüßen. Achmet Zek saß aufrecht im Sattel an der Spitze seiner Spießgesellen.

„Araber! Was wollt ihr hier?" schrie Mugambi.

„Wir kommen in friedlicher Absicht", rief Achmet Zek zurück.

„Dann kehrt um und zieht in Frieden", erwiderte Mugambi. „Wir wollen euch hier nicht. Es kann keinen Frieden zwischen Arabern und Waziri geben."

Mugambi war zwar nicht bei den Waziri geboren worden, man hatte ihn jedoch in dem Stamm aufgenommen, und nun gab es keinen, der ihren Stolz und ihre Traditionen eifersüchtiger verteidigte.

Achmet Zek wandte sich zu seinen Männern und beriet sich leise mit ihnen. Einen Augenblick später gaben sie ohne Warnung eine Salve auf die Waziri ab. Einige Krieger stürzten zu Boden, die anderen wollten nun angreifen, jedoch Mugambi war ein ebenso vorsichtiger wie mutiger Anführer. Er wußte, wie sinnlos ein Angriff auf bewaffnete Reiter war. Deshalb zog er sich mit seiner Gruppe hinter das Gebüsch des Gartens zurück. Dann postierte er Krieger um das Haus, schickte ein halbes Dutzend hinein, sie sollten achtgeben, daß ihre Herrin im Haus blieb und sie mit ihrem Leben beschützen.

Achmet Zek wandte die Taktik der Wüstenkämpfer an, aus deren Reihen er stammte. Er galoppierte mit seinen Leuten in einer auseinandergezogenen Reihe um das Landhaus und zog immer engere Kreise um die Verteidiger.

Diejenigen, die den Waziri am nächsten kamen, jagten eine Salve in die Büsche, hinter denen sich die Krieger versteckt hatten. Diese schossen ihrerseits mit ihren dünnen Pfeilen nach jedem, der ihnen zu nahe kam.

Die Waziri waren zu Recht berühmt für ihre Kunst und hatten keinerlei Grund, sich für die Leistung dieses Tages zu schämen. Immer wieder warf ein dunkelhäutiger Reiter, von einem tödlichen Pfeil getroffen, die Arme über den Kopf und stürzte zu Boden. Aber es war ein ungleicher Kampf. Die Araber waren zahlreicher als die Waziri; ihre Kugeln durchdrangen das Gebüsch und fanden Ziele, die die Schützen gar nicht gesehen hatten. Als sich Achmet Zek dem Landhaus auf eine halbe Meile genähert hatte, riß er einen Teil der Umzäunung nieder und drang mit seinen Banditen in das Anwesen ein.

In wahnsinnigem Tempo ritten sie über die Felder. Sie machten auch nicht vor den niedrigeren Zäunen halt, trieben ihre Pferde direkt darauf zu und fegten die Hindernisse weg, als würden sie nicht existieren.

Mugambi sah sie kommen, rief seine noch verbliebenen Krieger zusammen und rannte zum Landhaus, um letzten Widerstand zu leisten. Lady Greystoke stand mit dem Gewehr in der Hand auf der Veranda. Mehr als ein Bandit hatte durch ihre ruhige Hand und Kaltblütigkeit für seine Untaten büßen müssen; mehr als ein Pferd rannte nun reiterlos der angreifenden Horde hinterher.

Mugambi schob seine Herrin ins Haus und bereitete sich mit seiner geschwächten Streitmacht auf den letzten Ansturm des Feindes vor.

Die Araber ritten mit Gebrüll, die langen Gewehre über den Köpfen schwingend, an der Veranda vorbei und überschütteten die dort knienden Waziri mit einem Kugelhagel, während diese ihnen aus der Deckung ihrer langen ovalen Schilde Pfeile entgegensandten. Wohl waren diese Schilde geeignet, feindliche Pfeile abzuwehren oder einen Speer abzulenken; jedoch völlig nutzlos angesichts der Bleigeschosse der Angreifer.

Andere Bogenschützen richteten aus der besseren Deckung der halbgeschlossenen Fensterläden mehr aus, und nach dem ersten Ansturm zog Mugambi all seine Männer dorthin zurück.

Immer wieder griffen die Araber an, schließlich blieben sie außerhalb der Reichweite der Pfeile im Kreis um die kleine Festung stehen. Von dort nahmen sie die Fenster unter Dauerbeschuß. Ein Waziri nach dem anderen wurde getroffen. Immer weniger Pfeile flogen in Richtung der Araber, so daß sich Achmet Zek schließlich sicher genug fühlte und zum Sturm überging.

Im Laufen feuernd stürmte die blutdurstige Horde auf die Veranda. Ein Dutzend fielen den Pfeilen der Waziri zum Opfer; die meisten gelangten jedoch zur Tür. Das Krachen zersplitternden Holzes vermischte sich mit dem des Gewehres; Jane Clayton hatte durch die Holztäfelung auf den vordringenden Feind geschossen.

Zu beiden Seiten der Tür stürzten Männer zu Boden; schließlich gab jedoch das zerbrechliche Hindernis dem heftigen Ansturm der tollwütigen Horde nach; die Tür barst nach innen, und ein Dutzend finstere Gestalten drangen in das Wohnzimmer ein. An der gegenüberliegenden Wand stand Jane Clayton, umringt von den letzten ihr ergebenen Beschützern. Auf dem Boden lagen die reglosen Körper derjenigen, die ihr Leben für sie gegeben hatten. Mugambi stand an der Spitze ihrer Verteidiger. Die Araber legten an, um mit einer letzten Salve allem Widerstand ein Ende zu setzen; Achmet Zek gebot ihnen jedoch Einhalt.

„Schießt nicht auf die Frau!“ brüllte er. „Wer ihr etwas tut, stirbt. Wir brauchen sie lebend.“

Die Araber stürmten durch das Zimmer; die Waziri begegneten ihnen mit ihren schweren Speeren. Schwerter blitzten, langläufige Pistolen sprachen krachend ihre Todesurteile. Mugambi schleuderte seinen Speer mit aller Kraft auf den Feind, der ihm am nächsten kam, so daß der schwere Schaft den Körper des Arabers völlig durchdrang, dann ergriff er die Pistole eines anderen, faßte sie am Lauf und schlug allen den Schädel ein, die seiner Herrin zu nahe kamen.

Die anderen wenigen Krieger eiferten seinem Beispiel nach und kämpften wie die Löwen, jedoch fiel einer nach dem anderen, bis als einziger Mugambi übrigblieb, um das Leben und die Ehre der Gattin des Affenmenschen zu verteidigen.

Von gegenüber beobachtete Achmet Zek den ungleichen

Kampf und trieb seine Leute an. In den Händen hielt er seine juwelenbestückte Muskete. Langsam legte er an und wartete, daß er schießen konnte, ohne das Leben der Frau oder eines seiner Leute zu gefährden.

Schließlich kam der Augenblick, Achmet Zek drückte ab. Ohne einen Laut sank der mutige Mugambi vor den Füßen Jane Claytons zu Boden.

Einen Moment später war sie umzingelt und entwaffnet. Wortlos zerrte man sie aus dem Haus. Ein riesiger Neger hob sie vor sich auf seinen Sattel, und während die Banditen das Haus und die Nebengebäude noch plünderten, ritt er mit ihr vors Tor und wartete auf seinen Herren.

Jane Clayton sah, wie die Räuber die Pferde aus dem Pferch führten und die Herden von den Weiden trieben. Sie beobachtete, wie die Araber alles herausschleppten, was im Haus ihrer Ansicht nach von Wert war. Dann legten sie Feuer, und ihr Heim ging in Flammen auf.

Nachdem die Plünderer ihre Wut und Habsucht gestillt hatten, sammelten sie sich und ritten mit ihr gen Norden. Sie sah den Rauch und die Flammen hoch in den Himmel steigen, bis der Weg hinter einer Biegung in den Wald führte und ihr der traurige Anblick erspart blieb.

Als die Flammen sich ihren Weg zum Wohnzimmer bahnten und mit gespaltenen Zungen nach den leblosen Körpern griffen, bewegte sich etwas in dem grauenvollen Leichenberg, in dem sich schon lange nichts mehr gerührt hatte. Es war ein riesiger Schwarzer, der auf die Seite rollte und die leiderfüllten, blutunterlaufenen Augen öffnete. Mugambi, den die Araber tot geglaubt hatten, lebte noch. Die heißen Flammen hatten ihn fast erreicht, als er sich unter Schmerzen auf allen vieren langsam dem Ausgang zuschleppte.

Immer wieder brach er zusammen; aber jedesmal fand er neue Kraft und setzte seinen qualvollen Weg aus der Gefahrenzone fort. Unter nie endenden Höllenqualen – im Zimmer herrschte eine backofenartige Hitze – erreichte der riesige Mann die Veranda, wälzte sich die Stufen hinab und kroch in den kühlen Schutz eines nahen Gebüsches.

Dort lag er die ganze Nacht, zeitweise bewußtlos, dann wieder schmerzhaft wach. In diesem Zustand beobachtete er mit unbezwingbarem Haß die düsterroten Flammen, die noch immer aus dem brennenden Stall und dem Heuschober schlugen. Ein herumstreichender Löwe brüllte in der Nähe; der wilde schwarze Riese fürchtete sich jedoch nicht. Ihn bewegte nur ein Gedanke – Rache! Rache! Rache!

Das Juwelenzimmer von Opar

Einige Zeit blieb Tarzan wie tot auf dem Boden der Schatzkammer unter den Ruinen von Opar liegen. Schließlich regte er sich und schlug die Augen auf. Es war stockfinster. Er betastete seinen Kopf und spürte Blut an seiner Hand. Dann roch er an den Fingern wie ein wildes Raubtier an seiner verwundeten und blutenden Pfote.

Langsam setzte er sich auf und lauschte. Kein Laut drang in die Tiefen seiner Gruft. Taumelnd erhob er sich und tastete sich zwischen den aufgestapelten Barren entlang. Was war mit ihm? Wo war er? Ihm schmerzte der Kopf, dennoch schien er von dem Schlag keine ernsthaften Verletzungen davongetragen zu haben. Nur konnte er sich weder an den Vorfall erinnern, noch daran, wie es dazu gekommen war.

Zentimeter für Zentimeter befühlte er Arme und Beine, seinen Leib und den Kopf. Dann faßte er nach dem Köcher auf seinem Rücken und dem Messer am Lendenschurz. Irgend etwas war anders. Ah, jetzt fiel es ihm ein. Etwas fehlte. Er kroch auf dem Boden herum, tastete ihn nach dem Gegenstand ab, den er instinktiv vermißt hatte. Schließlich fand er, was er suchte – den schweren Kampfspeer, der seit langem zu einem unentbehrlichen Bestandteil seines Alltags und fast seines ganzen Daseins geworden war und ihn seit dem Tag begleitete, als er ihn einem schwarzen Krieger entrissen hatte, einem Opfer seiner wilden Lehrzeit im Dschungel.

Tarzan war sicher, daß es noch eine andere und schönere Welt geben mußte, als jene dunkle innerhalb dieser Steinmauern. Er setzte die Suche fort und fand schließlich den Gang, der in die Stadt und zum Tempel führte. Munter marschierte er drauflos. Er stieg die Steintreppe zur höhergelegenen Ebene hinauf und ging auf den Brunnen zu.

Nichts sagte ihm, daß er hier schon einmal gewesen war. Er stolperte durch die Dunkelheit, als befände er sich in der hellen

Mittagssonne auf freiem Feld, und plötzlich geschah das, was bei einem so zügigen Marsch zwangsläufig geschieht.

Er kam zum Brunnenrand, tat einen weiteren Schritt, kam zu Fall und stürzte in die pechschwarze Finsternis hinab. Mit dem Speer in der Hand verschwand er in der Tiefe des Wassers.

Bei dem Fall hatte er sich nicht verletzt, und als er wieder an die Oberfläche kam und das Wasser aus den Augen entfernte, stellte er fest, daß er sehen konnte. Das Tageslicht drang durch eine Öffnung weit über ihm und erhellte schwach die Umgebung. Tarzan blickte um sich. Auf gleicher Höhe mit dem Wasserspiegel sah er eine große dunkle Tür und eine glitschige Mauer. Er schwamm darauf zu und kletterte auf den feuchten Boden des Ganges.

Er machte sich wieder auf den Weg, nun jedoch vorsichtiger, denn er hatte seine Erfahrungen gemacht. Der unerwartete Sturz hatte ihm gezeigt, daß er in der Dunkelheit achtgeben mußte – darauf brauchte man ihn nicht zweimal hinzuweisen.

Lange Zeit verlief der Tunnel schnurgerade. Der Boden war glitschig, als ob das Wasser im Brunnen von Zeit zu Zeit anstieg und den Gang überflutete. Schon dadurch war er gezwungen, langsam zu gehen, denn er konnte ganz leicht ausgleiten.

An einem Treppenabsatz war der Gang zu Ende. Tarzan stieg die Stufen hinauf. Die Treppe machte mehrere Biegungen und führte zu einem kleinen, runden Gewölbe, dessen Düsternis durch schwaches Licht durchbrochen wurde, das durch einen Turm fiel. Dieser hatte einen Durchmesser von einigen Fuß und ragte von der Deckenmitte etwa einhundert Fuß nach oben. Ein Steingitter, durch das Tarzan den blauen und sonnenerhellten Himmel sehen konnte, schloß ihn ab.

Neugierig erkundete der Affenmensch seine Umgebung. Das Gewölbe war außer mehreren eisen- und kupferbeschlagenen Truhen leer. Tarzan fuhr mit der Hand darüber. Er befühlte die Kupferverzierungen, zog an den Scharnieren und hob schließlich durch Zufall den Deckel einer Kiste.

Er stieß einen Ausruf des Entzückens aus, als sein Blick auf den prächtigen Inhalt fiel. Vor ihm lag eine große Schale mit funkelnden Steinen, die im Halbdunkel des Raumes strahlten und glitzerten. Tarzan war durch den Unfall wieder zum Urmenschen geworden und hatte keinerlei Vorstellung von dem ungeheuren Wert seines Fundes. Für ihn waren es nur hübsche Kristalle. Er tauchte die Hand hinein und ließ die unschätzbaren Schmuckstücke durch die Finger gleiten. Dann trat er zu den anderen Truhen und fand eine weitere Fülle dieser wertvollen Steine. Fast alle waren geschliffen; er nahm sich eine Handvoll und steckte sie in den Beutel an seinem Gürtel – die unbearbeiteten Steine legte er zurück.

Ohne es zu ahnen, war der Affenmensch auf das vergessene Juwelenzimmer von Opar gestoßen. Dieses lag seit Jahrhunderten unter dem Tempel des Flammengottes inmitten der vielen dunklen Gänge, in die sich die abergläubischen Nachkommen der Sonnenanbeter nicht hineinwagten.

Tarzan wurde dieser Ablenkung bald überdrüssig und lief weiter. Der Weg stieg ständig an und war sehr verwinkelt. Schließlich endete er in einem niedrigen Gemach, das heller war als diejenigen, die er bisher entdeckt hatte.

Durch eine Öffnung in der Decke, zu der eine Steintreppe hinaufführte, konnte er die sonnenerhellte Außenwelt sehen. Tarzan betrachtete mit leichtem Staunen die von Kletterpflanzen umrankten Säulen. Er runzelte die Stirn und überlegte, wo er das schon einmal gesehen hatte. Er war sich nicht sicher und hatte ständig das Gefühl, daß mit seinem Erinnerungsvermögen etwas nicht stimmte und er hier Dinge vorfand, die er irgendwoher kannte.

Ein donnerndes Gebrüll unterbrach sein Grübeln. Es drang durch das Fenster über ihm. Danach hörte man das Geschrei von Männern und Frauen. Tarzan packte seinen Speer fester und stieg die Treppe hinauf. Als er aus dem Halbdunkel des Kellers in das helle Licht des Tempels trat, bot sich ihm ein seltsamer Anblick dar.

Er erkannte die Wesen vor sich – es waren Männer, Frauen und ein riesiger Löwe. Die Menschen stürzten auf die Ausgänge zu und wollten sich in Sicherheit bringen. Der Löwe hockte in der Mitte des Tempels auf einem leblosen Körper. Direkt vor Tarzan, neben einem Steinblock, stand eine Frau. Auf dem Block lag ein Mann. Der Affenmensch sah, daß der Löwe die beiden übriggebliebenen Menschen wild anblickte. Wieder brüllte das Raubtier markerschütternd, die Frau schrie auf und fiel ohnmächtig quer über den Mann auf dem Steinaltar.

Der Löwe näherte sich einige Schritte und duckte sich. Seine

Schwanzspitze zuckte nervös. Schon wollte er angreifen, da wurde seine Aufmerksamkeit auf den Affenmenschen gezogen.

Werper lag hilflos auf dem Altar und sah, daß das Tier zum Sprung ansetzte. Er bemerkte die plötzliche Veränderung im Verhalten der Bestie, die hinter dem Altar, dem Belgier nicht sichtbar, etwas anderes entdeckt haben mußte. Eine Gestalt schnellte an Werper vorbei, hob den gewaltigen Arm, und ein schwerer Speer schoß auf den Löwen zu und drang ihm in die breite Brust.

Er sah, wie das Tier am Schaft der Waffe zerrte, und erblickte – welch ein Wunder – den nackten Hünen, der das Geschoß auf das riesige Raubtier geschleudert hatte und nun, nur mit einem langen Messer bewaffnet, den grausamen Reißzähnen und Krallen entgegentrat.

Der Löwe brüllte auf, als er sich diesem neuen Feind gegenübersah. Er knurrte furchterregend, und zum Entsetzen des Belgiers ertönte aus dem Mund des Mannes ein ähnlich wildes Knurren.

Mit einem schnellen Seitenschritt wich Tarzan dem ersten Schlag der Pranke aus, sprang neben das Tier und schwang sich auf den gelbbraunen Rücken. Er umschlang den bemähnten Hals der Raubkatze und schlug die Zähne tief in das Fleisch seines Widersachers. Das riesige Tier brüllte, bäumte sich auf, wälzte sich und versuchte, den unbezwingbaren Gegner abzuwerfen. Wiederholt fuhr Tarzans langes, scharfes Messer in seine Flanke.

Während des Kampfes erlangte La das Bewußtsein wieder. Fasziniert stand sie neben ihrem Opfer und verfolgte das Geschehen. Ihrer Ansicht nach war es unglaublich, daß ein menschliches Wesen den König der Raubtiere im Zweikampf besiegen konnte, und doch bot sich ihren Augen ein solches Wunder dar.

Schließlich drang Tarzans Messer in das große Herz vor, und nach einem letzten, krampfartigen Satz rollte der Löwe tot über den Marmorboden. Der Sieger sprang auf, stellte einen Fuß auf den Kadaver, richtete das Gesicht zum Himmel und erhob ein so markerschütterndes Gebrüll, daß sowohl La als auch Werper ob des Widerhalls im Tempel erzitterten.

Dann wandte sich der Affenmensch um, und Werper erkannte in ihm den Mann, den er tot im Schatzgewölbe zurückgelassen hatte.

Die Flucht aus Opar

Werper traute seinen Augen nicht. War das jener vornehme Engländer, der ihn so großzügig auf seinem reichen afrikanischen Besitztum aufgenommen hatte? War dieses wilde Tier mit den glühenden Augen und dem blutrünstigen Aussehen wirklich ein Mensch? War die menschliche Kehle überhaupt zu solch grausigem Siegesschrei fähig, wie er ihn eben vernommen hatte?

Tarzan betrachtete den Mann und die Frau mit verunsichertem Blick, als sei ihm alles völlig neu. Er sah aus, als habe er soeben eine neue Art von Lebewesen entdeckt und staune nun darüber.

La musterte eingehend das Gesicht des Affenmenschen. Langsam weiteten sich ihre Augen.

„Tarzan!" rief sie und fuhr im Dialekt der großen Affen fort, den sie beherrschte, da die Sprache der Oparier durch den ständigen Umgang mit Menschenaffen jenem sehr ähnlich geworden war:

„Du bist zu mir zurückgekommen! La hat die Gebote ihrer Religion mißachtet und die ganze Zeit auf Tarzan, auf ihren Tarzan, gewartet. Sie hat keinen Gefährten genommen, da es auf der ganzen Welt nur einen gibt, den La erwählen würde. Und nun bist du zurückgekommen! Sage mir, Tarzan, daß du meinetwegen zurückgekehrt bist."

Werper hörte sich die unverständlichen Laute an. Er blickte zu Tarzan. Ob dieser die seltsamen Worte verstand? Zu seinem Erstaunen antwortete der Engländer in derselben Sprache.

„Tarzan?" sagte er nachdenklich. „Tarzan? Der Name kommt mir bekannt vor."

„Das ist dein Name – du bist Tarzan", rief La.

„Ich bin Tarzan?" Der Affenmensch zuckte mit den Schultern. „Nun, es ist ein guter Name – da ich keinen anderen kenne, werde ich ihn behalten; aber dich kenne ich nicht. Ich bin nicht deinetwegen hierher gekommen. Ich weiß überhaupt nicht, warum ich hier bin; auch weiß ich nicht, woher ich stamme. Kannst du es mir sagen?"

La schüttelte den Kopf. „Ich habe es nie herausbekommen“, erwiderte sie.

Tarzan wandte sich zu Werper und stellte ihm dieselbe Frage; jedoch in der Sprache der großen Affen. Der Belgier schüttelte den Kopf.

„Ich verstehe diese Sprache nicht“, antwortete er auf französisch.

Mühelos, und offenbar ohne den Wechsel überhaupt wahrzunehmen, wiederholte Tarzan seine Frage auf französisch. Dem Belgier wurde auf einmal klar, was mit Tarzan geschehen war. Der Mann hatte sein Gedächtnis verloren – er konnte sich an nichts mehr erinnern. Werper war drauf und dran, ihn aufzuklären, als ihm plötzlich einfiel, daß er seinen Nutzen daraus ziehen konnte, wenn er ihm seine Identität wenigstens für einige Zeit vorenthielt und ihn in Unwissenheit ließ.

„Ich kann dir nicht sagen, woher du kommst“, meinte er. „Aber ich kann dir sagen, daß wir beide auf diesem Blutaltar geschlachtet werden, wenn wir nicht rechtzeitig von diesem grausigen Ort fliehen. Die Frau wollte gerade ihr Messer in mein Herz stoßen, als der Löwe das teuflische Ritual unterbrach. Komm! Laß uns aus dem scheußlichen Tempel verschwinden, bevor sie sich von ihrem Schrecken erholen und sich wieder versammeln.“

Tarzan wandte sich erneut zu La und fragte:

„Warum wolltest du diesen Mann töten? Bist du hungrig?“

Die Hohepriesterin schrie entsetzt auf.

„Hat er versucht, dich zu töten?“ fuhr Tarzan fort.

Die Frau schüttelte den Kopf.

„Warum wolltest du ihn dann töten?“ Tarzan war entschlossen, den Dingen auf den Grund zu gehen.

La wies mit ihrem schlanken Arm auf die Sonne.

„Wir wollten gerade seine Seele dem Flammengott zum Opfer bringen“, sagte sie.

Tarzan war verwirrt. Er war wieder ein Affe, und denen sind Dinge wie Seelen und Flammengötter bekanntlich unverständlich.

„Möchtest du sterben?“ fragte er Werper.

Der Belgier versicherte ihm unter Tränen, daß dies sein Wunsch wahrlich nicht sei.

„Dann sollst du auch nicht sterben. Komm, wir gehen! Dieses

Geschöpf wollte dich töten und mich bei sich behalten. Und überhaupt, das ist kein Ort für einen Mangani. Ich würde bald jämmerlich zugrunde gehen, wenn ich hinter diesen Mauern eingesperrt bliebe."

Er wandte sich an La. „Wir gehen jetzt."

Die Frau stürzte vor, ergriff seine Hand und rief:

„Verlaß mich nicht! Bleib, und du wirst Hohepriester werden. La liebt dich. Ganz Opar wird dir zu Füßen liegen. Sklaven werden dir jeden Wunsch erfüllen. Bleib, Tarzan von den Affen, und meine Liebe ist der Dank."

Der Affenmensch schob die kniende Frau beiseite. „Tarzan begehrt dich nicht", sagte er kurz, trat zu Werper, schnitt ihm die Fesseln durch und hieß ihn folgen.

Keuchend und mit wutentstelltem Gesicht sprang La auf und schrie:

„Ihr sollt bleiben! La will dich haben, wenn nicht lebendig dann tot!" Sie reckte ihr Gesicht der Sonne entgegen und erhob ihre Stimme zu dem grausigen Schrei, den Werper schon einmal vernommen hatte, und auch Tarzan bereits kannte.

Als Antwort brach in den umliegenden Gemächern und Gängen ein wildes Stimmengewirr aus.

„Kommt, Schutzpriester! Die Ungläubigen haben das Allerheiligste geschändet. Kommt! Versetzt sie in Angst und Schrekken; verteidigt La und ihren Altar; wascht den Tempel mit dem Blut der Gotteslästerer!" schrie sie.

Tarzan verstand, Werper hingegen nicht. Der Affenmensch blickte schnell zu dem Belgier und sah, daß er unbewaffnet war. Im Nu war er bei La, packte sie, und obwohl sie sich mit allen Kräften wehrte, hatte er sie bald entwaffnet und überreichte Werper ihren langen Opferdolch.

„Du wirst ihn brauchen", meinte er. In dem Moment öffneten sich alle Türen und eine Horde abstoßender kleiner Männer stürmte in den Tempel.

Die Oparier waren mit Knüppeln und Dolchen bewaffnet und wurden durch fanatischen Haß und Eifer in ihrem Mut bestärkt. Werper wurde von Entsetzen gepackt. Tarzan blickte in stolzer Verachtung auf den Feind. Langsam näherte er sich dem Ausgang, den er als Fluchtweg vorgesehen hatte. Ein stämmiger Priester stellte sich ihm in den Weg. Hinter ihm standen zwanzig weitere.

Tarzan ließ seinen schweren Speer wie eine Keule auf ihm niedergehen. Der Mann ging mit zerschmettertem Schädel zu Boden.

Immer wieder machte Tarzan während des langsamen Vorrückens von seiner Waffe Gebrauch. Werper blieb dicht bei ihm und bedachte die schreiende und tanzende Menge, die ihnen folgte, mit drohenden Blicken. Er hielt den Opferdolch bereit, um den zu stechen, der in seine Reichweite geriet; aber niemand kam. Eine Zeitlang fragte er sich, warum sie so mutig mit dem Affenmenschen kämpften, jedoch vor ihm zurückscheuten, der im Vergleich zu diesem ja schwach war. Wenn sie sich auf ihn gestürzt hätten, wäre er beim ersten Angriff niedergemacht worden, das wußte er. Erst als Tarzan den Ausgang erreicht und den Weg dorthin mit den Leichen seiner Widersacher bedeckt hatte, erriet Werper den Grund seiner Immunität. Die Priester hatten sich vor dem Opferdolch gefürchtet! Sie konnten dem Tod ins Auge sehen und gaben freiwillig ihr Leben, wenn es um die Verteidigung der Hohenpriesterin und des Altars ging; aber offenbar gab es für sie verschiedene Tode. Ein seltsamer Aberglaube mußte sich mit der gleißenden Klinge verbinden, so daß jeder Oparier es vermied, in ihre tödliche Nähe zu kommen, sich andererseits inbrünstig dem todbringenden Speer des Affenmenschen entgegenwarf.

Kaum waren sie außerhalb des Tempelhofes, teilte Werper diese Entdeckung Tarzan mit. Der Affenmensch grinste und ließ Werper vor sich hergehen und dabei die juwelenbestückte heilige Waffe schwingen.

Die Oparier stoben nach alle Richtungen auseinander, und Tarzan und der Belgier hatten freien Zugang zu den Gängen und Gemächern des altertümlichen Tempels.

Werpers Augen weiteten sich, als sie den Raum mit den sieben massiven Goldpfeilern durchquerten. Mit kaum verhohlener Gier schaute er auf die jahrhundertealten goldenen Tafeln, die fast jeden Raum schmückten und in vielen Gängen an den Wänden hingen. Dem Affenmenschen schien dies alles nichts zu bedeuten.

Der Zufall führte die beiden zu der breiten Straße, die sich zwischen den imposanten, aber halbverfallenen Gebäuden und der inneren Stadtmauer erstreckte. Große Affen plapperten sie an und vollführten Drohgebärden; Tarzan antwortete jedoch auf ihre Art und zahlte ihnen jede Stichelei, jede Beleidigung und jede Herausforderung mit gleicher Münze heim.

Werper sah, wie sich ein behaartes Affenmännchen von einer zusammengefallenen Säule schwang und sich dem nackten Athleten steifbeinig und zornig näherte. Es bleckte die gelben Zähne und stieß durch die dicken und herabhängenden Lippen verdrossene Knurr- und Bellaute aus.

Der Belgier beobachtete seinen Begleiter. Zu seinem Entsetzen bückte sich dieser und setzte wie ein Menschenaffe die Fingerknöchel auf den Boden. Steifbeinig umkreisten sie einander. Aus der menschlichen Kehle drang dasselbe bestialische Bellen und Knurren, wie aus der des Tieres. Er traute seinen Augen nicht: Es sah so aus, als schickten sich zwei riesige Affen zu einem Kampf an.

Es kam jedoch nicht dazu. Alles endete so, wie Streits im Dschungel normalerweise zu enden pflegen – einer der Prahlhänse verliert die Lust und wendet sein Interesse plötzlich einem losen Blatt, einem Käfer oder den Läusen auf seinem haarigen Bauch zu.

Diesmal war es der Menschenaffe, dessen geschätzte Aufmerksamkeit bald von einer unglückseligen Raupe in Anspruch genommen wurde, die er kurz darauf verschlang. Einen Augenblick schien es, als wolle Tarzan weiterstreiten. Er stolzierte trotzig umher, wölbte die Brust und näherte sich dem Affen. Mit Mühe und Not konnte Werper ihn schließlich überreden, es dabei zu belassen und seinen Weg aus der Stadt der Sonnenanbeter fortzusetzen.

Sie mußten fast eine Stunde suchen, bis sie den schmalen Spalt in der inneren Stadtmauer fanden. Von dort führte sie der abgetretene Pfad durch die Außenmauer nach draußen in das trostlose Tal vor Opar.

Soviel Werper erkannte, hatte Tarzan keine Ahnung, wo er war und woher er kam. Ziellos streunte er herum, suchte zwischen kleineren Felsen nach Nahrung, oder versteckte sich im Schatten eines der wenigen Büsche der Umgebung.

Der Belgier erschauderte angesichts der entsetzlichen Speisenfolge seines Begleiters. Mit sichtbarem Genuß verzehrte dieser Käfer, kleine Nagetiere und Würmer. Tarzan war tatsächlich wieder ein Affe.

Schließlich glückte es Werper, ihn zu den entfernten Hügeln zu führen, die das Tal im Nordwesten begrenzten, und gemeinsam machten sie sich auf den Weg zum Landhaus der Greystokes.

Warum der Belgier das Opfer seines Verrats und seiner Gier in sein früheres Heim zurückführte, ist schwer zu sagen, vielleicht aber, weil er ohne Tarzan nicht zu dem Lösegeld für die Frau kommen konnte.

In der Nacht schlugen sie ihr Lager im Tal jenseits der Hügel auf und brutzelten sich im Feuer ein wildes Schwein, dem einer von Tarzans Pfeilen zum Verhängnis geworden war. Tarzan war völlig in sich gekehrt. Immer wieder zerbrach er sich den Kopf über ein ganz bestimmtes Bild, das sich jedoch nicht fassen ließ.

Schließlich öffnete er den Lederbeutel, den er an der Seite trug. Er schüttete eine Menge glitzernder Edelsteine auf die Handfläche. Der Feuerschein brach sich darin und zauberte ein unbändiges Funkeln hervor, und auf dem Gesicht des Belgiers, der fasziniert hinstarrte, war der deutliche Grund abzulesen, der ihn die Gesellschaft des Affenmenschen suchen ließ.

Der Diebstahl der Juwelen

Lange Zeit fahndete Werper nach den Leuten, die ihn vom Lager zur Talgrenze begleitet hatten; aber erst am späten Nachmittag des zweiten Tages fand er einen Hinweis auf ihren Verbleib, jedoch von so grauenvoller Art, daß er völlig den Mut verlor. In einem offenen Sumpfgebiet stieß er auf die schrecklich verstümmelten Überreste drei seiner Männer. Es bedurfte keiner weiteren detektivischen Fähigkeiten, um den Mord an ihnen zu erklären. Alle außer diesen drei Schwarzen waren Sklaven. Die anderen wollten sich von ihren grausamen arabischen Herren befreien, ergriffen die günstige Gelegenheit, die sich ihnen fern von der Siedlung bot, erschlugen die drei Vertreter der verhaßten Sklavenhalter und verschwanden danach im Dschungel.

Werper lief ein eiskalter Schauer über den Rücken, als ihm klar wurde, welchem Schicksal er zufällig entgangen war, denn wenn er zugegen gewesen wäre, als das Komplott ausgeführt wurde, hätte es auch ihn getroffen.

Tarzan gab sich bei der Entdeckung nicht im mindesten überrascht und zeigte auch kein Interesse. Der gewaltsame Tod war für ihn alltäglich und hatte ihn abgestumpft.

Der unheilvolle Schlag hatte die verfeinerten Gefühle in ihm ausgelöscht, die sich während seines Lebens in der Zivilisation herausgebildet hatten, nur das einfache Empfindungsvermögen aus der Kindheit war in seinem Hirn noch fest verwurzelt.

Die Erziehung Kalas, das Vorbild und die Gebote von Kerchak, Tublat und Terkoz bildeten nun die Grundlage seines Denkens und Handelns. Mechanisch beherrschte er Französisch und Englisch. Werper hatte ihn auf französisch angesprochen und Tarzan hatte in derselben Sprache geantwortet, ohne sich des Wechsels vom Dialekt der Menschenaffen bewußt zu sein, in dem er sich mit La unterhalten hatte. Hätte Werper sich auf englisch an ihn gewandt, wäre das Resultat dasselbe gewesen.

Als sie am Abend wieder um das Lagerfeuer saßen, beschäftigte sich Tarzan mit seinem funkelnden Spielzeug. Werper fragte ihn, was das sei und wo er es gefunden habe. Der Affenmensch war der Meinung, lustige bunte Steine zu besitzen, aus denen er eine Halskette machen wolle, und erzählte, daß er sie unter dem Opfertempel des Flammengottes gefunden hatte.

Erleichtert stellte Werper fest, daß Tarzan keinerlei Vorstellung vom Wert der Edelsteine hatte. Dies würde es ihm einfacher machen, sie in seinen Besitz zu bringen. Möglicherweise würde er sie ihm geben, wenn er darum bat. Der Belgier streckte die Hand nach dem kleinen Häuflein aus, das Tarzan auf einem flachen Holzstück vor sich errichtet hatte, und bat:

„Zeig sie mir mal!"

Tarzan legte die riesige Hand auf seinen Schatz, entblößte die Zähne und knurrte. Werper zog seine Hand schneller zurück, als er sie ausgestreckt hatte. Indes setzte Tarzan sein Spiel wieder fort und unterhielt sich mit ihm, als wäre nichts Ungewöhnliches vorgefallen. Er hatte nur wie ein wildes Tier reagiert, das mißtrauisch sein Eigentum bewacht. Wenn er etwas Wild erlegt hatte, teilte er das Fleisch mit Werper, hätte dieser aber auch nur einmal zufällig seine Hand auf Tarzans Anteil gelegt, wäre dieselbe wilde und zornige Reaktion erfolgt.

Seit diesem Vorfall begann der Belgier seinen wilden Begleiter zu fürchten. Er verstand nicht, was mit Tarzan seit dem Schlag auf den Kopf vor sich gegangen war, und schrieb es einer Art von Gedächtnisschwund zu. Daß Tarzan tatsächlich früher einmal ein wildes Tier gewesen war, wußte der Belgier nicht, und so konnte er nicht ahnen, daß der Mann in einen Zustand zurückversetzt worden war, in dem er seine Kindheits- und Jugendjahre verbracht hatte.

Werper sah in dem Engländer einen gefährlichen Wahnsinnigen, der sich, wenn ihm etwas mißfiel, sofort zähnefletschend gegen ihn wandte. Nicht eine Sekunde gab sich der Belgier der trügerischen Illusion hin, daß er sich gegen den Angriff des Affenmenschen erfolgreich zur Wehr setzen könne. Seine einzige Hoffnung lag darin, ihn zu verlassen und sich so schnell wie möglich zum weit entfernten Lager Achmet Zeks zu begeben; aber nur mit einem Opferdolch bewaffnet, scheute Werper den Weg durch den Dschungel. Tarzan bot einen keineswegs zu verachtenden Schutz auch vor größeren Fleischfressern, das hatte er im Tempel von Opar gesehen.

Außerdem hatte es Werper in seiner Habgier auf den Beutel mit den Edelsteinen abgesehen, so daß er zwischen Gier und Furcht hin und hergerissen wurde. Aber lieber nahm er die Gefahren und den Schrecken der ständigen Gesellschaft mit einem offenbar Verrückten auf sich, als daß er die Hoffnung auf den Schatz aufgab, der sich in dem kleinen Beutel befand.

Achmet Zek durfte nichts davon erfahren – Werper wollte alles für sich haben. Sobald es sich einrichten ließ, würde er an die Küste fliehen und nach Amerika auswandern, wo er sich, ausgestattet mit einer neuen Identität, an den Früchten seines Diebstahls erfreuen konnte. Er hatte alles bereits geplant, lebte im Vorgefühl des luxuriösen Müßiggangs und ertappte sich nur öfters bei der bedauernden Überlegung, daß Amerika so provinziell sei und sich keine Stadt in der Neuen Welt mit seinem geliebten Brüssel messen könne.

Am dritten Tag nach ihrer Flucht aus Opar vernahmen Tarzans scharfe Ohren, daß hinter ihnen auf dem Weg Menschen folgten. Werper hörte nur das Summen der Dschungelinsekten und das Gezwitscher der kleineren Meerkatzen und Vögel.

Tarzan blieb eine Weile regungslos stehen und lauschte. Seine empfindsamen Nasenlöcher weiteten sich, als er jeden Luftzug prüfte. Dann zog er Werper hinter einen dichten Busch und wartete. Bald kam ein schwarzer Krieger wachsam und vorsichtig den Wildpfad entlanggeschlichen, an den auch sie sich hielten.

Ihm folgten nacheinander etwa fünfzig weitere, jeder trug zwei mattgelbe Blöcke auf dem Rücken. Werper sah sofort, daß es Tarzans Leute waren, die ihn nach Opar begleitet hatten. Er schaute zu dem Affenmenschen; aber in dessen wildem und aufmerksamem Blick lag kein Erkennen.

Als sie vorüber waren, erhob sich Tarzan und trat aus dem Versteck. Er blickte in die Richtung, in der sie verschwunden waren. Dann wandte er sich an Werper.

„Wir verfolgen und töten sie“, sagte er.

„Warum?“ fragte der Belgier.

„Es sind Schwarze“, erklärte Tarzan. „Kala wurde von einem Schwarzen getötet. Sie sind die Feinde der Mangani.“

Werper war von der Idee eines Kampfes mit Basuli und seinen

tapferen Kriegern weniger angetan. Dennoch hätte er sich gefreut, wenn sie ihm noch einmal über den Weg gelaufen wären, denn er hatte zu zweifeln begonnen, ob er sich allein durch das Wazirigebiet zum Anwesen der Greystokes finden würde. Tarzan hatte, soweit er wußte, nicht die geringste Vorstellung, wohin sie gingen. Wenn sie den beladenen Kriegern in sicherem Abstand folgten, kamen sie ohne Schwierigkeiten an ihr Ziel. Und von dort war ihm der Weg zum Lager Achmet Zeks bekannt. Es gab noch einen anderen Grund, weshalb er die Waziri in Ruhe lassen wollte – sie trugen den riesigen Schatz in die gewünschte Richtung. Je weiter sie ihn brachten, desto weniger hätten er und Achmet Zek zu tun.

Deswegen überredete er Tarzan, die Schwarzen nicht anzugreifen; ihnen vielmehr einfach zu folgen, da sie sie sicherlich aus dem Wald in ein reiches Land führen würden, in dem es massenhaft Wild gab.

Der Marsch von Opar zum Gebiet der Waziri war lang; aber schließlich kam die Stunde, in der Tarzan und der Belgier auf den Spuren der Krieger die letzte Anhöhe erklommen und vor sich das weite, flache Land der Waziri sahen, den sich windenden Fluß und die Wälder, die sich weit im Norden und Westen erstreckten.

Etwa eine Meile vor ihnen schlängelte sich die Reihe der Krieger wie ein Lindwurm durch das hohe Gras des Flachlandes. Dahinter weideten Zebraherden, Kuh- und Topiantilopen, während in Flußnähe ein Büffel, dessen Kopf und Schultern aus dem Schilf hervorragten, die ankommenden Schwarzen einen Moment lang begutachtete, sich dann schließlich abwandte und sich in sein sumpfiges und düsteres Heim zurückzog.

Tarzan hielt in dieser familiären Umgebung Ausschau, ohne auch nur das geringste wiederzuerkennen. Er sah das Wild, und der Speichel lief ihm im Mund zusammen; in die Richtung seines Hauses blickte er jedoch nicht. Anders hingegen Werper. Verwirrung spiegelte sich auf seinem Gesicht. Er hielt die Hand an die Stirn und sah lange und aufmerksam auf die Stelle, wo sich das Landhaus befunden hatte. Er glaubte seinen Augen nicht zu trauen – da war kein Haus mehr – keine Scheunen, keine Nebengebäude. Ställe, Heuschober – alles war wie vom Erdboden verschwunden. Was war geschehen?

Dann fiel es ihm wie Schuppen von den Augen, und er fand

einen Namen für das Unglück, welches das friedliche Tal heimgesucht hatte, seit er zuletzt hier gewesen war – Achmet Zek!

Basuli und die Krieger hatten die Verwüstung sofort bemerkt, als die Farm in ihr Blickfeld gelangte. Nun stürzten sie darauf zu und tauschten aufgeregt Vermutungen aus, was wohl zu der Katastrophe geführt haben könne.

Als sie schließlich den zertrampelten Garten durchquert hatten und vor den verkohlten Ruinen des Landhauses ihres Herren standen, mußten sie angesichts des Bildes, das sich ihnen bot, feststellen, daß sich ihre größten Befürchtungen bewahrheitet hatten.

Auf dem Boden lagen halbverweste, von Hyänen und anderen streunenden Tieren angefressene Leichen. Die Reste der Kleidung und des Schmuckes der Toten machten Basuli auf entsetzliche Weise klar, welches Unheil über das Haus seines Herren gekommen war.

„Araber", meinte er, als seine Männer sich um ihn scharten. Die Waziri blickten in stummer Wut einige Minuten in die Runde. Überall fanden sie nur weitere Hinweise auf den unbarmherzigen und grausamen Feind, der in Abwesenheit ihres Herren gekommen war und das Besitztum verwüstet hatte.

„Was haben sie mit der Lady getan?" fragte einer von ihnen. Sie hatten Lady Greystoke immer so genannt.

„Ich denke mir, sie haben sie mitgenommen. Und unsere Frauen auch", erwiderte Basuli.

Vor Wut schwang ein riesiger Schwarzer den Speer über dem Kopf und stieß einen wilden und haßerfüllten Schrei aus. Die anderen folgten seinem Beispiel. Basuli beruhigte sie mit einem Wink.

„Wir haben keine Zeit, sinnlose Laute von uns zu geben", sagte er. „Unser Herr hat uns gelehrt, daß nicht Worte etwas ändern, sondern Taten. Sparen wir unseren Atem – wir brauchen ihn, um die Araber zu verfolgen und zu töten. Wenn die Lady und unsere Frauen noch am Leben sind, müssen wir uns umso mehr beeilen, und Krieger mit kraftlosen Lungen kommen nicht weit."

Werper und Tarzan hatten sich im Schilf des Flusses versteckt und beobachteten die Schwarzen. Diese hoben mit Messern und bloßen Händen einen Graben aus. Dann legten sie ihre goldgelbe Last hinein und bedeckten sie mit Erde.

Tarzan verfolgte das Tun ziemlich unbeteiligt, nachdem ihm

Werper versichert hatte, daß man das, was sie vergruben, nicht essen konnte; er selbst zeigte jedoch brennendes Interesse. Wieviel hätte er darum gegeben, seine Männer bei sich zu haben, um den Schatz wieder auszugraben, sobald die Schwarzen verschwanden; denn er war sich sicher, daß sie diesen Schauplatz des Elends und Todes so schnell wie möglich verlassen würden.

Nachdem die Waziri das Gold vergraben hatten, zogen sie einige hundert Meter gegen den Wind und schlugen fernab des Leichengestanks ihr Lager auf, um vor dem Abmarsch zur Siedlung der Araber noch einmal auszuruhen. Es dämmerte. Werper und Tarzan verzehrten einige Fleischstücke vom letzten Tag. Der Belgier machte sich Gedanken über die unmittelbare Zukunft. Er war überzeugt, daß die Krieger den Arabern hinterherziehen würden, denn er kannte die Kriegsführung dieser Wüstensöhne und ihres üblen Gefolges zur Genüge und wußte, daß sie die Wazirifrauen als Sklavinnen mitgenommen hatten. Allein deswegen würde ein so mutiges Volk wie die Waziri sie sofort verfolgen.

Werper mußte Mittel und Wege finden, um vorauszueilen und Achmet Zek zu warnen. Er wollte ihm auch von dem vergrabenen Schatz berichten. Was die Araber angesichts des geistigen Zustandes von Lord Greystoke mit seiner Frau tun würden, wußte er nicht, es interessierte ihn auch nicht. Der neben dem niedergebrannten Haus vergrabene Goldschatz war zweifellos viel wertvoller als jegliches Lösegeld, das der habgierige Araber jemals verlangen konnte, und Werper würde sich völlig zufriedengeben, wenn er den Räuber überreden könnte, ihm einen kleinen Teil davon zu überlassen.

Sein ganzes Sinnen und Trachten war jedoch auf den unsagbar wertvollen Schatz in der kleinen Ledertasche an Tarzans Gürtel gerichtet. Wenn er sie nur an sich bringen könnte! Er mußte es tun! Er wollte es!

Seine Augen wanderten zum Objekt seiner Gier. Er taxierte Tarzans athletischen Körperbau, schließlich blieb sein Blick auf den rundlichen Armmuskeln hängen. Es war aussichtslos. Was konnte er sich anderes einhandeln außer den Tod, wenn er versuchte, die Edelsteine ihrem wilden Besitzer zu entreißen?

Verzweifelt warf er sich auf die Seite. Er hatte einen Arm unter den Kopf geschoben, der andere lag über seinem Gesicht und verdeckte die Augen, so daß der Affenmensch nicht sehen konnte, wenn er ihn aus dem Schatten seines Unterarmes beobachtete. Eine Zeitlang lag er da, lauerte und heckte Pläne aus, wie er Tarzan seines Schatzes entledigen konnte, doch er verwarf sie ebenso schnell, wie sie entstanden waren.

Tarzans Blick ruhte bald auf Werper. Dieser sah, daß er beobachtet wurde, rührte sich nicht und simulierte nach einigen Augenblicken die regelmäßigen Atemzüge eines tief Schlafenden.

Tarzan dachte scharf nach. Er hatte gesehen, wie die Waziri etwas vergruben. Werper hatte ihm erzählt, daß sie es versteckten, damit es keiner fände und mitnähme. Das schien Tarzan eine ausgezeichnete Methode zu sein, etwas Wertvolles aufzubewahren. Mit dem Argwohn eines Wilden und mißtrauisch, als hinge davon sein Leben ab, hütete er sein glitzerndes Spielzeug, von dessen Wert er nicht das geringste ahnte.

Lange Zeit sah Tarzan seinen Begleiter unverwandt an. Überzeugt, daß dieser schliefe, zog er schließlich sein Jagdmesser hervor und begann, vor sich ein Loch zu graben. Mit der Klinge lockerte er die Erde, dann hob er sie mit den Händen aus, bis er eine kleine Höhlung von einigen Zoll Durchmesser und Tiefe geschaffen hatte. Dort hinein legte er den Beutel mit den Juwelen. Werper verfolgte atemlos, was der Affenmensch tat – mit Mühe verkniff er sich ein zufriedenes Grinsen.

Tarzan hielt plötzlich inne, da seinem scharfen Gehör nicht entging, daß die Atemzüge des Schlafenden stockten. Seine Augen verengten sich und richteten sich auf den Belgier. Werper spürte, daß er ertappt war, er mußte alles daran setzen, Tarzan weiter zu täuschen. Also seufzte er, warf beide Arme über den Kopf, drehte sich auf den Rücken und murmelte, als plagten ihn schlechte Träume. Einen Augenblick später atmete er wieder ruhig.

Nun konnte er Tarzan nicht mehr beobachten, denn er war überzeugt, daß ihn dieser noch lange im Auge behielt. Dann hörte er schwach, wie der andere mit den Händen Erde zusammenscharrte und festklopfte. Er wußte, die Juwelen waren begraben.

Eine Stunde später regte sich Werper wieder, rollte zu Tarzan herum und schlug die Augen auf. Der Affenmensch schlief. Werper streckte die Hand aus und konnte fühlen, wo der Beutel begraben lag.

Lange Zeit rührte er sich nicht und lauschte. Er warf sich herum und verursachte dabei mehr Lärm als nötig, aber Tarzan erwachte nicht. Da zog er den Opferdolch aus dem Gürtel und steckte ihn in den Boden. Tarzan regte sich nicht. Vorsichtig drückte der Belgier die Klinge über der kleinen Tasche in die Erde. Er spürte, wie die Spitze in das weiche, feste Leder stieß. Dann stemmte er sich auf den Griff. Langsam brach die lose Erde auf und zerteilte sich. Einen Augenblick später kam eine Ecke der Tasche zum Vorschein. Werper zog sie heraus und steckte sie unter sein Hemd. Dann schüttete er das Loch wieder zu und drückte die Erde sorgfältig fest, wie sie vorher gewesen war.

Werper mußte mit dem Allerschlimmsten rechnen, falls sein Begleiter herausfand, was er getan hatte. Er spürte schon Tarzans kräftige weiße Zähne an seinem Hals und erschauderte. Weit draußen im Flachland schrie ein Leopard, und im dichten Schilf hinter ihm raschelte etwas.

Werper fürchtete diese nächtlichen Jäger; aber wesentlich mehr den Zorn dieses Untieres in Menschengestalt, das neben ihm schlief. Mit äußerster Vorsicht erhob er sich. Tarzan lag ganz still. Werper ging ein paar Schritte in Richtung Flachland, wo sich fern im Nordwesten der Wald erstreckte, blieb dann stehen und packte den Griff des langen Dolches an seinem Gürtel. Er wandte sich um und blickte auf den Schlafenden.

„Warum nicht?“ überlegte er. „Dann wäre ich endlich sicher.“

Er ging zurück und beugte sich über den Affenmenschen. Fest in seiner Hand hielt er den Opferdolch der Hohenpriesterin des Flammengottes!

Achmet Zek sieht die Juwelen

Entkräftet und unter großen Schmerzen schleppte Mugambi sich den Räubern hinterher. Er kam nur langsam vorwärts und mußte oft Ruhepausen einlegen; Haß- und Rachegelüste spornten ihn jedoch immer wieder an. Mit der Zeit heilten seine Wunden, und er gelangte wieder zu Kräften, bis er schließlich genau so leistungsfähig war wie zuvor. Von nun an konnte er schneller laufen, aber inzwischen hatten die berittenen Araber einen großen Vorsprung erlangt, während er ihnen auf Grund seiner Verletzungen nur mühsam folgen konnte.

Sie hatten ihre Siedlung erreicht, und dort wartete Achmet Zek auf seinen Stellvertreter Albert Werper. Der lange und mühevolle Marsch hatte Jane Clayton weniger zuschaffen gemacht als ihr ungewisses Schicksal.

Achmet Zek hatte ihr seine Absichten noch nicht mitgeteilt. Sie betete, daß man sie zwecks Erlangung eines Lösegeldes entführt hatte, denn in diesem Falle würden ihr die Araber kein Leid zufügen; dennoch bestand die Möglichkeit, daß sie ein anderes, schrecklicheres Los erwartete. Sie hatte gehört, daß Verbrecher wie Achmet Zek viele Frauen, darunter auch weiße, an einen schwarzen Harem verkauften, oder weiter in den Norden schafften, wo sie ein ebenso fürchterliches Dasein in einem türkischen Serail fristen sollten.

Jane Clayton war aus hartem Holz geschnitzt und verlor angesichts der Gefahr nicht die Nerven. Bis zuletzt würde sie die Hoffnung nicht aufgeben; auch kam für sie Selbstmord, der ihr die schmachvolle Qual ersparen würde, nicht in Betracht. Solange Tarzan lebte, war ihr seine Hilfe gewiß. Kein Mensch, kein Raubtier, das auf dem schwarzen Kontinent umherstreifte, konnte sich mit der Geschicklichkeit und Kraft ihres Gatten messen. Für sie war er in seinen heimatlichen Gefilden – der Welt der Raubtiere und wilden Krieger – fast allmächtig. Tarzan würde kommen, sie befreien und rächen, davon war sie überzeugt. Sie zählte die Tage, die noch verstreichen würden, bis er aus Opar zurückkehren und entdecken würde, was in seiner Abwesenheit geschehen war. Dann würde es nicht mehr lange dauern, bis er die arabische Festung umzingeln und die Banditen vernichten würde.

Sie hatte nicht den kleinsten Zweifel, daß er sie finden würde. Keine Spur, und sei sie noch so geringfügig, konnte seinen scharfen, ausgeprägten Sinnesorganen entgehen. Für ihn war die Fährte der Räuber so deutlich lesbar, wie für sie ein aufgeschlagenes Buch.

Während sie ihren Hoffnungen nachhing, eilte jemand anders von Angst und Schrecken getrieben durch den Dschungel. Das war Albert Werper. Dutzendemale war er scheinbar nur durch ein Wunder den Klauen und Zähnen riesiger Raubtiere entkommen. Er besaß keine Waffen außer dem Dolch, den er aus Opar mitgenommen hatte, und mußte sich durch eine Wildnis schlagen, wie es auf der ganzen Erde keine zweite gab.

Nachts schlief er auf Bäumen. Tagsüber stolperte er angstvoll weiter, suchte Zuflucht im niedrigen Geäst, wenn ihn der Anblick oder das Gebrüll einer Raubkatze warnte. Schließlich aber erreichte er die Palisaden, hinter denen seine üblen Kumpane hausten.

Fast im selben Moment trat Mugambi gegenüber der umzäunten Siedlung aus dem Dschungel. Er erkundete aus der Deckung eines großen Baumes gerade die Lage, als auf einmal fast neben ihm ein zerlumpter und zerzauster Mann auftauchte. Augenblicklich erkannte er den Ankömmling, er war bei seinem Herren zu Gast gewesen, bevor dieser nach Opar gezogen war.

Der Schwarze wollte ihn schon auf sich aufmerksam machen, als ihn etwas stutzig werden ließ. Der Weiße marschierte selbstsicher über die Lichtung auf das Dorftor zu. Kein vernünftiger Mensch würde sich in diesem Teil Afrikas auf diese Weise einem Tor nähern, wenn er nicht eines freundlichen Empfangs gewiß sein konnte. Mugambi zögerte. Sein Mißtrauen war erwacht.

Er hörte Werper ‚Hallo' rufen, sah, wie das Tor geöffnet und der ehemalige Gast von Lord und Lady Greystoke freundlich begrüßt wurde. Nun fiel es Mugambi wie Schuppen von den Augen. Dieser Weiße war ein Betrüger und Spion! Ihm hatten sie den Angriff während der Abwesenheit ihres Herren zu verdanken. Mugambis Haß richtete sich nun auf den Belgier.

In der Siedlung eilte Werper schnell zum seidenen Zelt Achmet Zeks. Der Araber erhob sich, als sein Stellvertreter eintrat, und musterte überrascht die abgerissene Kleidung des Belgiers.

„Was ist geschehen?“ fragte er.

Werper erzählte alles, verschwieg nur die unbedeutende Angelegenheit mit dem Beutel voller Edelsteine, den er sich unter der Kleidung fest um die Taille gebunden hatte. Die Augen des Arabers verengten sich gierig und funkelten, als sein Kumpan den Schatz beschrieb, den die Waziri neben den Ruinen des Landhauses der Greystokes vergraben hatten.

„Wir brauchen also nur zurückzukehren und das Gold zu holen. Zuerst warten wir auf die Waziri, und wenn wir sie umgebracht haben, können wir uns in aller Ruhe den Schatz aneignen – niemand wird sich daran vergreifen, denn wir werden niemanden am Leben lassen, der von seiner Existenz weiß“, sagte er.

„Und die Frau?“ fragte Werper.

„Ich werde sie im Norden verkaufen“, erwiderte der Bandit. „Uns bleibt nichts anderes mehr übrig. Sie bringt eine Menge Geld.“

Der Belgier nickte. Sein Verstand arbeitete schnell. Wenn er Achmet Zek dazu bringen konnte, ihm das Kommando über den Trupp zu übergeben, der Lady Greystoke in den Norden brachte, konnte er die Gelegenheit beim Schopf fassen und fliehen. Er wollte gern auf seinen Anteil an Gold verzichten, wenn er nur mit den Juwelen entkommen konnte, ohne daß ihm ein Haar gekrümmt wurde.

Er kannte Achmet Zek bereits gut genug, um zu wissen, daß kein Mitglied seiner Bande anstandslos aus seinen Diensten entlassen wurde. Die meisten der wenigen Deserteure wurden wieder eingefangen. Mehr als einmal hatte Werper ihre qualvollen Schreie gehört, wenn man sie vor der Hinrichtung folterte. Keinesfalls wollte er das Risiko eingehen, wieder aufgegriffen zu werden.

„Wer zieht mit der Frau in den Norden, wenn wir zu dem vergrabenen Goldschatz zurückkehren?“ fragte er.

Achmet Zek dachte einen Augenblick nach. Das Gold beim Landhaus der Greystokes war von weitaus größerem Wert als die Frau. Man mußte sie so schnell wie möglich loswerden, gleichzeitig das Gold ohne weitere Verzögerung holen. Von all seinen Männern war der Belgier der geeignetste, den man mit dem Kommando betrauen konnte. Ein Araber, der die Schleichwege und Stämme so gut kannte wie Zek, konnte das Geld für die Frau nehmen und sich damit mühelos in Richtung Norden aus dem Staub machen. Werper hingegen durfte sich kaum allein durch ein Land trauen, das den Europäern feindlich gesinnt war, und wenn er Werpers Begleiter sorgsam auswählte, dürfte es diesem kaum gelingen, sie zum Desertieren zu überreden.

Schließlich sagte er: „Es ist nicht nötig, daß wir beide zu dem Goldschatz zurückkehren. Du wirst mit der Frau nach Norden ziehen. Ich gebe dir einen Brief an einen Freund mit, der Verbindungen zu den besten Märkten hat, und reite selbst, das Gold zu holen. Wir treffen uns, wenn alles erledigt ist."

Werper konnte seine Freude über diese willkommene Entscheidung gerade noch verbergen. Aber es ist fraglich, ob sie den scharfen und argwöhnischen Augen des Arabers entging. Danach besprachen beide noch kurz Einzelheiten des weiteren Vorgehens, dann begab sich Werper zu seinem Zelt, um die Annehmlichkeiten und den Luxus eines lang ersehnten Bades und einer Rasur zu genießen.

Nach dem Bad hängte der Belgier an ein Band an der hinteren Zeltwand einen kleinen Handspiegel, stellte einen grob gefertigten Stuhl nebst einem ähnlich gearteten Tisch dazu und schickte sich an, sein Gesicht von den rauhen Stoppeln zu befreien.

Kaum eines der Vergnügen des Mannes bringt mehr Behaglichkeit mit sich und wirkt erfrischender als die Rasur; und nachdem Werper seine Müdigkeit auf diese Weise kurzzeitig gebannt hatte, räkelte er sich in seinem zerbrechlichen Stuhl, um sich vor dem Schlafen an einer letzten Zigarette zu laben. Den Daumen stützte er lässig auf den Gürtel und betastete den Riemen, der den Lederbeutel an seiner Taille festhielt. Er bebte vor Freude, wenn er an den wertvollen Schatz dachte, der, was nur er wußte, unter seiner Kleidung versteckt war.

Was würde Achmet Zek sagen, sollte er es herauskriegen? Werper grinste. Dem alten Schuft würden die Augen herausfallen, wenn er diese funkelnde Pracht auch nur kurz sähe! Werper hatte noch gar keine Gelegenheit gehabt, sie sich länger anzuschauen.

Er hatte sie nicht einmal gezählt – nur grob geschätzt, wie wertvoll sie wohl seien.

Er löste den Gürtel und zog die Ledertasche hervor. Er war allein. Der Rest des Lagers schlief, mit Ausnahme der Wachen – niemand würde in sein Zelt kommen. Er betastete den Beutel, die Form und Größe der wertvollen kleinen Steinchen darin. Dann wog er die Tasche erst in der einen Hand, dann in der anderen, schließlich schob er den Stuhl langsam vor den Tisch und ließ die glänzenden Edelsteine im Schein der kleinen Lampe auf das rauhe Holz rollen.

Die funkelnde Pracht verwandelte die schmutzige Behausung vor den Augen des Träumenden in einen herrlichen Palast. Er sah vergoldete Prunksäle, deren Portale sich dem Besitzer dieses Reichtums öffnen würden, der auf der unsauberen und rauhen Tischplatte verstreut lag. Er träumte von Glück, Wohlstand und Macht – von Dingen, die ihm bisher nie zugänglich gewesen waren, und dabei schweifte sein Blick vom Tisch über den engen Horizont der öden, alltäglichen Tristesse in die Ferne.

Ohne etwas wahrzunehmen verweilte sein Blick auf dem Rasierspiegel an der Zeltwand. Auf einmal bewegte sich etwas in dem winzigen Glas. Augenblicklich kehrte der Blick des Mannes in die Gegenwart zurück und stellte fest, daß der Spiegel das böse Gesicht Achmet Zeks reflektierte, umrahmt von den Vorhängen des Zelteingangs.

Werper unterdrückte einen entsetzten Aufschrei. Mit bewundernswerter Selbstbeherrschung richtete er den Blick wieder auf die Edelsteine, scheinbar ohne etwas bemerkt zu haben. Gemächlich schüttete er sie wieder in die Tasche, steckte diese unter sein Hemd, nahm sich eine Zigarette aus dem Etui, zündete sie an und erhob sich. Er gähnte, streckte die Arme über den Kopf und wandte sich langsam zur anderen Zeltseite. Achmet Zek war vom Eingang verschwunden.

Zu sagen, daß Albert Werper Angst hatte, wäre mild ausgedrückt. Er war sich im klaren, daß er nicht nur die Steine verspielt hatte, sondern auch sein Leben. Achmet Zek würde sich diesen Reichtum nie entgehen lassen und seinem Stellvertreter auch nicht die Hinterhältigkeit verzeihen, einen solchen Schatz in seinen Besitz gebracht zu haben, ohne seinem Anführer etwas davon abzugeben.

Langsam bereitete sich der Belgier auf die Nachtruhe vor. Er wußte nicht, ob er beobachtet wurde; aber wenn, dann bemerkte der Spion nichts von der inneren Unruhe, die den Europäer erfüllte. Als er fertig war, trat er an den kleinen Tisch und löschte das Licht.

Zwei Stunden später teilten sich die Zeltvorhänge am Eingang, und eine dunkel gekleidete Gestalt trat lautlos in die Finsternis des Zeltes. Leise näherte sich der Eindringling der Anhäufung von Decken auf der Bettstatt neben der Zeltwand.

Vorsichtig suchten und fanden seine Hände den Körper darunter – den Körper, der Albert Werper sein sollte. Sie tasteten die Gestalt des Mannes ab, dann schoß ein Arm nach oben, hielt einen Augenblick inne und stieß herab. Immer wieder fuhr das Messer in den Körper unter der Decke. Aber die anhaltende Leblosigkeit der reglosen Erhebung versetzte den Mörder in Erstaunen. Mit einem Ruck warf er die Bettdecken zurück und suchte mit zitternden Händen nach dem Beutel mit Juwelen.

Einen Augenblick später erhob er sich fluchend. Es war Achmet Zek, und er fluchte, weil er unter der Bettdecke seines Stellvertreters nur einen Kleiderberg gefunden hatte, der in der Form und Gestalt eines schlafenden Mannes errichtet worden war – Albert Werper war auf und davon.

Der Bandit stürzte hinaus ins Dorf und rief zornig seine Leute zusammen, die daraufhin schlaftrunken aus den Zelten stolperten. Aber obwohl sie das Dorf immer wieder durchsuchten, fanden sie keine Spur von dem Belgier. Achmet Zek schäumte vor Wut, er hieß sein Gefolge aufsitzen, und obwohl es stockfinster war, ritten sie los, um den nahen Wald zu durchkämmen.

Als sie im Galopp aus dem offenen Tor jagten, schlüpfte Mugambi, der sich in einem nahen Busch versteckt gehalten hatte, ungesehen in die Festung. Etwa zwanzig Schwarze standen vor dem Eingang und verfolgten den Aufbruch des Suchtrupps, und als der letzte davon die Siedlung verlassen hatte, schlossen sie die Torflügel. Mugambi war ihnen bei dieser Arbeit so behilflich, als hätte er den größten Teil seines Lebens unter den Räubern verbracht. In der Dunkelheit konnte er unbemerkt als einer von ihnen gelten. Als sie dann wieder in ihre Zelte und Hütten gingen, löste sich Mugambi im Nichts auf und verschwand in der Dunkelheit.

Eine Stunde lang kroch er hinter den verschiedenen Behausungen umher und versuchte herauszufinden, wo man die Frau seines Herren gefangenhielt. Mugambi wußte es bald mit Sicherheit, denn nur vor einer Hütte stand ein Wachposten. Mugambi lag gerade im Schatten der Hauswand, einige Meter von der ahnungslosen Wache entfernt, als ein anderer herantrat, um seinen Kumpan abzulösen.

„Ist die Gefangene noch drin?“ fragte der Neue.

„Ja, seit ich hier bin, ist niemand hineingegangen“, erwiderte der Befragte.

Der neue Wachposten hockte sich neben den Eingang, während der andere sich in seine Heimstatt zurückzog. Mugambi kroch zur Ecke der Hütte, in der Hand einen schweren Knotenstock. Er ließ sich seine Freude nicht anmerken und blieb ruhig und gelassen, obwohl er innerlich frohlockte, da er eben mit eigenen Ohren vernommen hatte, daß seine Lady wirklich darin war.

Der Wachposten saß mit dem Rücken zu ihm. Er konnte nicht sehen, wie sich hinter ihm eine riesige Gestalt aufrichtete. Der Knotenstock schwang in hohem Bogen nach oben und sauste plötzlich nieder. Man hörte nur einen dumpfen Schlag, das Splittern des Knochens, dann sackte der Posten reglos zusammen.

Einen Augenblick später durchstöberte Mugambi die Hütte. Zuerst sachte und immer wieder „Lady!“ flüsternd, dann mit fieberhafter Hast, bis ihm die Wahrheit klar wurde – die Hütte war leer!

Tarzan wird wieder zum Raubtier

Einen Augenblick stand Werper mit gezücktem Messer über dem schlafenden Affenmenschen, aber die Furcht hielt ihn vor der mörderischen Tat zurück. Was, wenn er das Herz verfehlte? Er erschauderte, als er sich vorstellte, welche verhängnisvollen Folgen das für ihn haben konnte. Der Riese würde aufwachen und, auch wenn er nur noch kurz zu leben hatte, seinen Angreifer buchstäblich in Stücke reißen.

Wieder hörte er in den Schilfgräsern etwas rascheln – diesmal näher. Werper verwarf seinen Plan. Vor ihm lag das weite Flachland und die Freiheit. Die Juwelen hatte er. Blieb er länger, setzte er sein Leben aufs Spiel – entweder würde Tarzan ihn töten, oder er würde im Rachen eines Raubtieres enden. Er wandte sich ab und machte sich in Richtung Wald davon.

Tarzan schlief weiter. Wo waren die übernatürlichen Schutzreflexe, die ihn früher vor drohenden Gefahren gewarnt hatten? War dies der hellhörige und empfindsame Tarzan, den wir kennen?

Vielleicht hatte der Schlag auf den Kopf sein Wahrnehmungsvermögen vorübergehend betäubt – wer konnte das sagen? Das Rascheln kam immer näher. Einige Schritte von dem Schlafenden entfernt teilte sich die raschelnde Pflanzenwelt, und das riesige Haupt eines Löwen tauchte auf. Einen Augenblick beobachtete das Untier den Affenmenschen gespannt, dann kauerte es sich auf den Hinterbeinen zusammen, der Schweif peitschte hin und her.

Durch das Schlagen des Schwanzes gegen die Schilfgräser wurde Tarzan munter. Dschungelbewohner erwachen nicht langsam – sie sind auf der Stelle voll bei Bewußtsein und sofort Herr all ihrer Fähigkeiten, die eben noch im tiefsten Schlummer begraben lagen.

Kaum war Tarzan wach, stand er schon auf den Füßen, hatte den Speer fest in der Hand und war auf einen Angriff vorbereitet.

Er war wieder Tarzan von den Affen, bei klarem Verstand, wachsam und kampffähig.

Kein Löwe verhält sich so wie der andere, in bestimmten Situationen reagiert er nicht immer gleich. Ob das sprungbereite Tier von Überraschung, Furcht oder Vorsicht geleitet wurde, ist schwer zu sagen – jedenfalls ließ es seine ursprünglichen Angriffsabsichten, fuhr statt dessen herum und sprang zurück ins Schilf.

Der Affenmensch zuckte mit den Schultern und blickte sich nach seinem Begleiter um. Werper war nirgendwo zu sehen. Zuerst nahm Tarzan an, der Mann sei von einem anderen Löwen angegriffen und fortgeschleppt worden, aber als er den Boden untersuchte, entdeckte er, daß der Belgier allein in das Flachland gegangen war.

Einen Augenblick lang war er verwirrt; aber bald kam er zu dem Schluß, Werper habe sich aus Angst vor dem Löwen weggeschlichen. Tarzan verzog verächtlich den Mund bei dem Gedanken, daß jemand es fertigbrachte, seinen Begleiter im Anblick der Gefahr ohne Warnung im Stich zu lassen. Wenn Werper ein solcher Mensch war, dann wollte Tarzan nichts mehr mit ihm zu tun haben. Er war verschwunden, und seinetwegen konnte er auch fortbleiben – der Affenmensch würde nicht nach ihm suchen.

Einige hundert Meter entfernt, am Rand des schilfreichen Dschungels, stand ein einzelner großer Baum. Tarzan lief darauf zu, kletterte hinauf und setzte in einer bequemen Astgabel seinen Schlaf ungestört bis zum Morgen fort.

Er schlief tief in den Tag hinein. In seiner Gedankenwelt war er wieder zum Primitiven geworden, für den es keine ernsthafteren Dinge als Nahrungssuche und Verteidigung gibt. Er brauchte nicht eher aufzuwachen, als wenn Gefahr im Anzug war oder ihm der Magen knurrte. Letzteres weckte ihn schließlich.

Er öffnete die Augen, streckte sich, gähnte, erhob sich und spähte durch das Blätterwerk seines Schlupfwinkels in alle Richtungen. Wie ein Fremder verfolgte Tarzan von den Affen das Tun Basulis und seiner Krieger auf den verwüsteten Wiesen und Feldern John Claytons, oder Lord Greystokes. Sie bereiteten das Frühstück und rüsteten sich zum Aufbruch.

Neugierig beobachtete der Affenmensch die Schwarzen. Weit hinten in seinem Gedächtnis kam ihm das, was er sah, flüchtig bekannt vor, und doch konnte er nicht eines der mannigfaltigen Lebewesen und Dinge, die seit seiner Flucht aus Opar in sein Blickfeld geraten waren, mit irgendeinem bestimmten Ereignis der Vergangenheit verbinden.

Dunkel entsann er sich an ein furchteinflößendes und häßliches Wesen, es war behaart und wild. Bei dieser Erinnerung stieg eine verschwommene Zärtlichkeit in ihm auf. Er dachte an seine Kindheit – er hatte die Gestalt eines riesigen Affenweibchens, Kalas, vor Augen. Auch sah er andere seltsame, menschenähnliche Wesen. Es waren Terkoz, Tublat, Kerchak, und eine kleineres, weniger beängstigendes Geschöpf, Neeta, die kleine Spielgefährtin seiner Jugend.

Langsam, sehr langsam wühlten diese Bilder aus der Vergangenheit sein träges Gedächtnis auf, und er begann sich zu erinnern. Sie nahmen genaue Formen an und fügten sich lückenlos zu den verschiedenen Ereignissen seines Lebens. Langsam bereitete sich vor ihm das Panorama seiner Kindheit bei den Affen aus und erweckte in ihm die brennende Sehnsucht nach den zottigen, flachstirnigen Gesellen dieser Jahre.

Er sah, wie die Schwarzen ihr Lagerfeuer austraten und aufbrachen, aber obwohl er noch vor kurzem jedes Gesicht genau so gekannt hatte wie sein eigenes, wurde nicht die geringste Erinnerung in ihm wach.

Als sie verschwunden waren, ließ er sich vom Baum hinunter und begab sich auf Nahrungssuche. Draußen im Flachland weideten zahlreiche Herden wilder Wiederkäuer. Leise pirschte er sich an einige geschmeidige, fette Zebras heran. Sein Vorgehen war vom Instinkt bestimmt, ohne weiter nachzudenken, umkreiste er die Herde im großen Bogen, bis ihm der Wind ihre Witterung zutrug. Er nutzte jede Tarnmöglichkeit und kroch auf allen vieren und oft flach am Boden auf sie zu.

Eine dralle junge Stute und eine fetter Hengst grasten ihm am nächsten. Instinktiv wählte er das erste der beiden Tiere für sich aus. Nur einige Meter von dem ahnungslosen Paar entfernt wuchs ein niedriger Busch. Der Affenmensch kroch in dessen Deckung. Fest umklammerte er seinen Speer und zog vorsichtig die Füße heran. Mit einer einzigen schnellen Bewegung erhob er sich und schleuderte die schwere Waffe auf die Flanke der Stute. Er wartete nicht erst, um zu sehen, ob er getroffen hatte, sondern schnellte katzengleich mit dem Jagdmesser in der Hand hinterher.

Einen Augenblick standen beide Tiere regungslos da. Die Stute stieß vor Schmerz einen angstvollen Schrei aus, als sich der grausame Widerhaken in ihre Seite bohrte, dann fuhren beide herum, um das Weite zu suchen; Tarzan von den Affen konnte jedoch einige Meter mithalten und hatte nach wenigen Schritten die Stute eingeholt. Diese fand neben sich ein wildes Ungeheuer, drehte sich, schlug aus und biß um sich. Ihr Begleiter zögerte einen Moment, als wolle er ihr zu Hilfe eilen; jedoch ein Blick nach hinten zeigte ihm die Hufe der fliehenden Herde, schnaubend und kopfschüttelnd scheute er zurück und stürmte davon.

Tarzan krallte sich mit einer Hand an der kurzen Mähne des Tieres fest und stieß ihm mehrere Male das Messer in die Brust. Von Anfang an war der Ausgang des Kampfes klar. Die Stute wehrte sich heldenhaft, aber vergeblich. Bald sank sie mit durchbohrtem Herz zu Boden. Der Affenmensch stellte den Fuß auf den Kadaver und erhob seine Stimme zum Siegesschrei der Mangani.

Weit entfernt vernahm Basuli schwach den Ruf, blieb stehen und meinte zu seinen Leuten:

„Das sind die großen Affen. Ich habe sie schon lang nicht mehr im Land der Waziri gehört. Warum sie wohl zurückgekommen sind?“

Tarzan packte seine Beute, begab sich in die Abgeschiedenheit des Busches, hinter dem er sich beim Anpirschen versteckt hatte, hockte sich hin, schnitt ein riesiges Stück aus der Lende und begann, seinen Hunger mit dem warmen und triefenden Fleisch zu stillen.

Das schrille Gewieher der Stute hatte zwei Hyänen herbeigelockt. Sie ließen sich nur wenige Meter vom schlingenden Affenmenschen entfernt nieder. Tarzan blickte auf, bleckte die Reißzähne und knurrte. Die Tiere erwiderten den Gruß und zogen sich einige Schritte zurück. Sie machten keine Anstalten anzugreifen; blieben aber in respektvoller Entfernung sitzen, bis Tarzan seine Mahlzeit beendet hatte. Nachdem der Affenmensch einige Stücke aus dem Kadaver geschnitten hatte, begab er sich gemessenen Schrittes zum Fluß, um seinen Durst zu stillen. Sein Weg führte an den Hyänen vorbei, was ihn jedoch in keiner Weise beeindruckte.

Majestätisch wie Numa, der Löwe, lief er direkt auf die knurrenden Aasfresser zu. Einen Augenblick hielten sie erbittert und trotzig die Stellung, dann schlichen sie seitwärts davon, als der Affenmensch an ihnen vorbeiging, ohne von ihnen Notiz zu nehmen. Einige Sekunden später zerrissen sie die Überreste des Zebras.

Tarzan lief durch das Schilf zurück zum Fluß. Eine aufgeschreckte Büffelherde erhob sich, bereit zum Angriff oder zur Flucht. Ein großer Bulle scharrte mit den Hufen und brüllte, als seine blutunterlaufenen Augen den Eindringling entdeckten; der Affenmensch würdigte sie jedoch keines Blickes und ging an ihnen vorbei. Das Gebrüll des Bullens ging in dumpfes Grollen über, das Tier wandte sich um und kratzte mit dem Maul eine Unmenge von Fliegen von seiner Flanke, warf einen letzten Blick auf den Affenmenschen und fraß weiter. Seine riesige Familie folgte entweder dem Beispiel oder blickte Tarzan in freundlicher Neugier hinterher, bis ihn das Schilf auf der anderen Seite verschluckte.

Am Fluß trank und badete Tarzan. Tagsüber, als es heiß war, lag er im Schatten eines Baumes nahe bei den Ruinen seiner abgebrannten Scheunen. Sein Blick schweifte über das Land zum Wald, lange Zeit dachte er sehnsuchtsvoll daran, welche Freuden die geheimnisvollen Tiefen bargen. Beim nächsten Sonnenaufgang würde er Wiesen und Felder überqueren und in den Dschungel eindringen! Er hatte Zeit – vor ihm lagen unzählige Tage, an denen er tun konnte, wozu er gerade Lust hatte.

Sein Gemüt war völlig unbeschwert – keine Erinnerungen plagten ihn, die Zukunft lag in seinen Händen. Er konnte auf einem schaukelnden Ast liegen und die riesigen Gliedmaßen ausstrecken, konnte in aller Ruhe gedankenlos vor sich hin leben, ohne sich die Nerven von Sorgen zerrütten und sich seines Seelenfriedens berauben zu lassen. Der Affenmensch war glücklich und entsann sich nur dunkel daran, jemals anders gelebt zu haben. Lord Greystoke hatte aufgehört zu existieren.

Einige Stunden räkelte sich Tarzan auf seinem schaukelnden, belaubten Lager, bis Hunger und Durst ihn erneut zu einem Ausflug aufforderten. Gemächlich ließ er sich auf den Boden hinunter und begab sich langsam zum Fluß. Der Wildpfad, den er entlanglief, war durch den jahrhundertelangen Gebrauch zu einem tiefen und engen Graben geworden. An beiden Seiten hatten sich engstehende Bäume, dickstämmige Kletterpflanzen und kleinere Ranken zu einem undurchdringlichen Dickicht verschlungen, das einen festen und verfilzten natürlichen Schutzwall bildete. Tarzan war fast an der Stelle, wo der Pfad in den offenen Wasserlauf mündete, als er eine Löwenfamilie vom Fluß her auf sich zukommen sah. Es waren sieben – ein Männchen und zwei Weibchen, ausgewachsen, und vier Junge, genauso groß und nicht minder furchteinflößend als ihre Eltern. Tarzan blieb stehen und knurrte, die Löwen stoppten, das riesige Männchen bleckte die Zähne und stieß ein drohendes Gebrüll aus. Der Affenmensch hielt den schweren Speer fest in der Hand, beabsichtigte jedoch nicht, mit der winzigen Waffe sieben Löwen entgegenzutreten und beließ es wie sie bei dem Knurren und Brüllen. Beide blufften nur, wie es im Dschungel üblich ist. Jeder versuchte, den anderen zu verscheuchen. Keiner wollte umkehren und den Weg freigeben, auch wollte keiner von ihnen als erster den Kampf beginnen. Die Löwen hatten genügend gefressen, als daß sie vom Hunger geleitet wurden; und was Tarzan betraf, aß er nur selten das Fleisch der Raubtiere; doch stand eine andere Frage auf dem Spiel, und keiner von ihnen wollte klein beigeben. So standen sie einander gegenüber, gaben alle möglichen furchteinflößenden Geräusche von sich und schleuderten einander im Dschungel übliche Beschimpfungen entgegen. Es ist schwer zu sagen, wie lange dieses unblutige Duell noch weitergegangen wäre, wenn sich letztlich Tarzan auch ihrer Übermacht hätte beugen müssen.

Ein Zwischenfall setzte dieser verfahrenen Situation ein Ende. Tarzan und die Löwen hatte einen derart ohrenbetäubenden Lärm gemacht, daß alle anderen Geräusche darin untergegangen waren. So bemerkte Tarzan nicht, daß ihm von hinten Gefahr drohte. Erst als es beinahe zu spät war, wandte er sich um und sah, wie Buto, das Rhinozeros, wütend auf ihn zustürmte. Seine kleinen Augen glühten, und es war bereits so nahe, daß ein Entkommen unmöglich schien. Jedoch arbeiteten Gehirn und Muskeln in diesem unverdorbenen, primitiven Mann in vollkommener Übereinstimmung. In Sekundenschnelle wirbelte er herum und stieß seinen Speer in Butos Brust. Es war ein schwerer Speer, die Spitze war mit Eisen beschlagen, und dahinter waren die kräftigen Muskeln des Affenmenschen. Mit voller Wucht traf die Waffe das heranstürmende Tier. Man würde lange brauchen, um zu berichten, was sich in jenem Augenblick abspielte, als Tarzan sich umdrehte. Der Speer war schon unterwegs, da hatte das Rhinozeros bereits den Kopf gesenkt, um Tarzan auf die Hörner zu nehmen. Der Speer traf das Tier zwischen Hals und linker Schulter und durchbohrte es nachgerade, Tarzan sprang in die Luft, um dem mächtigen Horn zu entgehen, und landete auf Butos Rücken.

Dann erspähte Buto die Löwen und stürmte wie von Sinnen auf sie zu, während Tarzan von den Affen sich rasch in das Gewirr der Kletterpflanzen am Wegrand schwang. Der erste Löwe, der sich dem Angreifer entgegenstellte, wurde zerrissen und hoch über den Rücken des rasenden Tieres geschleudert, dann fielen die sechs übrigen Raubkatzen über das Rhinozeros her, um es in Stücke zu reißen, wurden jedoch durchbohrt oder zertrampelt. Aus sicherer Entfernung verfolgte Tarzan äußerst gespannt den Kampf. Gleich anderen intelligenten Dschungelbewohnern interessierte er sich für solche Begegnungen. Für sie ist das so etwas wie Pferderennen, Boxen, Theater oder Kino. Sie sehen so etwas oft; und doch haben sie immer ihre Freude daran, da ein Kampf nie so ist wie der andere.

Eine Zeitlang schien es Tarzan, als würde Buto, das Rhinozeros, als Sieger aus der blutigen Auseinandersetzung hervorgehen. Buto hatte bereits vier der sieben Löwen erlegt und die anderen stark verwundet, als es in einer kurzen Kampfpause mit einem Mal erschlaffte, in die Knie sank und auf die Seite fiel. Der Speer hatte sein Werk getan. Die Waffe des Menschen hatte das große Untier getötet, das möglicherweise den Angriff der sieben Löwen unbeschadet überlebt hätte, jedoch hatte Tarzans Speer die großen Lungen durchbohrt, und Buto, den Sieg schon vor Augen, war den inneren Blutungen erlegen.

Dann kam Tarzan von seinem Zufluchtsort herunter, und während sich die verwundeten Löwen winselnd davonschleppten, schnitt der Affenmensch seinen Speer aus Butos Körper, hieb ein Fleischstück heraus und verschwand im Dschungel. Die Episode war vorüber. Alles geschah an einem Tag – etwas, was du und ich ein Leben lang nicht vergessen hätten, entfiel Tarzan in dem Moment, in dem er den Schauplatz des Geschehens verließ.

La sucht Vergeltung

Tarzan schwang sich im weiten Bogen durch den Dschungel, kam an einer anderen Stelle wieder zum Fluß, trank und begab sich wieder in die Bäume. Während er jagte und keinen Gedanken an Vergangenheit und Zukunft verschwendete, durchkämmte eine unheimliche und schreckliche Karawane den dunklen Busch nach ihm, sie überquerte die lichten und weniger bewachsenen Stellen, zog über weite Wiesen, wo die zahllosen Pflanzenfresser des geheimnisvollen Kontinents weideten. Es waren fünfzig furchteinflößende Männer mit behaarten Körpern und krummen, halbverrenkten Beinen. Sie waren mit Messern und großen Knüppeln bewaffnet, ihre Anführerin war eine halbnackte Frau von unvergleichlicher Schönheit. La von Opar, die Hohepriesterin des Flammengottes, und fünfzig ihrer grausigen Priester waren auf der Suche nach dem Dieb des heiligen Opferdolches.

La hatte sich nie hinter die verfallene Außenmauer Opars begeben; jedoch hatte es dessen bisher nie bedurft. Der heilige Dolch war verschwunden! Seit Jahrhunderten ging er von Hand zu Hand, bis sie ihn als Zeichen ihrer religiösen Berufung und königlichen Macht geerbt hatte. Der Verlust der Kronjuwelen oder des Staatssiegels von England hätte einem britischen König keine größeren Unannehmlichkeiten verschaffen können, als sie nun La, der Königin der Oparier und Hohepriesterin der nichtswürdigen Nachkommen der ältesten Zivilisation der Erde, durch den Diebstahl des heiligen Dolches zuteil wurden. Als Atlantis mit den mächtigen Städten, seinen bebauten Feldern, seinem weitentwickelten Handel, seiner Kultur und den Reichtümern vor Jahrhunderten in der See versank, riß es alles außer einer Handvoll von Kolonisten mit sich, die noch in den riesigen Goldminen Zentralafrikas arbeiteten. Später mischte sich das Blut dieser Menschen und ihrer niedrigen Sklaven mit dem von Menschenaffen, und von all diesen stammten die verkrüppelten Männer von Opar ab. Aus einer seltsamen Laune des Schicksals heraus, und auch im Ergebnis der natürlichen Auslese, blieben die Erbanlagen der Bewohner von Atlantis nur in den Frauen rein und unverdorben erhalten, Nachkommen einer Prinzessin des Königshauses von Atlantis, die sich zur Zeit der großen Katastrophe in Opar befand. La war eine von diesen.

Die Hohepriesterin schäumte vor Wut, ihr Haß auf Tarzan kannte keine Grenzen. Er hatte nicht nur ihren Altar geschändet und sie in ihren religiösen Empfindungen gekränkt, sondern auch noch die Frau in ihr verschmäht – und das steigerte ihren Zorn um ein Vielfaches. Zweimal hatte sie sich dem gottähnlichen Affenmenschen vor die Füße geworfen, zweimal hatte er sie abgewiesen. La wußte, daß sie schön war – nicht nur nach den Maßstäben des vergangenen Atlantis, auch nach den heutigen konnte man sie vollkommen nennen. Bevor Tarzan zum ersten Mal nach Opar kam, hatte La nie ein anderes männliches Wesen außer den seltsamen Gnomen ihres Volkes zu Gesicht bekommen. Früher oder später, wenn das Schicksal keine anderen Menschen nach Opar bringen würde, müßte sie einen von diesen zum Manne nehmen, um die Erbfolge der Hohenpriesterinnen weiterzuführen. Sie hatte nie gedacht, daß es so etwas wie Tarzan überhaupt gab, denn sie kannte nur ihre widerlichen kleinen Priester und die Affenmännchen des Stammes der großen Menschenaffen, die seit uralten Zeiten in und um Opar hausten, bis sie zuletzt von den Opariern fast als ihresgleichen angesehen wurden. Einigen Legenden von Opar zufolge gab es gottähnliche Geschöpfe, die in längst vergangenen Jahrhunderten lebten; vor nicht so langer Zeit sollen Schwarze gekommen sein, diese jedoch waren Feinde, die getötet und geplündert hatten. Die Geschichten nährten ebenfalls den Glauben, daß eines Tages der namenlose Kontinent, von dem ihr Volk stammte, sich wieder aus der See erheben, und geschnitzte und goldverzierte Galeeren mit Sklaven an den langen Rudern kommen würden, um ihren seit Zeiten abgeschnittenen Siedlern beizustehen.

Tarzans Erscheinen hatte in ihr nicht nur die unbändige Hoffnung erweckt, daß die Erfüllung dieser uralten Prophezeiung unmittelbar bevorstand, sondern hatte in weitaus größerem Maße ihr Herz in heißer Liebe entbrennen lassen, das anderenfalls niemals die Bedeutung dieser unbezähmbaren Leidenschaft erfahren hätte. Eine solch wundervolle Erscheinung wie La konnte doch niemals für einen der widerlichen Priester von Opar Liebe empfinden. Brauchtum, Pflicht und religiöser Eifer hätten die

Ehe bestimmt; von Las Seite konnte es keine anderen Gefühle geben.

So war sie zu einer kalten und herzlosen jungen Frau herangewachsen, einer Tochter jener tausend anderen kalten und schönen Frauen, die niemals Zuneigung kennengelernt hatten. Die Liebe setzte in ihr die Leidenschaften frei, die sich innerhalb tausender Generationen angestaut hatten, und verwandelte sie in einen brodelnden Vulkan, und da sie keine Erfüllung fand, schlugen Liebe, Güte und Aufopferung in Haß und Wut um.

In dieser Verfassung befand sich La, als sie mit ihrer schnatternden Horde aufbrach, um das heilige Kennzeichen ihres hohen Amtes wiederzuerlangen und sich an dem Urheber ihrer mißlichen Lage zu rächen. An Werper dachte sie dabei kaum. Ihm gegenüber hegte sie keine Rachegedanken, obwohl er es war, der das Messer bei der Flucht aus Opar in der Hand hielt. Natürlich würde sie ihn umbringen, wenn sie seiner habhaft wurde; jedoch sein Tod war La gleichgültig – hingegen ergötzte sie sich an der Vorstellung, welche Todesqualen Tarzan erleiden würde. Er sollte gefoltert werden. Er sollte langsam und unter furchtbaren Schmerzen sterben. Die Strafe sollte dem Ausmaß seines Verbrechens gerecht werden. Er hatte La den heiligen Dolch gestohlen; er hatte seine frevelhaften Hände gegen die Hohepriesterin des Flammengottes erhoben, den Altar und den Tempel geschändet. Dafür sollte er mit dem Leben zahlen; aber er hatte die Liebe von La verschmäht, und deswegen sollte er unter entsetzlichen Qualen sterben.

Der Marsch von La und ihren Priestern verlief recht abenteuerlich. Da sich nur selten jemand aus den verfallenen Stadtmauern von Opar herauswagte, waren viele Dinge im Dschungel ihnen nicht geläufig, jedoch schützte sie oftmals ihre große Zahl, so daß sie ohne ernsthafte Zwischenfälle sehr weit kamen. Drei große Affen begleiteten sie, ihre Aufgabe bestand darin, die Spur der beiden Männer zu verfolgen, eine Leistung, die außerhalb der Möglichkeiten der Oparier lag. La war die Anführerin. Sie setzte die Marschordnung fest, wählte die Lagerplätze aus, bestimmte, wann haltgemacht oder abmarschiert wurde, und obwohl sie in diesen Dingen keine Erfahrung hatte, erwies sie sich darin als geschickter, als wenn die Männer oder Affen dies getan hätten, denn sie war von Natur aus wesentlich intelligenter. Sie war auch eine strenge Befehlshaberin, strafte die mißgestalten Kreaturen, zwischen die sie das grausame Schicksal geworfen hatte, mit Abscheu und Verachtung, und ließ in gewissem Maße ihre Unzufriedenheit und unerfüllte Liebe an ihnen aus. Jede Nacht mußten sie ihr einen starken Schutzwall und eine feste Unterkunft bauen, ein großes Feuer wurde vom Einbruch der Dunkelheit bis zur Morgendämmerung erhalten. Wenn sie vom Marsch ermüdet war, ließ sie sich auf einer improvisierten Sänfte von ihnen tragen. Keiner stellte ihre Autorität oder ihr Recht auf solche Dienste in Frage. In der Tat gab es darüber für ihr Gefolge keine Zweifel. Für sie war La eine Göttin, jeder liebte sie und hoffte, von ihr zum Manne erwählt zu werden, so daß sie sich für sie abplagten und ihre Launen, sowie die ständige Verachtung und Überheblichkeit ohne Murren ertrugen.

Viele Tage waren sie unterwegs, die Affen folgten der Spur ohne Schwierigkeiten, sie marschierten ein Stückchen vor der Karawane, um die anderen zu warnen, wenn Gefahr drohte. Eines Tages, in der Mittagspause, als sie sich gerade von einem ermüdenden Marsch ausruhten, erhob sich auf einmal einer der Affen und hielt die Nase in die Luft.

Mit leiser, kehliger Stimme hieß er die anderen schweigen und folgte einen Augenblick später lautlos der Witterung durch den Dschungel. La und die Priester sammelten sich leise, die furchteinflößenden Gnome griffen zu ihren Messern und Knüppeln und warteten auf die Rückkehr des zottigen Menschenaffen.

Sie hatten nicht lange zu warten, bis er wieder aus belaubtem Dickicht auftauchte. Er begab sich direkt zu La und redete sie in der Sprache der großen Affen an, die zur Sprache des verfallenen Opars geworden war.

„Der große Tarmangani schläft dort." Er wies in die Richtung, aus der er gerade gekommen war. „Kommt, wir können ihn töten."

„Tötet ihn nicht", befahl La kalt. „Bringt mir den großen Tarmangani lebendig und unverletzt. Es ist Las Rache. Geht nun, aber leise!" und winkte ihrem Gefolge zu.

Vorsichtig kroch die unheimliche Schar hinter dem großen Affen durch den Dschungel, bis er stehenblieb und schräg nach oben zeigte. Dort sahen sie die riesige Gestalt des Affenmenschen, der auf einem niedrigen Ast ausgestreckt lag. Sogar im Schlaf griff er um sich, und sein starkes braunes Bein zuckte, als kämpfe er gerade mit Numa, dem Löwen, Horta, dem Eber, oder anderen Tieren des Dschungels. Dennoch schlief er fest, denn sein Magen war gefüllt. Die sonst hellwachen Sinne des Affenmenschen spürten nichts von der Gefahr – wie auf dem Boden unter ihm behaarte Gestalten herankrochen, und auch nicht, wie sich drei Affen lautlos auf den Baum neben ihm schwangen.

Das erste, was er von der Gefahr bemerkte, waren diese drei Affen, die ihn ansprangen und zu Boden schleuderten, wo er, von ihrem Gewicht mitgerissen, hart aufkam, und wo sich augenblicklich eine Unzahl behaarter Männer auf ihn stürzte. Sofort wurde er in einen wirbelnden, schlagenden und beißenden Strudel gezogen. Langsam gewannen seine gräßlichen Feinde die Oberhand, obwohl es kaum einen von ihnen gab, der nicht Tarzans mächtige Fäuste oder scharfe Zähne zu spüren bekam.

Verurteilt zu Qualen und Tod

La war ihrem Gefolge hinterhergeeilt, und als sie sah, wie alle Tarzan zusetzten und ihn bissen, erhob sie ihre Stimme und mahnte, ihn nicht zu töten. Sie sah, daß er immer schwächer wurde und sich bald der Übermacht ergeben müsse. Kurz darauf lag der Hüne hilflos und gefesselt zu ihren Füßen.

„Bringt ihn dorthin, wo wir zuletzt haltgemacht haben", befahl sie, und Tarzan wurde zu der kleinen Lichtung getragen und unter einen Baum geworfen.

„Baut mir eine feste Hütte! Wir bleiben hier über Nacht, und morgen wird La dem Flammengott das Herz des Tempelschänders zum Opfer bringen. Wo ist der heilige Dolch? Wer hat ihn genommen?" fragte sie.

Indes hatte niemand die heilige Waffe gesehen, alle waren fest überzeugt, daß sie sich nicht an Tarzans Körper befunden hatte, als er in ihre Hände fiel. Der Affenmensch blickte auf die Gestalten, die sich drohend um ihn scharten, und knurrte herausfordernd. Dann schaute er zu La und lächelte. Er hatte keine Angst vor dem Tod.

„Wo ist der Dolch?" fragte ihn La.

„Das weiß ich nicht. Der Mann hat ihn mitgenommen, als er sich des Nachts weggeschlichen hat." erwiderte Tarzan. „Wenn du ihn unbedingt haben willst, werde ich den Mann gern suchen und den Dolch holen. Aber ich bin dein Gefangener, und da ich sterben soll, kann ich es nicht tun. Überhaupt, warum war der Dolch so wichtig? Du kannst dir doch einen anderen machen. Bist du mir den ganzen Weg nur deswegen gefolgt? Laß mich frei, und ich bringe ihn dir zurück."

La lachte bitter, denn im Innersten wußte sie, daß Tarzans Vergehen nicht nur im Diebstahl des Opferdolches bestand. Als sie ihn wehrlos vor sich liegen sah, stiegen ihr die Tränen in die Augen, so daß sie sich abwenden mußte, damit die anderen es nicht bemerkten. Dennoch blieb ihr Entschluß unumstößlich – er sollte Qualen erleiden und schließlich mit seinem Leben für die Dreistigkeit büßen, La abgewiesen zu haben.

Als die Behausung fertiggestellt war, ließ sie Tarzan hineintragen. „Ich werde ihn die ganze Nacht quälen, und mit dem Anbruch der Dämmerung bereitet ihr den Feueraltar vor, auf dem wir sein Herz dem Flammengott als Opfer bringen“, sagte sie leise zu ihren Priestern. „Sammelt harzreiches Holz und errichtet in der Mitte der Lichtung einen Altar, so groß und schön wie jener von Opar. Der Flammengott soll herabsehen und sich an unserer Kunstfertigkeit erfreuen.“

Den Rest des Tages waren die Priester mit dem Bau des Altars beschäftigt, während der Arbeit sangen sie ihre unheimlichen Hymnen in der ausgestorbenen Sprache von Atlantis, das im Meer versunken war. Ihnen war die Bedeutung der Worte unbekannt, sie folgten lediglich einem Ritual, das seit jener längst vergangenen Zeit vom Lehrer zum Novizen überliefert wurde, als sich die Vorfahren des Menschen in England noch von Baum zu Baum schwangen.

In der Hütte schritt La neben dem Affenmenschen auf und ab. Tarzan hatte sich in sein Schicksal ergeben. Man hatte über ihn das Todesurteil verhängt, und es bestand keinerlei Hoffnung auf Rettung. Er wußte, daß seine Kraft nicht ausreichte, die vielen Fesseln zu sprengen, mit denen seine Hände und Füße gebunden waren, mehrere Versuche in dieser Richtung waren gescheitert. Von draußen hatte er keine Hilfe zu erwarten, das ganze Lager war ihm feindlich gesinnt. Dennoch lächelte er La an, die nervös in der Hütte umherlief.

Und La? Sie griff zum Dolch und blickte zu ihrem Gefangenen herab. Mit wildem Blick murmelte sie etwas vor sich hin, rührte ihn jedoch nicht an. „Heute nacht! Heute nacht, wenn es dunkel ist, werde ich ihn quälen!“ dachte sie. Sie schaute auf die vollkommene, gottähnliche Gestalt, das beeindruckende Gesicht, das Lächeln, und sie hielt sich immer wieder vor Augen, daß er ihre Liebe verschmäht hatte, daß er verdammungswürdig war, da er das heiligste aller Heiligtümer geschändet und vom blutbefleckten Altar in Opar die Opfergabe des Flammengottes gestohlen hatte – und nicht nur einmal. Dreimal hatte Tarzan den Gott ihrer Vorväter betrogen. La blieb stehen und kniete sich neben ihn. Sie setzte ihm die Spitze des scharfen Dolches auf die Brust, aber Tarzan lächelte nur und zuckte mit den Schultern.

Wie schön er war! La beugte sich über ihn und blickte ihm in die Augen. Was für eine vollendete Gestalt! Sie verglich ihn mit jenen mißgestalten Gnomen, von denen sie einen zum Mann nehmen mußte. Der Gedanke daran ließ sie erschaudern. Langsam wurde es dunkel. Ein großes Feuer loderte innerhalb der Umzäunung aus Dornengestrüpp, die man um das Lager errichtet hatte. In dem Altar auf der Lichtung sah man das Spiel der Flammen. Sie erweckten in der Hohenpriesterin die Vorstellung von dem, was sich im Morgengrauen abspielen würde. Die hünenhafte und makellose Gestalt wand sich im brennenden Scheiterhaufen, diese lächelnden Lippen verbrannten und verkohlten über den kräftigen weißen Zähnen. Sie stellte sich vor, wie der dichte schwarze Haarschopf auf Tarzans edel geformtem Kopf von einer einzigen Flamme verzehrt wurde. Diese und viele andere entsetzliche Bilder vor Augen stand sie mit geballten Fäusten über dem Mann, den sie haßte – ja, war es wirklich Haß, den La von Opar empfand?

Im Lager herrschte tiefste Finsternis, sie wurde nur durch das unregelmäßige Flackern des Feuers durchbrochen, das Raubtiere abhalten sollte. Tarzan lag regungslos. Er hatte unter Durst zu leiden, außerdem schnitten die Fesseln in seine Gelenke – wortlos ertrug er die Qualen. Tarzan war ein Dschungelwesen, gelassen wie ein Raubtier, aber mit der Intelligenz des Menschen ausgestattet. Er wußte, daß sein Schicksal besiegelt war – daß kein Flehen half, die Härte seines Endes zu lindern. So verschwendete er keine Kraft auf sinnloses Bitten, sondern wartete geduldig in der festen Überzeugung, daß sein Leiden auch einmal ein Ende finden würde.

Im Finsteren beugte sich La über ihn. Ohne weiteren Aufschub wollte sie mit der Folterung beginnen. Der Dolch ritzte bereits seine Haut, und Las Gesicht war seinem sehr nahe, als jemand draußen neue Äste in das Feuer warf, es plötzlich aufloderte und das Innere der Hütte erhellte. Ganz nahe vor sich erblickte La das vollendete Antlitz des Waldgottes, und in ihr Herz strömte all die Liebe, die sie für Tarzan empfand, seit sie ihn zum ersten Mal gesehen hatte, und die über Jahre angestauten Leidenschaften, als sie von ihm geträumt hatte.

Mit der Waffe in der Hand erhob sie sich von dem gebundenen Geschöpf, das es gewagt hatte, das Heiligtum ihres Gottes zu verletzen. Es sollte keine Folterung geben – man mußte ihn sofort töten. Das Auge des Herren und allmächtigen Gottes sollte nicht länger vom Anblick des Tempelschänders erzürnt werden. Ein einziger Stoß mit der schweren Klinge – und dann auf den brennenden Scheiterhaufen mit dem Leichnam! Schon streckte sich ihr Arm, und sie holte mit dem Dolch aus, dann brach sie kraftlos über dem Körper des geliebten Mannes zusammen.

In stummer Zärtlichkeit glitten ihre Hände über seine bloße Haut, sie bedeckte seine Stirn, Augen, Lippen mit Küssen, legte sich über ihn, als wolle sie ihn mit dem eigenen Leib vor dem entsetzlichen Urteil schützen, das sie über ihn gesprochen hatte; mit zitternder, kläglicher Stimme flehte sie um seine Liebe. Stundenlang war die Magd des Flammengottes voller Leidenschaft, bis sie letztlich der Schlaf überwältigte, und sie neben dem Mann, den sie geschworen hatte, zu quälen und zu töten, bewußtlos darniedersank. Tarzan schlief friedlich in Las Armen, ohne sich über die Zukunft Gedanken zu machen.

Beim ersten Anzeichen des Morgengrauens wurde Tarzan vom Gesang der Priester von Opar geweckt. Zuerst klangen die Töne leise und gedämpft, dann nahm die Lautstärke zu, und die Melodie kündete vielstimmig von barbarischem Blutdurst. La regte sich. Ihr makelloser Arm zog Tarzan näher an sich – ein Lächeln verschönerte ihre Lippen, dann erwachte sie, und langsam erstarb das Lächeln und ihre Augen weiteten sich vor Entsetzen, als ihr der Sinn des Totengesanges klar wurde.

„Schenke mir deine Liebe, Tarzan! Liebe mich, und du wirst gerettet!“ rief sie.

Tarzans Fesseln verursachten ihm Schmerzen. Er litt, da er sich so lange nicht bewegt hatte. Mit wütendem Knurren wandte er La den Rücken zu. Das war seine Antwort! Die Hohepriesterin sprang auf. Die Schamröte stieg ihr ins Gesicht, dann wurde sie kalkweiß, trat vor die Hütte und schrie:

„Kommt, Priester des Flammengottes, bereitet das Opfer vor!“

Die monströsen Wesen stürmten herbei. Sie ergriffen Tarzan, zerrten ihn hinaus, bewegten sich dabei im Takt ihrer Hymne und wiegten sich im Rhythmus ihres Gesanges über Blut und Tod. Hinter ihnen kam La, die Hohepriesterin, auch sie bewegte sich hin und her, jedoch nicht im Einklang mit der Melodie. Ihr Gesicht war blaß und verzerrt – aus unglücklicher Liebe, voller Entsetzen über die kommenden Geschehnisse. Dennoch blieb sie unerbittlich. Der Ungläubige mußte sterben. Der Mann, der ihre Liebe verschmäht hatte, sollte dafür auf dem feurigen Altar büßen. Sie sah, wie man den makellosen Körper auf die rauhen Äste legte. Der Hohepriester, derjenige, den sie dem Brauch gemäß zum Manne nehmen mußte – verwachsen, behaart und abstoßend – trat mit einer brennenden Fackel heran und erwartete ihren Befehl, die Holzstöße um die Opferstätte in Brand zu setzen. In freudiger Erwartung verzerrte der widerliche Gnom das Gesicht zu einem häßlichen Grinsen und bleckte die gelben Zähne. Er formte die Hände zu einer Schale, um das Lebensblut des Opfers aufzufangen – den roten Nektar, der in Opar die goldenen Opferkelche gefüllt haben würde.

La trat mit erhobenem Dolch näher, blickte in die aufgehende Sonne und sprach ein Gebet. Der Hohepriester blickte sie fragend an – die Flamme brannte dicht bei seiner Hand, und die Holzstöße lagen verlockend nah. Tarzan schloß die Augen und bereitete sich auf das Ende vor. Er wußte, es würde ein qualvoller Tod sein, denn er konnte sich noch an frühere Verbrennungen erinnern. Er würde leiden und sterben; dennoch blieb er ruhig. Für denjenigen, der im Dschungel aufgewachsen ist, bedeutet der Tod nicht viel, denn dieser begleitet ihn tagsüber jede Minute und schlägt nachts neben ihm sein Lager auf. Wahrscheinlich dachte der Affenmensch überhaupt nicht darüber nach, was wohl dann kam. Um genau zu sein, beschäftigte ihn im Angesicht des Todes lediglich der Verlust der prächtigen Steine, und doch nahm er mit jeder Faser wahr, was sich um ihn herum abspielte.

Er spürte, daß sich La über ihn beugte, und öffnete die Augen. Ihr Gesicht war blaß und verzerrt; die Augen voller Tränen.

„Tarzan, mein Tarzan, sag, daß du mich liebst – daß du mit mir nach Opar zurückkehren willst – dann sollst du leben!“ stieß sie hervor. „Selbst wenn es mein Volk erzürnt, will ich dich retten. Ich gebe dir noch eine letzte Gelegenheit. Wie lautet deine Antwort?“

Im letzten Augenblick hatte in La die Frau die Oberhand über die Hohepriesterin eines grausamen Kults gewonnen. Auf dem Altar vor ihr lag das einzige Wesen, für das sie in Liebe entbrannt war. Sie sah den Gnom, der mit brennender Fackel bereit stand, den Scheiterhaufen in Brand zu setzen. Er würde eines Tages ihr Mann sein, wenn sie nicht einen anderen, weniger abstoßenden fand. Jedoch würde sie trotz ihrer unbändigen Leidenschaft für den Affenmenschen befehlen, das Holz in Brand zu setzen, wenn Tarzans endgültige Antwort unbefriedigend ausfallen würde. Mit bebender Brust beugte sie sich dicht über ihn. „Ja oder nein?“ flüsterte sie.

Mit einem Mal drang aus weiter Ferne schwach ein Laut durch den Dschungel, der Tarzan unerwartet Hoffnung versprach. Er hob seine Stimme zu einem unheimlichen Schrei, der La ein oder zwei Schritte zurückweichen ließ. Der Priester wurde ungeduldig und murrte, nahm die Fackel in die andere Hand und hielt sie gleichzeitig näher an den Zunder unter dem Scheiterhaufen.

„Deine Antwort! Wie lautet deine Antwort?“ drängte La.

Der Laut, der Tarzans Aufmerksamkeit auf sich gezogen hatte, kam näher, und nun hörten ihn auch die anderen – es war das schrille Trompeten eines Elefanten. Als La Tarzan mit großen Augen ins Gesicht blickte, um darin zu lesen, was das Schicksal für sie bereithielt – Glück oder ein gebrochenes Herz, sah sie nur, daß er beunruhigt war. Nun fiel es ihr wie Schuppen von den Augen – er hatte Tantor, den Elefanten, zu seiner Befreiung herbeigerufen! Las Gesicht verzerrte sich, wutentbrannt runzelte sie die Stirn. „Du stößt La zurück! Dann sollst du sterben! Die Fackel!“ befahl sie und wandte sich an den Priester.

Tarzan blickte sie an. „Tantor kommt. Ich dachte, daß er mich befreien wolle, aber jetzt habe ich an seiner Stimme erkannt, daß er mich, dich und alles, was ihm über den Weg läuft, umbringen wird. Er wird diejenigen, die sich vor ihm verstecken, ebenso ausfindig machen wie Sheeta, der Panther. Tantor hat vor Liebe den Verstand verloren.“

La wußte nur allzu gut, wie wild ein Elefant in der Brunstzeit sein konnte. Tarzan übertrieb nicht. Das von verschlagenen und grausamen Dämonen besessene riesige Untier würde durch den Wald fegen und jene verfolgen, die seinen ersten Angriff überlebten. Vielleicht stürmte es auch einfach weiter – man konnte das nie vorher sagen.

Leise fuhr Tarzan fort: „Ich liebe dich nicht, La. Ich weiß nicht warum, denn du bist sehr schön. Ich könnte nie zurückgehen und in Opar leben – hier habe ich den ganzen weiten Dschungel für mich zum Jagen. Nein, ich kann dich nicht lieben, aber ich kann auch nicht mit ansehen, wie du von den Stoßzähnen des wahnsinnigen Tantor durchbohrt wirst. Schneide meine Fesseln durch, bevor es zu spät ist. Er ist fast hier. Schneide die Fesseln durch, dann kann ich dich vielleicht noch retten."

Eine kleine Rauchspirale stieg kräuselnd von der einen Ecke des Scheiterhaufens auf – die Flammen züngelten knisternd nach oben. La stand regungslos wie eine Statue und blickte auf Tarzan und die sich ausbreitenden Flammen. Im nächsten Moment würden sie nach ihm greifen. Aus dem undurchdringbaren Wald hörte man das Krachen der Äste und Baumstämme – Tantor kam immer näher, ein riesiger Moloch des Dschungels. Die Priester wurden unruhig. Angstvoll blickten sie in Richtung des heranstürmenden Dickhäuters und dann auf La.

„Flieht!" befahl sie ihnen, bückte sich und schnitt die Fesseln durch, mit denen der Gefangene an Händen und Füßen gebunden war. Augenblicklich war Tarzan auf den Beinen. Die Priester brüllten vor Wut und Enttäuschung. Der mit der Fackel trat drohend auf La und den Affenmenschen zu und schrie: „Verräterin! Dafür sollst auch du sterben!" Er hob den Knüppel und stürzte sich auf die Hohepriesterin; Tarzan stand jedoch vor ihr. Aus nächster Nähe entriß er dem fanatischen Streiter die Waffe. Der Priester kämpfte verbissen. Tarzan packte mit seinen kräftigen Händen dessen gedrungenen Körper, hob ihn hoch über den Kopf und schleuderte ihn auf die anderen, die sich nun zusammengerottet hatten und ihren vormaligen Gefangenen niederschlagen wollten. Stolz aufgerichtet stand La hinter dem Affenmenschen. Nicht das kleinste Anzeichen von Angst war in ihrem Gesicht zu sehen – alles, was sie empfand, war hochmütige Verachtung für ihre Priester und Bewunderung für den Mann, den sie so verzweifelt liebte.

Dieser Szene wurde von dem verrückten Elefantenbullen jäh ein Ende gesetzt – einem riesigen Tier, dessen kleine Augen vor irrsinniger Wut glühten. Einen Augenblick lang erstarrten die Priester vor Entsetzen; Tarzan aber wandte sich um, nahm La auf den Arm und rannte mit ihr auf den nächsten Baum zu. Tantor stürmte schrill trompetend hinterher. La klammerte sich an den Affenmenschen. Sie spürte, wie er in die Luft sprang, und staunte über seine Kraft und Beweglichkeit, als er sich ungeachtet ihres Gewichts behend auf einen niedrigen Ast schwang und schnell nach oben kletterte, wo der lange Rüssel des Dickhäuters sie nicht mehr erreichen konnte.

Als dieser hier vorübergehend keine weitere Möglichkeit sah, fuhr er herum und stürmte den unglückseligen Priestern nach, die inzwischen angsterfüllt in alle Richtungen davongestoben waren. Den ersten nahm er auf die Stoßzähne und warf ihn hoch in das Geäst eines Baumes. Einen anderen umschlang er mit dem Rüssel, schleuderte ihn gegen einen dicken Baumstamm und ließ das zerfleischte Etwas fallen, um sich trompetend einem anderen zuzuwenden. Zwei Männer wurden von den dicken Beinen zertrampelt. In der Zwischenzeit waren die anderen im Dschungel verschwunden. Nun wandte Tantor seine Aufmerksamkeit erneut Tarzan zu. Jähe Gefühlsumschwünge sind für die Tollwut des Elefanten kennzeichnend – Dingen, die erst krankhaft geliebt wurden, wird auf einmal im selben Ausmaß mit Haß begegnet. Im Dschungel erzählt man sich oft von der besonderen Liebe, die einst zwischen dem Affenmenschen und dem Stamm Tantors bestanden hatte. Kein Elefant im ganzen Dschungel würde dem Tarmangani – dem weißen Affen – Schaden zufügen, dieser Bulle befand sich jedoch in der Brunstzeit, war wie von Sinnen und trachtete nun seinem langjährigen Spielgefährten nach dem Leben.

Tantor kehrte zu dem Baum zurück, auf dem sich Tarzan und La niedergelassen hatten. Er stemmte die Vorderbeine gegen den Stamm, streckte sich und versuchte, sie mit dem langen Rüssel zu erreichen. Tarzan hatte das jedoch vorausgesehen und war weiter nach oben geklettert, wohin der Elefant nicht fassen konnte. Der rasende Bulle wurde durch den Mißerfolg nur noch wütender. Er brüllte, trompetete, schrie, daß die Erde erbebte, und drückte den Kopf gegen den Baum. Dieser bog sich unter dem mächtigen Druck; hielt der Belastung nichtsdestotrotz stand.

Tarzan reagierte äußerst eigenartig. Hätte Numa, Sabor, Sheeta oder irgendein anderes Raubtier des Dschungels versucht, ihn umzubringen, wäre er umhergesprungen, hätte den Angreifer mit Gegenständen beworfen und beschimpft. Er hätte ihn beleidigt, verspottet und mit Schimpfworten eingedeckt, von denen er so viele kannte; diesmal saß er jedoch still oben auf dem Baum, und sein prächtig geschnittenes Gesicht spiegelte tiefe Sorge und Mitleid, denn von allen Tieren des Dschungels liebte er Tantor am meisten. Nie wäre ihm der Gedanke gekommen, ihn zu töten, selbst wenn er die Macht gehabt hätte. Tarzan wollte ihm nur aus dem Weg gehen, denn er wußte, mit dem Ende der Brunstzeit würde Tantor wieder zu Verstand kommen, und dann konnte er sich abermals auf dessen mächtigem Rücken ausstrecken und ihm die großen Schlappohren vollplappern.

Tantors Wut steigerte sich weiter, als er feststellte, daß der Baum nicht nachgeben wollte. Mit blutunterlaufenen Augen blickte er haßerfüllt nach oben zu den beiden Flüchtlingen, dann schlang er den Rüssel um den Stamm, spreizte die Beine, riß an dem Baum und wollte ihn entwurzeln. Tantor war ein riesiges Tier, ein ausgewachsener, mächtiger Bulle in den besten Jahren. Er mühte sich unendlich, bis der Baum zu Tarzans Schrecken langsam nachgab. Die Erde über den Wurzeln brach auf, Risse bildeten sich. Der Baum neigte sich – im nächsten Augenblick war er entwurzelt und fiel um.

Der Affenmensch legte sich La auf den Rücken und machte in letzter Minute, bevor der Baum endgültig umstürzte, einen Satz in das Geäst eines kleineren Nachbarn. Der Sprung war lang und gefährlich. La schloß die Augen und erschauderte; aber als sie sie wieder öffnete, fand sie sich sicher in Tarzans Armen, der sich durch den Wald schwang. Hinter ihnen krachte der entwurzelte Baum mit voller Wucht zu Boden, wobei er kleinere Bäume mit sich riß. Tantor, der feststellen mußte, daß ihm seine Beute entkommen war, hub erneut an, entsetzlich zu trompeten, und stürmte ihnen hinterher.

Priesterin und doch Frau

Zuerst hatte La sich vor Angst mit geschlossenen Augen an Tarzan geklammert, der sich mit ihr von Baum zu Baum schwang; schnell faßte sie jedoch wieder Mut, blickte um sich und nach unten und hielt auch während der weiten, riskanten Sprünge die Augen offen. Bald stieg ein Gefühl der Sicherheit in ihr auf, sie vertraute völlig dem körperlich vollendeten Wesen, von dessen Kraft, Nerven und Geschicklichkeit ihr Schicksal abhing. Einmal richtete sie die Augen auf die glühende Sonne, sprach ein leises Gebet und dankte ihrem heidnischen Gott, daß er ihr nicht erlaubt hatte, diesen gottähnlichen Mann zu töten. In ihren Augen standen Tränen. Ein seltsames, unberechenbares Wesen war La von Opar – ein Mensch, von gegensätzlichen Empfindungen zerrissen. Einmal die grausame und blutrünstige Dienerin eines herzlosen Gottes, dann wieder eine weichherzige Frau voller Mitgefühl und Zärtlichkeit. Manchmal die Verkörperung von Eifersucht und Haß, ein andermal das schluchzende Mädchen, großmütig und zur Versöhnung bereit; Jungfrau und Teufelin zugleich; aber immer eine Frau. Das war La.

Sie preßte die Wange an Tarzans Schulter. Langsam drehte sie den Kopf, bis ihre heißen Lippen Tarzans Haut berührten. Sie liebte ihn und hätte ihr Leben für ihn geopfert; obwohl sie ihm noch vor einer Stunde das Messer in die Brust stechen wollte und es möglicherweise in der nächsten noch tun würde.

Ein Priester wollte sich im Dschungel verstecken und geriet unglücklicherweise ins Blickfeld des tobenden Tantor. Das riesige Untier drehte sich zur Seite, stürzte auf den kleinen, verwachsenen Mann zu, setzte ihm ein Ende und stürmte, nachdem es sich genügend abreagiert hatte, in Richtung Süden davon. Nach einigen Minuten hörte man nicht einmal mehr sein Trompeten.

Tarzan ließ sich zu Boden gleiten, und La sprang von seinem Rücken. „Ruf dein Volk zusammen", sagte Tarzan.

„Sie werden mich töten", erwiderte sie.

„Nein, niemand wird dich töten, solange Tarzan von den Affen hier ist“, widersprach der Affenmensch. „Ruf sie herbei, und wir werden mit ihnen reden.“

La erhob ihre Stimme zu einem unheimlichen, pfeifenden Ruf, der weit durch den Dschungel drang. Von nah und fern tönten die bellenden Antwortrufe der Priester von Opar. „Wir kommen! Wir kommen!“ Mehrere Male wiederholte La ihre Botschaft, bis sich der größte Teil ihres Gefolges einzeln und in kleinen Gruppen näherte und mit gerunzelter Stirn einige Schritte vor der Hohenpriesterin und ihrem Retter stehenblieb. Ihre Mienen verhießen nichts Gutes. Als alle eingetroffen waren, hub Tarzan an und sprach:

„Eure La ist gerettet. Hätte sie mich getötet, dann wäre sie selbst jetzt nicht mehr am Leben, wie auch viele andere von euch; aber sie hat mich geschont, damit das nicht geschieht. Kehrt mit ihr zurück nach Opar, laßt mich im Dschungel. Es soll immer Friede herrschen zwischen Tarzan und La. Seid ihr einverstanden?“

Die Priester murrten und schüttelten die Köpfe. Dann berieten sie, offensichtlich standen sie dem Vorschlag eher ablehnend gegenüber. Sie wollten La nicht zurückbringen, sondern die Opferungszeremonie für den Flammengott fortsetzen. Schließlich wurde der Affenmensch ungeduldig und sagte:

„Ihr werdet den Befehlen eurer Königin gehorchen und zurück nach Opar gehen, oder Tarzan von den Affen wird die anderen Bewohner des Dschungels herbeirufen und euch alle vernichten. La befreite mich, damit ich euch und sie rette. Ich habe euch lebend mehr genutzt als tot. Wenn ihr auch nur einen Funken Verstand habt, laßt ihr mich friedlich meiner Wege gehen und begebt euch mit La zurück nach Opar. Ich weiß nicht, wo euer heiliger Dolch ist; aber ihr könnt euch einen neuen fertigen. Hätte ich ihn damals La nicht aus der Hand gerissen, wäre ich jetzt nicht mehr am Leben, und nun kann euer Gott froh sein, daß ich ihn genommen habe, da ich seine Priesterin vor dem wilden Tantor gerettet habe. Geht mit ihr nach Opar zurück, versprecht ihr mir, La nichts zu tun?“

Die Priester drängten sich zusammen, beratschlagten und stritten. Sie schlugen sich mit den Fäusten auf die Brust, hoben die Hände und blickten zu ihrem Feuergott; sie knurrten und kläfften einander an, bis es Tarzan klar wurde, daß sich nur einer von ihnen seinem Vorschlag entgegenstellte. Das war der Hohepriester. Er tobte vor Eifersucht, da La offen ihre Liebe für den Fremden zugegeben hatte, obwohl sie nach den allgemein gültigen Bräuchen ihres Kultes ihm gehören sollte. Offenbar konnten sie sich nicht einigen, bis ein anderer Priester nach vorn trat, die Hand erhob und sich an La wandte.

„Cadj, der Hohepriester, wünscht, daß ihr beide dem Flammengott geopfert werdet; alle anderen würden gern mit unserer Königin nach Opar zurückkehren."

„Da seid ihr ja in der Mehrzahl. Warum sollte es nicht nach euch gehen? Zieht mit La nach Opar, und wenn Cadj sich euch in den Weg stellt, tötet ihn", erwiderte Tarzan.

Die Priester von Opar begrüßten diesen Vorschlag mit lautem Beifallsgebrüll. Ihnen erschien es nahezu wie eine göttliche Eingebung. Seit Jahrhunderten hatten sie ihren Hohenpriestern bedingungslos gehorcht, so daß sie nicht wagten, deren Autorität in Frage zu stellen. Nun, da sie erkannten, daß auch sie ihren Willen durchsetzen konnten, waren sie ebenso glücklich wie Kinder mit einem neuen Spielzeug.

Sie stürzten nach vorn und packten Cadj. Laut und drohend sprachen sie auf ihn ein. Knüppel und Dolch taten ein übriges, bis er schließlich widerstrebend ihren Forderungen nachgab. Nun trat Tarzan zu Cadj.

„Priester, La kehrt unter eurem Schutz in den Tempel zurück. Tarzan droht demjenigen, der ihr nach dem Leben trachtet, mit dem Tode. Er wird vor der nächsten Regenzeit wieder nach Opar kommen, und wenn La ein Leid geschehen ist, dann wehe Cadj, dem Hohenpriester!"

Widerwillig versprach Cadj, seiner Königin nichts zuleide zu tun.

„Beschützt sie! Beschützt sie, so daß Tarzan, wenn er wiederkommt, von La begrüßt wird!" befahl Tarzan den anderen Opariern mit lauter Stimme.

„La wird da sein, um dich zu begrüßen", rief die Hohepriesterin. „La wird sehnsuchtsvoll warten, daß du wiederkommst. Oh, versprich mir, daß du kommst!"

„Wer weiß", sagte der Affenmensch, schwang sich schnell auf einen Baum und stürmte in östlicher Richtung davon.

Einen Augenblick blickte La ihm nach, dann senkte sie das Haupt, seufzte und nahm wie eine alte Frau den weiten Marsch nach Opar auf.

Tarzan von den Affen stürmte durch den Wald, bis es dunkel wurde, dann legte er sich nieder und schlief, ohne sich weitere Gedanken über den kommenden Tag zu machen. Sogar La hatte er fast schon vergessen.

Nur einige Tagesmärsche nördlich wartete Lady Greystoke darauf, daß ihr mächtiger Herr und Gatte das Verbrechen Achmet Zeks entdecken und herbeieilen würde, um sie zu befreien und zu rächen. Sie malte sich John Claytons Ankunft aus, doch gerade in diesem Moment hockte er fast nackt neben einem umgefallenen Baumstamm und suchte mit schmutzigen Fingern nach einem Käfer oder einer köstlichen Raupe.

Erst zwei Tage nach Werpers Verschwinden dachte Tarzan wieder an seine Kristalle. Sofort wünschte er sich nichts sehnlicher, als mit ihnen zu spielen, und da er nichts Besseres zu tun hatte, machte er sich auf den Weg und überquerte das Flachland.

Obwohl er die Stelle nicht gekennzeichnet hatte, an der die Edelsteine vergraben lagen, und es auf dem sieben Meilen langen Wiesenland entlang des Schilfes noch viele ähnliche Flecken gab, lief der Affenmensch schnurstracks und mit unfehlbarem Gespür zum Versteck des Schatzes.

Mit dem Jagdmesser trug er die lockere Erde ab, unter der die Ledertasche sein mußte, aber obwohl er weitaus tiefer grub, als das Loch ursprünglich gewesen war, fand er keine Spur davon oder von den Kristallen. Tarzan runzelte die Stirn, da ihm klar wurde, daß er beraubt worden war. Es bedurfte keiner weiteren Überlegungen, um herauszufinden, wer der Schuldige war, und ebenso schnell, wie er sich entschieden hatte, die Steine auszugraben, machte er sich auf den Weg, um den Dieb aufzuspüren.

Obwohl die Spur zwei Tage alt und an vielen Stellen fast nicht mehr zu erkennen war, vermochte Tarzan ihr ohne große Schwierigkeiten zu folgen. Ein Weißer hätte einer zwölf Stunden alten Fährte keine zwanzig Schritte nachgehen können; ein Eingeborener hätte sie innerhalb der ersten Meile verloren, Tarzan jedoch war in seiner Kindheit gezwungen gewesen, Wahrnehmungsfähigkeiten zu entwickeln, die ein gewöhnlicher Sterblicher kaum je nutzt.

Wir können bei jemandem, der in der Straßenbahn neben uns steht, den Knoblauch- und Whiskygeruch wahrnehmen, oder das billige Parfüm der wunderschönen Dame, die uns gegenübersitzt, denn unsere empfindsame Nase stört sich daran; aber im Grunde sind unsere Geruchsorgane im Vergleich zu denen der wilden Tiere verkümmert.

Von einem Fußabdruck bleibt längere Zeit eine Ausdünstung zurück. Wir Menschen bemerken sie nicht, aber weniger entwickelte Lebewesen, besonders die Raub- und Beutetiere, können sie ebenso gut deuten, wie wir ein offenes Buch.

Außerdem mußte sich Tarzan nicht allein auf seinen Geruchssinn verlassen. Sein Seh- und Hörvermögen hatte sich unter den Bedingungen seiner Kindheit ausgezeichnet entwickelt, denn damals hing das tägliche Überleben davon ab.

So zog er durch den Wald gen Norden, dem Belgier hinterher; da die Fährte jedoch nicht mehr frisch war, kam er ziemlich langsam voran. Der Mann hatte ihm gegenüber bereits zwei Tage Vorsprung und gewann mit jedem Tag mehr. Tarzan zweifelte jedoch nicht im geringsten an seinem Erfolg. Eines Tages würde er seine Beute einholen und in aller Ruhe auf eine günstige Gelegenheit warten. Unbeirrt verfolgte er die schwache Spur und unterbrach seinen Marsch nur, um zu jagen, zu essen, zu schlafen und sich auszuruhen.

Gelegentlich stieß er auf Gruppen von eingeborenen Kriegern, machte um sie jedoch einen großen Bogen, da er ein Ziel hatte, von dem ihn keine unbedeutende Nebensache ablenken durfte.

Diese Gruppen gehörten zu den Waziri und ihren Verbündeten, die sich auf Basulis Bitte sammelten. Sie marschierten zu einem Treffpunkt, um den Angriff auf die Araberfestung vorzubereiten; doch für Tarzan waren es Feinde – er konnte sich nicht daran erinnern, jemals Schwarzen mit freundlichen Absichten gegenübergestanden zu haben.

Eines Nachts langte er bei den Palisaden des arabischen Räuberlagers an. Von einem hohen Baum aus verfolgte er das Treiben innerhalb der Festung. Bis hierher hatte ihn die Spur geführt. Der Gesuchte mußte sich hier aufhalten; wie konnte er ihn aber bei so vielen Hütten finden? Tarzan war sich seiner Fähigkeiten bewußt, kannte jedoch auch seine Grenzen. Ihm war klar, daß er es in einem offenen Kampf nicht mit so vielen Leuten aufnehmen konnte. Er mußte lautlos und heimtückisch wie ein wildes Raubtier vorgehen, wenn er sein Ziel erreichen wollte.

Tarzan saß auf seinem Baum, kaute auf einem Beinknochen von Horta, dem Eber, herum und wartete auf eine günstige Gelegenheit, in das Dorf zu gelangen. Eine Zeitlang nagte er an den gewölbten, abgerundeten Knochenenden, zermalmte mit den kräftigen Kiefern kleine Knochensplitter und saugte das köstliche Knochenmark heraus – ließ das Dorf jedoch keine Minute aus den Augen. Er sah weißgekleidete Gestalten und halbnackte Schwarze, aber keinen, der dem Dieb ähnlich sah.

Geduldig harrte er aus, bis mit Ausnahme der Wachen an den Toren die Dorfstraßen menschenleer waren, dann ließ er sich lautlos zu Boden fallen, lief zur gegenüberliegenden Seite des Dorfes und näherte sich den Palisaden.

An seiner Hüfte hing ein langes Lederseil – eine natürliche und zuverlässigere Weiterentwicklung des Grasseiles seiner Kindheit. Er löste es, knüpfte es zur Schlinge und schleuderte diese mit einer schnellen Handbewegung über einen der Pfähle.

Er zog die Schlinge straff, prüfte, ob sie hielt, und war zufrieden. Dann zog er sich am Seil hinauf. Oben angelangt, benötigte er nur einen Augenblick, um das herabhängende Seil wieder aufzuwickeln, befestigte es erneut an seiner Taille, überzeugte sich, daß im Lager unter ihm niemand auf ihn lauerte, und ließ sich lautlos auf den Boden hinunter.

Nun war er im Dorf. Vor ihm standen eine Reihe von Zelten und Eingeborenenhütten. Es war zu gefährlich, jede einzelne davon zu durchsuchen, andererseits gehörte die Gefahr zum Alltag – und schreckte ihn nicht. Er hatte verschiedene Aussichten – am Leben zu bleiben oder zu sterben, wenn er seine Kühnheit und sein Können mit dem eines würdigen Gegners maß.

Er brauchte nicht in jede Behausung einzudringen, seine Nase konnte ihm durch eine Tür, ein Fenster oder eine kleine Spalte mitteilen, ob sich der Gesuchte darin aufhielt. Eine Zeit lang folgte eine Enttäuschung der anderen. Vom Belgier war keine Spur zu finden. Zu guter Letzt kam er jedoch an ein Zelt, wo der Geruch des Belgiers sehr intensiv war. Tarzan legte das Ohr an die hintere Zeltwand, hörte indes nichts.

Schließlich schnitt er eine der Zeltleinen durch, hob den untersten Teil der Leinwand hoch und blickte ins Innere. Drinnen war es ruhig und finster. Tarzan kroch vorsichtig hinein – der Geruch des Belgiers war stark, jedoch war es nicht der Geruch eines Anwesenden. Noch bevor er sich genauer umgesehen hatte, war ihm klar, daß niemand hier war.

In einer Ecke waren einige Decken und Kleider verstreut; jedoch keine Ledertasche mit hübschen Kristallen. Auch als er das Zelt gründlich durchsuchte, fand er nichts, was auf diese hinwies; aber auf der Seite, wo die Kleider und Decken lagen, war der unterste Teil der Zeltwand gelöst worden, und er erriet, daß der Belgier den Ort auf diesem Weg verlassen hatte.

Tarzan zögerte nicht und folgte der Fährte. Sie lief im Schatten hinter den Hütten entlang – offenbar hatte der Belgier sich allein und heimlich auf den Weg begeben. Er fürchtete wohl die Bewohner des Dorfes oder wollte zumindest nicht entdeckt werden.

Die Spur führte zur Hinterseite einer Hütte, in die erst kürzlich ein Schlupfloch geschnitten worden war. Unerschrocken kroch Tarzan auf allen vieren hindurch. Im Inneren der Hütte vermischten sich viele Gerüche; klar und deutlich hob sich jedoch einer von ihnen besonders ab, der ihn an irgend etwas aus der Vergangenheit erinnerte – es war der zarte und feine Geruch einer Frau. Bei diesem Duft wurde dem Affenmenschen ganz seltsam zumute – es war das Ergebnis einer unwiderstehlichen Kraft, mit der er von neuem Bekanntschaft machen sollte – dem Instinkt, der das Männchen zu seiner Gefährtin zieht.

In der Hütte spürte er noch die Fährte des Belgiers auf, und da beide Gerüche sich vermischten, bemächtigte sich seiner eine eifersüchtige Wut, obwohl ihm nicht ganz klar war, wie das weibliche Wesen aussah, mit dem sich sein Begehren verband.

Auch diese Behausung war leer, und nachdem er sich vergewissert hatte, daß sein Lederbeutel nirgendwo zu finden war, verließ er sie wieder.

Erneut machte er sich an die Verfolgung des Belgiers. Die Spur führte ihn über die Palisaden in den dunklen Dschungel.

Werpers Flucht

Nachdem Werper sein Bett so hergerichtet hatte, als würde jemand darin schlafen, kroch er unter der Rückwand seines Zeltes durch und schlich zu der Hütte, in der Jane Clayton gefangen gehalten wurde.

Der Eingang wurde von einem Schwarzen bewacht. Werper schritt geradewegs auf ihn zu, flüsterte ihm etwas ins Ohr, drückte ihm ein Päckchen Tabak in die Hand und trat in die Hütte. Der Schwarze grinste und winkte, während der Europäer im Dunkeln verschwand.

Der Belgier war einer der wichtigsten Stellvertreter von Achmet Zek, konnte demzufolge gehen, wohin er wollte, und dem Wachposten kam gar nicht in den Sinn, ihn zu fragen, ob er das Recht habe, die weiße Gefangene aufzusuchen.

Drinnen flüsterte Werper auf französisch: „Mrs. Greystoke! Ich bin es, M. Frecoult. Wo sind Sie?“ Er bekam keine Antwort. Fieberhaft tastete er sich mit ausgestreckten Armen durch die Dunkelheit. Niemand war in der Hütte!

Werper war verblüfft. Schon wollte er die Wache fragen, als sich seine Augen langsam an die Dunkelheit gewöhnten, und er unten an der Rückwand der Hütte einen etwas helleren Fleck entdeckte. Als er genauer hinsah, erkannte er, daß jemand ein Loch hineingeschnitten hatte. Er paßte gerade durch, und da er sich sicher war, daß Lady Greystoke auf diesem Weg geflohen war, verlor er keine Zeit und folgte ihr.

Sein Leben hing davon ab, ob er entkommen konnte, und wie groß sein Vorsprung war, wenn Achmet Zek seine Flucht bemerkte. Ursprünglich hatte er geplant, Lady Greystoke mitzunehmen, sie wäre ihm aus zwei sehr guten und einleuchtenden Gründen von Nutzen. Erstens würde sie ihm dankbar sein, wenn er ihr zur Flucht verhalf, und vielleicht versuchen, seine Auslieferung zu verhindern, falls man seine Identität herausfand und ihm den Mord an einem Vorgesetzten anlastete.

Zweitens konnte er nur in eine Richtung fliehen. Nach Westen durfte er nicht, da kam er auf belgisches Gebiet. Im Süden mußte er den wilden Affenmenschen fürchten, den er bestohlen hatte. Im Norden lebten die Freunde und Verbündeten von Achmet Zek. Nur in östlicher Richtung, in Britisch Ostafrika, bestand begründete Hoffnung, die Freiheit zu erlangen.

In Begleitung der Frau eines englischen Adligen, die er aus einer grauenvollen Lage befreit hatte und die bezeugen konnte, daß er ein Franzose namens M. Frecoult sei, konnte er mit gutem Grund auf die Unterstützung der Briten rechnen, sobald er ihren ersten Vorposten passiert hatte.

Da Lady Greystoke jetzt jedoch verschwunden war, hatten sich seine Chancen verringert – obwohl er noch immer seine Rettung im Osten sah. Auch eine nebenbei gehegte Absicht war zunichte gemacht worden. Von dem Moment an, als er Jane Clayton zum ersten Mal sah, hatte ihn eine geheime Leidenschaft für die schöne amerikanische Gattin des englischen Lords erfaßt, und als er seine Fluchtpläne schmiedete, hatte er davon geträumt, Lady Greystoke später einmal vom Tode ihres Ehemannes überzeugen zu können, auf ihre Dankbarkeit zu setzen und sie zu guter Letzt für sich zu gewinnen.

An einer weit vom Tor entfernten Stelle entdeckte Werper zwei, drei lange Pfähle, die von einem Holzstapel für den Hüttenbau stammten und an den Palisaden lehnten. Sie boten einen ziemlich gefährlichen, aber möglichen Fluchtweg.

Demzufolge hatte Lady Greystoke hier die Palisaden überwunden. Unverzüglich tat er es ihr nach. Dann lief er in östlicher Richtung in den Dschungel.

Einige Meilen südlich lag Jane Clayton atemlos auf dem Ast eines Baumes, auf den sie sich vor einer herumstreichenden hungrigen Löwin in Sicherheit gebracht hatte.

Die Flucht aus dem Dorf war wesentlich einfacher verlaufen als zuvor geglaubt. Sie hatte das Messer, mit dem sie das Loch in die Wand aus Pflanzenfasern geschnitten hatte, in einer Ecke ihres Gefängnisses gefunden, es war zweifellos nur aus Versehen zurückgelassen worden, als der frühere Bewohner die Hütte geräumt hatte.

Innerhalb weniger Minuten lief sie zum Dorfrand, wo sie glücklicherweise auf den Stapel mit Balken stieß, und ihr Problem, wie sie die hohe Wand überwinden sollte, war gelöst.

Eine Stunde lang folgte sie dem alten Wildpfad nach Süden, bis ihr geschultes Gehör vernahm, daß ihr ein wildes Tier auf den Fersen war. Sofort flüchtete sie auf den nächsten Baum, da sie den Dschungel zu genau kannte, um ihr Leben auch nur eine weitere Sekunde aufs Spiel zu setzen.

Werper hatte etwas mehr Glück und marschierte unbehelligt bis zum Morgengrauen, als er zu seinem Verdruß entdeckte, daß er verfolgt wurde. Es war einer von Achmet Zeks Gefolge, das in alle Richtungen ausgeströmt war, um den flüchtigen Belgier zu finden.

Jane Claytons Flucht war noch nicht bemerkt worden, als Achmet Zek und seine Männer aufbrachen. Der einzige, der den Belgier noch einmal zu Gesicht bekommen hatte, war der schwarze Wächter vor der Hütte der Gefangenen, und der hielt den Mund, nachdem er entdeckt hatte, daß der Mann, der ihn abgelöst hatte, tot war – diesen Wachposten hatte Mugambi erledigt.

Da Werper ihn bestochen hatte, nahm er logischerweise an, daß dieser der Mörder war, traute sich aber aus Furcht vor Achmet Zek nicht, zuzugeben, daß er ihn in die Hütte gelassen hatte. Der Zufall wollte es, daß er die Leiche entdeckte, als Achmet Zek Alarm gab. Der schlaue Schwarze zog den Toten in ein nahes Zelt und nahm dessen Posten vor der Hütte ein, ohne zu wissen, daß sie leer war.

Als Werper dicht hinter sich den Araber bemerkte, versteckte er sich im Laubwerk eines Busches. An dieser Stelle verlief der Weg sehr gerade, und weit hinten, im Schatten der herabhängenden Äste, war eine weißgekleidete Gestalt zu sehen.

Der Reiter kam näher. Werper preßte sich in seinem Schlupfwinkel an den Boden. Quer über den Pfad bewegte sich eine Schlingpflanze. Werper stutzte. Es war völlig windstill, kein Lüftchen regte sich im Dschungel. Wieder bewegte sich die Schlingpflanze. Der Belgier konnte sich das Phänomen nicht anders erklären, als daß hier eine unheimliche und böse Kraft am Werk war.

Seine Augen bohrten sich in den grünen Vorhang auf der anderen Seite des Weges. Da erkannte er, was es war – eine gelbbraune, furchteinflößende Gestalt, sie starrte ihn mit gelbgrünen Augen über den Pfad hinweg unverwandt an.

Werper hätte vor Angst schreien können, aber durch den Wald nahte der Vollstrecker eines anderen Todes, nicht minder schrecklich und ebenso unerbittlich. Werper lag reglos und war fast gelähmt vor Entsetzen. Der Araber kam näher. Der Löwe gegenüber setzte bereits zum Sprung an, als er mit einem Mal den Reiter bemerkte.

Der Belgier sah, wie sich sein gewaltiges Haupt dem Banditen zuwandte, und ihm blieb beinahe das Herz stehen, während er der kommenden Dinge harrte. Der Reiter kam herangetrabt. Würde das nervöse Pferd die Witterung der Bestie spüren, erschrecken, durchgehen und ihn allein der Gnade der Raubkatze überlassen?

Jedoch schien es nichts zu bemerken. Es lief im Schritt, mit gebogenem Hals und kaute auf der Trense. Der Belgier blickte wieder zum Löwen. Dessen ganze Aufmerksamkeit war auf den Reiter gerichtet. Sie befanden sich nun auf gleicher Höhe, und dennoch sprang er nicht. Konnte es sein, daß er nur darauf wartete, bis sie vorbei waren, um sich dann seiner ursprünglichen Beute zu widmen? Werper wurde eiskalt, er richtete sich etwas auf. Im selben Augenblick sprang der Löwe. Das Pferd wieherte schrill, schreckte zur Seite, fast auf den Belgier, der Löwe zerrte den wehrlosen Araber vom Sattel, das Pferd sprang wieder auf den Weg und flüchtete nach Westen.

Jedoch nicht allein. Als das erschreckte Tier auf ihn zuschoß, hatte Werper blitzschnell erkannt, welche Möglichkeit sich ihm hier bot. Kaum hatte der Löwe den Araber vom Pferd gezogen, packte der Belgier den Sattelknauf und die Mähne des Tieres und schwang sich von der anderen Seite hinauf.

Eine halbe Stunde später hielt ein nackter Riese, der mit Leichtigkeit von Baum zu Baum kletterte, mit erhobenem Kopf auf seinem Weg inne und zog mit geweiteten Nasenflügeln die Morgenluft ein. Er witterte deutlich Blut, außerdem den Geruch Numas, des Löwen. Der Hüne legte den Kopf schief und lauschte.

Ganz in der Nähe auf dem Wildpfad hörte er die unmißverständlichen Geräusche eines Löwen beim Fressen. Das Krachen von Knochen, schmatzendes Schlingen und zufriedenes Brummen zeugten davon, daß der König der Tiere sich seiner Mahlzeit erfreute.

Tarzan bewegte sich auf die Stelle zu. Er machte sich nicht die Mühe, sein Kommen zu verbergen, und bald hatte er den Beweis, daß Numa ihn gehört hatte, denn aus dem Dickicht neben dem Pfad drang unheilverkündendes, drohendes Grollen.

Tarzan hockte sich auf einen Ast wenige Schritte über dem Löwen. Ihm bot sich ein abstoßendes Bild. War dieses unkenntliche Ding der Mann, den er verfolgte? Ab und zu hatte er sich auf den Erdboden begeben und anhand der Fährte nachgeprüft, ob der Belgier dem Wildpfad weiter nach Osten folgte.

Er kletterte über den schmausenden Löwen weg, sprang vom Baum und roch an der Erde. Hier war keine Spur von dem Dieb zu entdecken. Er schwang sich wieder auf den Ast. Mit Adleraugen suchte er den Boden um den verstümmelten Leichnam nach seiner Tasche mit den blitzenden Kristallen ab, konnte jedoch nichts finden.

Tarzan beschimpfte Numa und versuchte, das große Tier zu verscheuchen, erntete jedoch nur verärgertes Knurren. Da brach er von einem Nebenast kleine Zweige ab und beschoß damit seinen Erzfeind. Numa blickte auf, bleckte die Zähne, grinste widerlich, blieb aber bei seiner Beute.

Nun setzte Tarzan einen Pfeil auf den Bogen, zog ihn mit aller Kraft zurück und ließ los. Das Geschoß drang tief in Numas Flanke, dieser sprang auf und brüllte vor Wut und Schmerz. Vergeblich versuchte er, den höhnisch grinsenden Affenmenschen zu erreichen, zerrte an dem herausragenden Pfeilstück und rannte dann auf dem Wildpfad unter seinem Peiniger auf und ab. Wieder setzte Tarzan einen Pfeil auf ihn an. Diesmal traf das gutgezielte Geschoß das Rückrat des Löwen. Er taumelte ungeschickt nach vorn auf das Gesicht, der Schuß hatte ihn gelähmt.

Der Affenmensch sprang herunter, rannte zu dem Tier, jagte ihm den Speer tief in die Brust, zog seine Pfeile heraus und wandte sich den Überresten im Dickicht zu.

Das Gesicht war bis zur Unkenntlichkeit verstümmelt. Die arabischen Kleidungsstücke ließen keine Zweifel, wer der Mann war. Tarzan war ihm in das Araberlager gefolgt und auch wieder hinaus, und im Lager hatte der Dieb sich leicht mit Kleidung ausrüsten können. Tarzan war sich sicher, daß vor ihm der Körper desjenigen lag, der ihn bestohlen hatte, er bemühte sich deshalb auch nicht weiter, das mit seinem Geruchssinn nachzuprüfen und in der Witterung des Fleischfressers und dem frischem Blut eine andere Fährte aufzuspüren.

Vielmehr beschränkte er seine Suche auf den Lederbeutel. Auf dem Boden oder bei der Leiche war jedoch weder die Tasche noch etwas von den Steinen zu sehen. Der Affenmensch war enttäuscht – weniger wegen des Verlustes der bunten Kristalle, als wegen Numa, der ihn des Vergnügens der Rache beraubt hatte.

Er wandte sich um und lief auf dem Wildpfad langsam wieder in die Richtung, aus der er gekommen war, fragte sich, was aus seinen Sachen geworden war, und schmiedete einen Plan, wie er nach Einbruch der Dunkelheit in das Araberlager zurückkehren und es durchsuchen konnte. Er schwang sich ins Baumgeäst und begab sich auf Jagd, um seinen Hunger vor Mittag zu stillen und sich dann irgendwo weit entfernt vom Lager auszuruhen, wo er ungestört schlafen konnte, bis die Zeit gekommen war, seine Pläne auszuführen.

Kaum war er verschwunden, als ein großer schwarzer Krieger auftauchte. Er lief ziemlich schnell in Richtung Osten. Es war Mugambi, der unverdrossen nach seiner Herrin suchte. Einige Zeit blieb er auf dem Pfad, bis er bei dem toten Löwen ankam. Erstaunen malte sich auf seinem Gesicht, als er die Wunden sah, die den Tod des Dschungelkönigs herbeigeführt hatten. Tarzan hatte die Pfeile wieder herausgezogen, indessen war Mugambi klar, was geschehen war, als steckten die Geschosse und der Speer noch in dem Körper.

Der Schwarze blickte verstohlen um sich. Der Kadaver war noch warm, und demzufolge mußte derjenige noch in der Nähe sein, der das Tier erlegt hatte. Dennoch war keine Menschenseele zu sehen. Mugambi schüttelte den Kopf und marschierte weiter, nun jedoch doppelt vorsichtig.

Den ganzen Tag wanderte er und blieb nur gelegentlich stehen, um laut „Lady“ zu rufen, in der Hoffnung, daß sie es zu guter Letzt hörte und antwortete; schließlich aber wurde ihm seine Treue zum Verhängnis.

Von Nordosten her suchte seit einigen Monaten eine Abteilung abessinischer Soldaten nach dem arabischen Räuber Achmet Zek. Dieser hatte vor sechs Monaten den Kaiser Menelek beleidigt, da er in dessen Land Sklaven geraubt hatte.

An eben diesem Tag hatte Abdul Mourak, der Anführer der Abteilung, zur Mittagszeit auf dem Weg haltmachen lassen, auf dem auch Werper und Mugambi nach Osten marschierten.

Kurz nachdem die Soldaten abgesessen waren, stolperte das müde Pferd des völlig ahnungslosen Belgiers in ihre Mitte.

Augenblicklich war er umzingelt. Man stellte ihm tausend Fragen, zog ihn vom Sattel und führte ihm zum Kommandanten.

Werper nutzte seine europäische Herkunft und erzählte Abdul Mourak, er sei ein französischer Großwildjäger. Fremde hätten seine Safari angegriffen und die Leute fortgejagt oder getötet, er selbst sei nur durch ein Wunder entkommen.

Einer zufälligen Bemerkung des Abessiniers entnahm Werper, welche Absicht sie verfolgten, und als ihm klar wurde, daß sie Feinde von Achmet Zek waren, nahm er allen Mut zusammen und schob dem Araber seine Misere in die Schuhe.

Aus Furcht, dem Banditen erneut in die Hände zu fallen, versuchte er, Abdul Mourak von der weiteren Verfolgung abzubringen; er versicherte ihm, Achmet Zek unterhalte eine sehr große und gefährliche Armee, die sich derzeit auf dem Marsch nach Süden befinde.

Mourak war schließlich überzeugt, daß es lange dauern würde, den Banditen einzuholen, und daß die Chancen bei einem Angriff zu schlecht standen. Er war nur zu bereit, seinen Plan aufzugeben, und erteilte die notwendigen Befehle, an Ort und Stelle ein Lager aufzuschlagen und für den Folgetag die Rückkehr nach Abessinien vorzubereiten.

Am späten Nachmittag hörten sie unweit des Lagers jemand mit kräftiger Stimme immer wieder „Lady! Lady!“ rufen. Sofort befand sich das Lager in heller Aufregung.

Auf Befehl von Abdul Mourak pirschte sich eine Gruppe Abessinier mit größter Vorsicht durch den Dschungel, um den Rufenden zu finden.

Eine halbe Stunde später zerrten sie Mugambi ins Lager. Die Augen des Schwarzen fielen als erstes auf M. Jules Frecoult, den Franzosen, der bei seinem Herren zu Gast gewesen war, und den er zuletzt beobachtet hatte, wie er das Dorf Achmet Zeks in einer Art und Weise betreten hatte, die von der engen Freundschaft mit den Banditen zeugte.

Da der Franzose offenbar seine Hände bei dem Unglück im Spiel hatte, das seinem Herren widerfahren war, gab Mugambi sich Werper nicht zu erkennen, und diesem kam gar nicht der Gedanke, den Schwarzen schon einmal gesehen zu haben.

Mugambi bettelte, daß man ihn seiner Wege gehen ließ, er sei nur ein einfacher Jäger aus einem Stamm weiter südlich; Abdul

Mourak jedoch war seine stattliche Gestalt ins Auge gefallen, und er wollte ihn als Geschenk für Menelek mit nach Addis Abeba nehmen. Einige Minuten später wurden Mugambi und Werper von einigen Wachen weggeführt, und der Belgier erfuhr auf diese Weise, daß auch er mehr Gefangener als Gast war. Vergebens protestierte er gegen diese Behandlung, bis es einem strammen Soldaten zu viel wurde, der ihm eine auf den Mund gab und drohte, ihn zu erschießen, wenn er nicht aufhöre.

Mugambi sah die Sache gelassener, da er nicht den kleinsten Zweifel hatte, daß sich während des Marsches genügend Fluchtgelegenheiten ergeben würden. Mit diesen Hintergedanken versuchte er, sich bei den Abessiniern beliebt zu machen, stellte ihnen viele Fragen über ihren Kaiser und ihr Land und bekundete großes Interesse, bald hinzukommen, um all die guten Dinge mit eigenen Augen zu sehen, die es in Addis Abeba geben sollte. So gewann er ihr Vertrauen und fand sich mit jedem Tag weniger scharf beobachtet.

Mugambi wollte ausnutzen, daß man ihn und Werper immer beieinander hielt, um zu erfahren, was der andere über Tarzans Aufenthaltsort oder über den Angriff auf das Landhaus wußte, und was aus Lady Greystoke geworden war; dabei mußte er sich jedoch auf die normale Konversation beschränken, da er seine wahre Identität nicht preisgeben wollte. Werper war gleichfalls interessiert, seine Rolle bei der Zerstörung des Hauses und Glückes seines Gastgebers vor aller Welt geheimzuhalten. So erfuhr Mugambi gar nichts – zumindest nicht auf diese Weise.

Eines Tages fand er jedoch zufällig etwas sehr Überraschendes heraus.

Da es schwül war, hatte die Kompanie früh am Nachmittag am Ufer eines schönen, klaren Flusses ihr Lager aufgeschlagen. Das Flußbett bestand aus Kies, von Krokodilen, die sonst in gewissen Teilen Afrikas die Gewässer äußerst zahlreich bevölkern, fehlte jede Spur, so daß die Abessinier die Gelegenheit beim Schopf ergriffen, um sich endlich wieder gründlich zu reinigen.

Auch Werper und Mugambi wurde erlaubt, ins Wasser zu gehen. Als sie sich ihrer Kleider entledigten, fiel dem Schwarzen auf, daß sein Begleiter sich noch etwas um den Leib gebunden hatte, das er nun löste und gleichzeitig mit dem Hemd auszog. Der Belgier ließ seine Sachen nicht aus den Augen und hielt den Gegenstand angstvoll versteckt.

Gerade dieser Umstand zog die Aufmerksamkeit des Schwarzen auf sich und machte ihn neugierig. In seiner Nervosität stellte sich der Belgier ziemlich ungeschickt an und ließ den behüteten Gegenstand zu Boden fallen. Mugambi sah, wie dabei etwas auf den Rasen purzelte.

Früher war er einmal mit seinem Herren in London gewesen. Er war keineswegs der ungebildete Schwarze, als der er sich ausgab; vielmehr hatte er sich unter die Bewohner der Weltstadt gemischt, Museen besucht, die Schaufenster gesehen; außerdem war er ein scharfsinniger und intelligenter Mann.

In dem Moment, als die blitzenden Juwelen von Opar über den Rasen rollten, erkannte er sie sofort; jedoch sah er noch etwas anderes, was ihn weitaus mehr interessierte als die wertvollen Steine. Tausende Male hatte er den Lederbeutel am Gürtel seines Herren hängen sehen, wenn Tarzan von den Affen aus Lust am Spiel und Abenteuer beschlossen hatte, einige Stunden auf die geliebten Methoden und Bräuche seiner Kindheit zurückzugreifen, und im Kreise seiner nackten Krieger Löwen, Leoparden und Büffel zur Strecke gebracht hatte.

Werper sah, daß Mugambi den Beutel mit den Steinen bemerkt hatte. Hastig sammelte er die Edelsteine auf und steckte sie wieder in ihr Behältnis, während Mugambi sich teilnahmslos gab und zum Fluß lief, um zu baden.

Am folgenden Morgen war Abdul Mourak fuchsteufelswild und böse, als er erfuhr, daß sein riesiger schwarzer Gefangener in der Nacht entflohen war, während Werper aus demselben Grund maßlos erschrak, bis seine zitternden Finger unter dem Hemd die Ledertasche fanden, in der sich die harten Umrisse der Steine abzeichneten.

Tarzan und die Mangani

Achmet Zek war mit zwei von seinen Männern weit in den Süden geritten, um den Deserteur wieder einzufangen. Andere hatten sich in alle Richtungen zerstreut und im Laufe der Nacht ein riesiges Gebiet eingekreist, das sie nun durchkämmten.

Kurz vor Mittag machten Achmet und die beiden anderen halt, um sich auszuruhen. Sie hockten sich am Rand einer Lichtung unter die Bäume. Der Anführer der Banditen war schlechter Laune. Es war schon schlimm genug, von einem Ungläubigen überlistet zu werden; aber gleichzeitig auch noch die Juwelen verloren zu haben, war zu viel – Allah mußte mit seinem Diener wirklich unzufrieden sein.

Nun gut, er hatte noch die Frau. Sie würde im Norden viel Geld bringen, außerdem wußte er von dem vergrabenen Schatz neben den Ruinen des Hauses des Engländers.

Ein leises Geräusch im Dschungel auf der anderen Seite der Lichtung ließ Achmet Zek plötzlich aufhorchen. Er griff zum Gewehr und gab seinen Begleitern Zeichen, zu schweigen und sich zu verstecken. Die drei krochen ins Gebüsch und ließen die gegenüberliegende Seite nicht aus den Augen.

Bald darauf teilte sich das Laubwerk, und eine Frau lugte hervor. Sie spähte angstvoll von einer Seite zur anderen. Offenbar überzeugt, daß ihr hier keine unmittelbare Gefahr drohte, trat sie einen Augenblick später auf die Lichtung.

Achmet Zek stockte der Atem – er wollte seinen Augen nicht trauen und fluchte leise. Die Frau war jene Gefangene, die er sicher bewacht in seinem Lager glaubte!

Anscheinend war sie allein, doch er wollte dessen sicher sein, bevor er sie ergriff. Langsam überquerte Jane Clayton die Lichtung. Schon zweimal war sie nur knapp den Krallen eines Raubtiers entkommen, und einmal wäre sie fast einem der Verfolger in die Arme gelaufen. Obwohl sie fast nicht mehr an ihre Rettung glaubte, war sie fest entschlossen weiterzukämpfen, bis Tod oder Erfolg ihren Bemühungen ein Ende setzte.

Als Achmet Zek schon befriedigt feststellte, daß sie direkt auf ihn zu kam, verfolgte indessen noch jemand mit grauen und wilden Augen von einem Baum das Treiben auf der Lichtung.

Der Beobachter war äußerst verwirrt und versuchte verzweifelt, sich zu erinnern, woher er das Gesicht und die Figur der Frau unten kannte.

Plötzlich knackte es im Gebüsch, aus dem Jane Clayton getreten war, und die Aufmerksamkeit der Araber und des Zuschauers im Baum richtete sich auf die gegenüberliegende Seite der Lichtung.

Die Frau fuhr herum, um zu sehen, welche neue Gefahr ihr von hinten drohte. Ein großer Menschenaffe trottete auf die Lichtung. Ihm folgte ein zweiter und noch einer; jedoch wartete Lady Greystoke nicht weiter ab, um zu wissen, wie viele dieser schrecklichen Wesen ihr auf den Fersen waren.

Mit einem erstickten Schrei hastete sie zur anderen Seite des Dschungels, und als sie die Büsche erreichte, stürzten sich Achmet Zek und seine zwei Spießgesellen auf sie. Im selben Augenblick ließ sich ein nackter, brauner Hüne von einem Baum zur Rechten der Lichtung fallen.

Er wandte sich an die erstaunten Affen, stieß einen kurzen Schwall leiser Kehllaute aus, schwenkte, ohne auf die Wirkung seiner Worte zu warten, herum und griff die Araber an.

Achmet Zek zerrte Jane Clayton zum Pferd. Hastig banden seine Leute die drei Tiere los. Die Frau wehrte sich und sah auf einmal den Affenmenschen auf sich zustürmen. Ihre Augen leuchtete voller Hoffnung auf.

„John! Gott sei Dank, daß du noch rechtzeitig gekommen bist!" rief sie.

Hinter Tarzan kamen die großen Affen, die zwar erstaunt waren, jedoch seiner Aufforderung Folge leisteten. Die Araber sahen, daß sie es nicht mehr schaffen würden, aufzusitzen und sich vor den wilden Tieren und dem Mann in Sicherheit zu bringen. Achmet Zek erkannte in letzterem seinen Todfeind und sah in der Situation auch eine Möglichkeit, sich des Affenmenschen für immer zu entledigen.

Er rief den beiden Männern zu, seinem Beispiel zu folgen, legte an und zielte auf den riesigen Angreifer. Die beiden Banditen zögerten nicht lange und feuerten fast gleichzeitig. Beim Krachen der Gewehre stürzten Tarzan und zwei seiner behaarten Spießgesellen kopfüber ins Dschungelgras.

Die übrigen Affen blieben verwundert stehen. Achmet Zek und seine Leute nutzten ihre vorübergehende Verwirrung, schwangen sich in die Sättel und galoppierten mit der nun verzweifelten und untröstlichen Frau davon.

Sie ritten zurück zum Lager, und ein weiteres Mal fand sich Lady Greystoke in der schmutzigen kleinen Hütte eingesperrt, der sie schon für immer entkommen zu sein geglaubt hatte. Diesmal wurde sie jedoch nicht nur von einem zusätzlichen Posten bewacht, sondern auch noch gefesselt.

Mit leeren Händen kehrten Achmet Zeks Leute zurück, die einzeln oder zu zweit die Verfolgung des Belgiers aufgenommen hatten. Wut und Ärger des Banditen steigerten sich mit jedem ihrer Berichte, bis er sich schließlich in derart übler Laune befand, daß sich keiner mehr in seine Nähe wagte. Fluchend und wilde Drohungen ausstoßend, schritt er in seinem seidenen Zelt auf und ab, jedoch alles vergebens – Werper war verschwunden und mit ihm das Vermögen an funkelnden Edelsteinen, die Achmets Habgier erweckt und zum Todesurteil für den Belgier geführt hatten.

Als die Araber geflohen waren, wandten sich die großen Affen ihren gefallenen Stammesgenossen zu. Einer war tot, der andere und der große weiße Affe jedoch atmeten noch. Die behaarten Ungetüme scharten sich brummend und vor sich hin murmelnd um sie, wie es ihre Art war.

Tarzan erlangte als erster das Bewußtsein wieder. Er setzte sich auf und blickte um sich. Blut rann ihm aus einer Wunde an der Schulter. Der Schock hatte ihn zu Boden geworfen und betäubt, jedoch war ihm ansonsten nichts geschehen. Er erhob sich langsam, und seine Augen wanderten zu der Stelle, wo er zuletzt die Frau gesehen hatte, die in ihm solche seltsamen Gefühle erweckt hatte.

„Wo ist sie?“ erkundigte er sich.

„Die Tarmangani, die weißen Affen, haben sie mitgenommen“, erwiderte einer und fragte: „Wer bist du, daß du die Sprache der Mangani sprichst?“

„Ich bin Tarzan, ein mächtiger Jäger, der größte aller Kämpfer. Wenn ich brülle, ist der Dschungel still, und alles zittert vor Furcht. Ich bin Tarzan von den Affen. Ich war lange fort, aber nun bin ich zu meinem Volk zurückgekehrt", antwortete er.

„Ja, das stimmt. Ich kenne ihn. Gut, daß er zurückgekommen ist. Nun werden wir immer gute Jagdbeute haben", meldete sich ein alter Affe zu Wort.

Die anderen traten näher und beschnupperten den Affenmenschen. Er stand still, bleckte halb die Zähne, und spannte kampfbereit die Muskeln; jedoch hatte er zweifellos das Recht, einer von ihnen zu sein, so daß die Affen, nachdem sie ihre Neugierde befriedigt hatten, ihre Aufmerksamkeit dem anderen Überlebenden zuwandten.

Auch er war nur leicht verwundet, eine Kugel hatte seinen Schädel gestreift, und er hatte das Bewußtsein verloren. Als er aufwachte, war er genau so munter wie sonst. Die Affen erzählten Tarzan, daß sie auf ihrem Weg nach Osten auf die Fährte des weiblichen Wesens gestoßen und nachgepirscht waren. Nun wollten sie ihren Marsch fortsetzen; Tarzan wäre jedoch lieber den Arabern gefolgt, um ihnen die Frau fortzunehmen. Nach längerem Streit wurde entschieden, daß sie zuerst weiter in östliche Richtung ziehen, auf Jagd gehen, und dann erst nach den Arabern suchen würden. Da Zeit im Leben des Dschungelvolkes eine sehr unwesentliche Rolle spielt, gab Tarzan ihren Forderungen nach, denn geistig hatte er sich auf eine Stufe hinabbegeben, die sich nur ein wenig von der ihren unterschied.

Er mußte die Verfolgung der Araber auch aus einem anderen Grund verschieben: seine Wunde schmerzte. Es war besser, zu warten, bis sie verheilt war, und dann erst den Kampf gegen die Gewehre der Tarmangani aufzunehmen.

Als Jane Clayton, an Händen und Füßen gefesselt, nun in ihr Gefängnis geworfen wurde, begab sich ihr natürlicher Beschützer in Begleitung von zwanzig behaarten Ungetümen nach Osten, in deren Gesellschaft er sich genauso wohlfühlte, wie vor einigen Monaten bei seinen Freunden in einem der besten und vornehmsten Clubs von London.

Die ganze Zeit jedoch trug er die bohrende Gewißheit mit sich, daß er hier nichts zu suchen habe und aus irgendeinem unerfindlichen Grund woanders sein solle, bei einer anderen Art von

Lebewesen. Auch drängte ihn irgend etwas, der Fährte der Araber zu folgen und die Frau zu befreien, die ihn so seltsam beeindruckt hatte, wobei er sein Vorhaben eher als Beutezug denn als Befreiung bezeichnet hätte.

Sie war für ihn ein weibliches Dschungelwesen, und er hatte sich in den Kopf gesetzt, daß sie seine Partnerin werden sollte. Als er ihr auf der Lichtung nähergekommen war, wo die Araber sie gepackt hatten, war ihm einen Augenblick lang der zarte Duft in die Nase gestiegen, der ihm schon einmal in der Hütte aufgefallen war und sein Begehren erweckt hatte. Also war sie jenes Wesen, für das er eine so plötzliche und unerklärliche Leidenschaft entwickelt hatte.

Die Sache mit der Ledertasche beschäftigte ihn ebenfalls, so daß er einen weiteren zwingenden Grund hatte, ins Lager der Banditen zurückzukehren. Er würde sowohl seine hübschen Kristalle als auch die Frau in seinen Besitz bringen. Dann wollte er mit ihr und seinem Spielzeug zu den großen Affen gehen, würde seine behaarten Gefährten in die ferne Wildnis führen, weit weg von den Menschen, um sein Leben unter dem primitiven Volk, mit der Jagd und dem Kampf zu verbringen, in der einzigen Art und Weise, an die er sich nun entsinnen konnte.

Er sprach darüber mit den Affen und versuchte sie zu überreden; jedoch nur Taglat und Chulk wollten mitkommen. Der letztere war jung und stark, intelligenter als die anderen und besaß eine besser entwickelte Vorstellungskraft. Ihn lockte das Abenteuer. Taglat hatte ein anderes Motiv – ein geheimes und unheilvolles, und wenn Tarzan es gekannt hätte, wäre er ihm vor Eifersucht an die Kehle gesprungen.

Taglat war nicht mehr jung, jedoch muskelbepackt und furchteinflößend. Er war grausam und wegen seiner größeren Erfahrung auch listig und verschlagen. Er hatte riesige Körpermaße und glich allein durch sein Gewicht die Beweglichkeit eines jüngeren Gegners häufig aus.

Durch sein mürrisches und unfreundliches Wesen hob er sich sogar von seinen finsteren Stammesgenossen ab, bei denen solche Eigenschaften eher die Regel sind, und obwohl es Tarzan nicht ahnte, haßte Taglat ihn mit einer Wildheit, die er nur aus einer ihm selbst unerklärlichen Furcht vor ihm verbarg.

Diese beiden erklärten sich bereit, Tarzan zum Dorf Achmet

Zeks zu begleiten. Als sie aufbrachen, würdigte der Rest des Stammes sie lediglich eines Abschiedsblickes, um sich gleich darauf wieder der ernsthaften Angelegenheit der Nahrungsaufnahme zu widmen.

Tarzan mußte seinen Gefährten immer wieder das Ziel des Vorhabens vor Augen halten, denn ein Affe ist nicht in der Lage, sich für längere Zeit zu konzentrieren. Für sie ist es eine Sache, sich mit einer bestimmten Absicht auf eine lange Reise zu begeben, und eine völlig andere, diese nicht zu vergessen – vielmehr ständig im Gedächtnis zu behalten. Unterwegs gibt es viele Dinge, die vom eigentlichen Vorhaben ablenken.

Zuerst stürmte Chulk schnell voran, als läge das Dorf der Räuber nur eine Stunde, und nicht einige Tagesmärsche von ihnen entfernt, nach einigen Minuten jedoch nahm ein umgestürzter Baum seine ganze Aufmerksamkeit in Anspruch, denn darunter war viel saftige Nahrung zu erwarten. Als Tarzan Chulk vermißte und zurückkehrte, fand er ihn neben dem verrotteten Baumstumpf emsig damit beschäftigt, Raupen und Käfer herauszupuhlen, denn diese machen einen beträchtlichen Teil der Nahrung des Affen aus.

Tarzan wollte es nicht zu einer Auseinandersetzung kommen lassen und konnte nichts anderes tun, als zu warten, bis Chulks Quelle erschöpft war, um danach festzustellen, daß nun Taglat fehlte. Nach einer schier endlosen Suche fand er den ehrenwerten Gentleman in Betrachtung eines verletzten Nagetieres versunken, auf das er losgegangen war. Scheinbar gleichgültig saß er daneben und blickte in die andere Richtung, während das verkrüppelte Wesen sich vor Schmerzen windend langsam von ihm fortbewegte; als es sich außer Gefahr wähnte, holte er mit der riesigen Hand aus und ließ sie auf den Flüchtling niedersausen. Diese Handlung wiederholte er immer wieder, bis er keine Lust mehr hatte und dem Leiden seines Spielzeugs ein Ende setzte, indem er es verschlang.

Wegen derart ärgerlicher Zwischenfälle verzögerte sich Tarzans Rückkehr zum Lager Achmet Zeks; jedoch war der Affenmensch geduldig, denn sein Plan machte Chulks und Taglats Anwesenheit erforderlich.

Es war nicht immer einfach, bei den wankelmütigen Menschenaffen das Interesse an ihrem Vorhaben wachzuhalten. Chulk war des andauernden Marsches, der Seltenheit und kurzen Dauer ihrer Pausen bald überdrüssig. Erleichtert hätte er seine Suche nach Abenteuern abgebrochen, hätte nicht Tarzan ihm ständig verlockende Bilder von großen Futtervorräten vor Augen gehalten, die in dem Dorf der Tarmangani zu finden seien.

Taglat verfolgte sein geheimes Ziel hartnäckiger, als man es von einem Affen hätte erwarten können, und dennoch gab es Zeiten, da auch er aufgegeben hätte, wenn Tarzan ihm nicht gut zugeredet hätte.

An einem schwülen Tropennachmittag teilten ihre scharfen Sinnesorgane ihnen mit, daß das arabische Lager sich vor ihnen befand. Still und leise pirschten sie sich heran, hielten sich dabei im dichten Laub des Dschungels und blieben unbemerkt.

Zuerst kam der riesige Affenmensch, dessen glatte, braune Haut von der Bewegung im dichten, heißen Dschungel glänzte. Dahinter krochen Chulk und Taglat, sie wirkten wie komische, struppige Karikaturen ihres imposanten Anführers.

Schließlich erreichten sie die Lichtung. Vor den Palisaden kletterten sie auf einen Ast, von dem sie das Treiben in der Siedlung verfolgen konnten.

Ein Reiter im weißen Beduinenmantel ritt durch das Tor hinaus. Tarzan flüsterte Chulk und Taglat zu, zu bleiben, wo sie waren, und schwang sich behend durch die Bäume dem Reiter hinterher. Schnell wie ein Eichhörnchen und leise wie ein Schatten eilte er von einem Baum zum nächsten.

Der Araber ritt langsam und war sich nicht bewußt, welche Gefahr in den Bäumen über ihm lauerte. Der Affenmensch machte einen kleinen Umweg und erhöhte seine Geschwindigkeit, bis er den Reiter überholt hatte. Auf einem dicht belaubten Ast, der über den schmalen Dschungelpfad ragte, ließ er sich nieder. Das Opfer kam näher und summte ein Lied über das große wilde Wüstenland im Norden vor sich hin. Über ihm schwebte jemand, der es auf sein Leben abgesehen hatte – derselbe, der noch vor einigen Monaten einen Sitz im englischen Parlament innehatte, ein angesehenes und vornehmes Mitglied dieser ausgewählten Gesellschaft.

Der Araber ritt unter dem Ast durch, oben im Geäst raschelte etwas, und das Pferd schnaubte und strauchelte, als eine braunhäutige Gestalt auf seinem Rumpf landete. Mit eisernem Griff wurde der Reiter aus dem Sattel gezogen.

Zehn Minuten später traf der Affenmensch, die Kleider des Arabers unter dem Arm, wieder bei seinen Begleitern ein. Er zeigte ihnen seine Trophäen und berichtete ihnen mit leiser, kehliger Stimme Einzelheiten seiner Heldentat. Chulk und Taglat befühlten, beschnupperten die Stoffe, hielten sie an die Ohren und lauschten.

Dann führte Tarzan sie durch den Dschungel zum Pfad zurück, wo sie sich auf die Lauer legten. Sie brauchten nicht lange zu warten, bis zwei von Achmet Zeks Leuten, ähnlich gekleidet wie ihr Herr, zu Fuß den Weg zum Lager entlangkamen.

Hatten die Schwarzen eben noch gelacht und sich unterhalten, lagen sie einen Augenblick später tot auf dem Weg, und drei Gestalten beugten sich über sie. Tarzan zog ihnen die Kleidung vom Leib, wie er es bei seinem ersten Opfer getan hatte, und begab sich mit Chulk und Taglat in die Abgeschiedenheit ihres Baumes zurück.

Dort streifte er sich und seinen zottigen Gefährten die Kleidungsstücke über, bis sie von weitem auch als drei Araber gelten konnten, die auf dem Ast eines Baumes hockten.

Bis zum Einbruch der Dunkelheit blieben sie dort, denn von hier aus konnte Tarzan das Tun innerhalb der Palisaden verfolgen. Er fand die Hütte heraus, in der er das erste Mal die Duftspur des weiblichen Wesens bemerkt hatte, nach dem er auf der Suche war. Zwei Wachen standen vor dem Eingang. Dann sah er die Behausung Achmet Zeks, und irgend etwas sagte ihm, daß er höchstwahrscheinlich dort die vermißte Ledertasche und die Kristalle finden würde.

Chulk und Taglat waren zunächst äußerst angetan von ihrer großartigen Gewandung. Sie befühlten den Stoff, berochen ihn und bedachten sich gegenseitig mit Ausdrücken der Befriedigung und des Stolzes. Chulk war in seiner Weise ein Komiker, er streckte den langen behaarten Arm aus, griff nach der Kapuze von Taglats Beduinenmantel, zog sie ihm über die Augen und versetzte ihn in tiefste Dunkelheit.

Der ältere Affe war von Natur aus humorlos, er hatte keinen Sinn für solche Späße. Für ihn gab es nur zwei Gründe, daß jemand seine Pfoten an ihn legte – um Flöhe zu suchen oder anzugreifen. Das erste konnte es nicht sein: Deswegen zog man sich niemals das nach Tarmangani riechende Ding über Kopf und Augen; also mußte es das letztere sein. Er wurde angegriffen! Von Chulk!

Schnaubend fuhr er dem anderen an die Kehle, ohne vorher den wollenen Schleier zu heben, der ihm die Sicht nahm. Tarzan sprang zu beiden hin, und die drei großen Biester rauften sich und schnappten einer nach dem anderen in ihrer unsicheren Höhe, bis es dem Affenmenschen schließlich gelang, die aufgebrachten Menschenaffen zu trennen.

Den wilden Vorfahren des Menschen ist so etwas wie eine Entschuldigung fremd, und Rechtfertigung ein mühevolles und im allgemeinen sinnloses Unterfangen. Tarzan schlichtete den Streit, indem er ihre Aufmerksamkeit auf ihr bevorstehendes Unternehmen lenkte. Die Affen streiten sich häufig und lassen dabei mehr Haare, als daß wirklich Blut vergossen wird, sie vergessen solch nebensächliche Auseinandersetzungen schnell. Bald darauf hockten Chulk und Taglat friedlich beieinander und warteten darauf, daß der Affenmensch sie in das Dorf führte.

Als es dunkel war, ließen sie sich von dem Baum fallen und liefen an den Palisaden entlang zur anderen Seite des Dorfes.

Tarzan klemmte die Schöße seines Beduinenmantels unter den Arm, damit sie ihn nicht behinderten, nahm einen kurzen Anlauf und kletterte an der Wand nach oben. Aus Furcht, daß die Affen bei einem ähnlichen Versuch ihre Kleidung zerrissen, hatte er ihnen befohlen, unten auf ihn zu warten, und als er sicher oben auf den Palisaden saß, löste er seinen Speer und hielt ihn Chulk hin, damit dieser sich daran hochziehen konnte.

Behend kletterte der Menschenaffe nach oben. Einen Augenblick später hockte er neben Tarzan. Auf ähnliche Art und Weise gesellte sich auch Taglat zu ihnen, und kurz darauf ließen sich die drei lautlos in die Siedlung hinab.

Zuerst führte Tarzan sie zu der Hütte, in der Jane Clayton festgehalten wurde. Er legte seine empfindsame Nase an die grob geflickte Öffnung an der Rückwand und prüfte, ob das weibliche Wesen, wegen dem er gekommen war, auch darin war.

Chulk und Taglat drückten ihre behaarten Gesichter dicht neben das des Aristokraten und witterten ebenfalls. Alle nahmen den Geruch der Frau wahr, und jeder reagierte auf seine Weise.

Chulk war es gleichgültig. Dieses weibliche Geschöpf gehörte Tarzan – er wollte seine Nase in den Nahrungsmitteln der Tarmangani vergraben, denn er war gekommen, um sich nach Herzenslust vollzufressen – Tarzan hatte ihm das als seine Belohnung versprochen, und damit war er zufrieden.

Taglats böse, blutunterlaufene Augen verengten sich jedoch, als er sich der Erfüllung seines geheimen Planes so nahe sah. Wohl war es ihm manchmal in den vergangenen Tagen schwergefallen, seinen Plänen treu zu bleiben, und manchmal hatte er sie völlig vergessen, bis sie ihm durch eine zufällige Bemerkung Tarzans wieder eingefallen waren. Für einen Affen jedoch war es eine anständige Leistung.

Nun leckte er sich die Hängelippen und zog mit einem widerlichen, saugenden Geräusch die Luft ein.

Zufrieden, daß die Frau noch an Ort und Stelle war, begab sich Tarzan mit seinen Begleitern erst einmal zum Zelt Achmet Zeks. Ein Araber und zwei Sklaven kamen vorbei und sahen sie, jedoch war es dunkel, die weißen Beduinenmäntel verdeckten die behaarten Gliedmaßen der Affen und die riesige Gestalt ihres Anführers. Obendrein hatten sie sich schnell hingehockt, als ob sie sich unterhielten, so daß sie nicht weiter auffielen. Kaum waren die Araber vorüber, begaben sie sich hinter das Zelt. Darin unterhielt sich Achmet Zek mit einigen seiner Stellvertreter. Tarzan verfolgte ihr Gespräch von draußen.

Jane Clayton in Todesgefahr

Leutnant Albert Werper graute, wenn er sich vorstellte, was ihn in Addis Abeba erwarten mochte, und er suchte nach einer Möglichkeit zu entkommen. Nach der Flucht des Schwarzen verdoppelten die Abessinier jedoch ihre Wachen, damit nicht auch er noch verschwand.

Eine Zeitlang trug er sich mit dem Gedanken, Abdul Mourak mit einem Teil seiner Juwelen zu bestechen; aber er verwarf diese Idee aus Furcht, der Mann werde als Preis für die Freiheit den ganzen Schatz verlangen.

Da fiel ihm ein anderer erfolgversprechender Weg ein, bei dem er die Juwelen behalten und den Abessinier zufriedenstellen könnte, ohne Zweifel aufkommen zu lassen, alles erhalten zu haben, was er ihm bieten konnte.

Ein oder zwei Tage nach Mugambis Verschwinden bat er Abdul Mourak um eine Unterredung. Als er vor ihm stand, verhieß dessen grimmiger Gesichtsausdruck nichts Gutes, dennoch faßte er Mut, da er wußte, daß der Mensch von Natur schwach ist und Gold die stärksten Charaktere erweicht.

Abdul Mourak blickte ihn an und runzelte die Stirn. „Was willst du?“ fragte er.

„Meine Freiheit“, erwiderte Werper.

Der Abessinier grinste höhnisch und meinte. „Und du störst mich, um mir etwas zu sagen, was jedes Kind weiß.“

„Ich kann dafür bezahlen“, sagte Werper.

Abdul Mourak lachte laut und rief: „Dafür bezahlen? Womit denn – mit den Lumpen, die du am Leibe trägst? Oder hältst du unter deiner Kleidung vielleicht Elfenbein versteckt? ‘Raus! Du bist ein Dummkopf. Komm mir nicht noch einmal unter die Augen, oder ich lasse dich auspeitschen.“

Werper jedoch blieb hartnäckig. Seine Freiheit und vielleicht sein Leben hingen davon ab.

„Glauben Sie mir! Wenn ich Ihnen so viel Gold gebe, wie zehn

Männer tragen können, versprechen Sie mir dann, mich unversehrt zum nächsten englischen Regierungsbeamten zu geleiten?" bat er eindringlich.

„So viel wie zehn Männer tragen können!" wiederholte Abdul Mourak. „Du bist verrückt. Wo hast du so viel Gold?"

„Ich weiß, wo es versteckt ist. Geben Sie mir Ihr Versprechen, und ich führe Sie hin – wenn Ihnen zehn Ladungen genügen?"

Abdul Mourak hörte auf zu lachen. Er blickte den Belgier scharf an. Der Mann schien es ernst zu meinen – aber zehn Ladungen Gold! Das war verrückt. Der Abessinier dachte einen Augenblick nach.

„Gut, und wenn – wie weit ist es weg?" fragte er.

„Ein Wochenmarsch Richtung Süden", erwiderte Werper.

„Du weißt, was mit dir geschieht, wenn wir es nicht dort finden?"

„Wenn es nicht dort ist, habe ich mein Leben verwirkt", antwortete der Belgier. „Ich weiß, daß es dort ist, da ich mit eigenen Augen gesehen habe, wie es vergraben wurde. Es kann auch mehr sein – nicht nur zehn Ladungen, sondern so viel, wie fünfzig Männer tragen können. Wenn Sie es bekommen, versprechen Sie mir, mich unbehelligt auf englisches Gebiet zu bringen?"

„Du setzt für das Gold dein Leben aufs Spiel?" fragte Abdul.

Werper nickte.

„Nun gut. Ich verspreche es, und selbst, wenn es nur fünf Ladungen sind, sollst du deine Freiheit haben; aber bis das Gold in meinem Besitz ist, bleibst du mein Gefangener", erklärte er.

„Gut. Brechen wir morgen auf?" fragte Werper.

Abdul Mourak nickte, und der Belgier kehrte zu seinen Wachen zurück. Am Folgetag erhielten die abessinischen Soldaten den überraschenden Befehl, statt nach Nordosten in südliche Richtung zu marschieren. In eben jener Nacht, in der Tarzan und die zwei Affen in die Siedlung der Araber eindrangen, schlugen die Abessinier nur wenige Meilen östlich von ihnen ihr Lager auf.

Während Werper von seiner Freiheit und seinen Juwelen träumte, und Abdul Mourak in gieriger Erwartung der Unmengen an Gold kein Auge zutat, erteilte Achmet Zek seinen Offizieren den Befehl, eine Gruppe von Kriegern und Trägern zusammenzustellen, um am kommenden Tag zum früheren Anwesen des Engländers aufzubrechen und den traumhaften Goldschatz zu holen, von dem ihm der Deserteur erzählt hatte.

Während er seine Anweisungen erteilte, wartete draußen jemand darauf, ungestört eintreten und nach der verschwundenen Ledertasche mit den geliebten Kristallen suchen zu können.

Zu guter Letzt verließen die finsteren Gesellen das Zelt. Achmet Zek ging mit, um mit einem von ihnen noch eine Pfeife zu rauchen, und ließ sein Zelt unbewacht zurück. Kaum waren sie verschwunden, als etwa sechs Fuß über dem Erdboden ein Messer durch den Stoff der Hinterwand gestoßen und mit einer schnellen Bewegung nach unten gezogen wurde.

Der Affenmensch trat durch die Öffnung, dicht gefolgt von dem riesigen Chulk. Taglat jedoch überlegte es sich anders. Er wandte sich um und schlich zur Hütte, in der man das weibliche Wesen gefangenhielt, das sein wildes Interesse geweckt hatte. Die Wachen hatten sich vor dem Eingang niedergelassen und unterhielten sich leise. In der Hütte lag die junge Frau auf einer schmutzigen Schlafmatte; sie hatte jegliche Hoffnung aufgegeben, sich mit ihrem Schicksal abgefunden und wartete nun auf die Gelegenheit, sich auf die einzige Weise zu befreien, die ihr noch geblieben war und die sie bisher verabscheut hatte – durch Selbstmord.

Eine Gestalt im weißen Beduinenmantel kroch langsam auf die Hütte zu. Dem dürftigen Verstand des Affen war es zuzuschreiben, daß er die Möglichkeit nicht erkannte, die sich durch die Verkleidung ergab. Wo er getrost auf die Wachen hätte zugehen können, schlich er sich lieber ungesehen von hinten heran.

Dann spähte er um die Ecke. Die Wachen waren nur noch einige Schritte von ihm entfernt; indes wagte er nicht, sich auch nur für einen Moment den gefürchteten und verhaßten Donnerstöcken zu zeigen, die diese weißen Affen so gut zu nutzen wußten. Es mußte auch anders gehen.

Gäbe es hier in der Nähe einen Baum mit herabhängenden Ästen, hätte er von dort aus seine ahnungslose Beute anspringen können. Dann kam ihm eine andere Idee. Direkt über den Köpfen der Wachposten verlief eine Dachrinne – von dort aus konnte er sie überraschen. Mit einem schnellen Biß würde er den ersten erledigen, bevor der andere überhaupt begreifen würde, was geschah, und dank seiner Kraft und Wildheit war der Rest dann ein Kinderspiel.

Taglat nahm einige Schritte Anlauf und sprang hoch. Er kam direkt über der Hinterwand der Hütte auf, und da das Dach an dieser Stelle durch die feste Wand gestützt wurde, hielt es seinem enormen Gewicht stand, gab aber bei seinem ersten Schritt nach, das Stroh teilte sich, und der große Menschenaffe schoß nach unten.

Die Wachposten hörten, wie die Dachpfosten knackten, sprangen auf und stürzten in die Hütte. Jane Clayton versuchte wegzurollen, als die große Gestalt so dicht neben ihr auf dem Boden landete, daß sie fast ihr Kleid streifte.

Der Affe spürte, wie sich neben ihm etwas bewegte, griff nach der jungen Frau und schlang den Arm um sie. Der Beduinenmantel verdeckte den behaarten Körper vollkommen, so daß Jane Clayton glaubte, es sei ein Mensch, und neue Hoffnung schöpfte, jemand würde sie befreien.

Die beiden Wachen standen in der Hütte und zögerten, da sie nicht wußten, was geschehen war. Ihre Augen hatten sich noch nicht an die Dunkelheit gewöhnt, und auch nichts war zu hören, denn der Affe rührte sich nicht und wartete auf ihren Angriff.

Er sah, daß sie stehenblieben, und ihm war klar, daß er mit der Frau in den Armen nicht kämpfen konnte. So beschloß er, durchzubrechen. Er senkte den Kopf und stürmte geradewegs auf die zwei Männer zu, die den Eingang versperrten. Der Stoß seiner mächtigen Schultern warf sie um, und bevor sie sich wieder aufrappeln konnten, war er verschwunden und schoß im Schatten der Hütten auf die Palisaden am anderen Ende des Dorfes zu.

Die Geschwindigkeit und die Kraft ihres Befreiers erfüllte Jane Clayton mit Erstaunen. Konnte es sein, daß die Araber nicht getroffen hatten, und Tarzan noch lebte? Wer sonst im Dschungel konnte eine erwachsene Frau so mühelos tragen? Sie rief seinen Namen, erhielt jedoch keine Antwort. Aber sie gab die Hoffnung nicht auf.

Nicht einmal bei den Palisaden blieb er stehen. Mit einem einzigen Satz war er oben, hielt einen Augenblick inne und sprang dann auf der anderen Seite zu Boden. Nun war die junge Frau fast sicher, daß sie sich in den Armen ihres Ehemannes befand, und als er sich in die Bäume begab und sie schnell in den Dschungel trug, wie es Tarzan in der Vergangenheit getan hatte, war sie noch mehr davon überzeugt.

Auf einer kleinen, monderhellten Lichtung, etwa eine Meile vom Lager entfernt, blieb ihr Befreier stehen und ließ sie ziemlich unsanft zu Boden. Das überraschte sie, beunruhigte sie jedoch nicht weiter. Wieder nannte sie seinen Namen, und im selben Augenblick riß sich der Affe, dem die ungewohnte Kleidung lästig wurde, den Beduinenumhang vom Leib, und die entsetzte Frau sah das furchteinflößende Gesicht und die behaarte Gestalt eines riesigen Menschenaffen.

Mit kläglichem Wimmern fiel sie in Ohnmacht, während aus einem Busch unweit von ihnen Numa, der Löwe, das Paar mit hungrigen Augen anblickte und sich die Lefzen leckte.

Sorgfältig durchsuchte Tarzan das Zelt Achmet Zeks. Er riß das Bett in Stücke und verstreute den Inhalt der Truhe und des Reisesackes. Er erforschte alles, was ihm unter die Augen kam; nicht der kleinste Gegenstand in der Behausung des Arabers wurde übersehen; indes blieb seine Sorgfalt unbelohnt – er fand weder den Lederbeutel noch die hübschen Kristalle.

Überzeugt, daß sich diese Dinge nicht in Achmet Zeks Besitz befanden, entschied Tarzan, sich zuerst das weibliche Wesen zu sichern, bevor er seine Suche fortsetzte.

Er winkte Chulk, ihm zu folgen und begab sich geradewegs zur Hütte der Gefangenen.

Überrascht stellte er fest, daß Taglat fehlte; er hatte geglaubt, ihn draußen vor dem Zelt Achmet Zeks zu finden; da er die Unverläßlichkeit der Affen jedoch kannte, beunruhigte ihn die Abwesenheit seines mürrischen Gefährten nicht weiter. Solange ihm Taglat nicht ins Gehege kam, war ihm egal, wo er blieb.

Als er sich der Hütte näherte, sah er vor dem Eingang eine aufgeregte Menschentraube stehen. Da er fürchtete, daß Chulks Verkleidung so vielen Blicken nicht standhalten würde, befahl er dem Affen, sich auf die andere Seite des Dorfes zu begeben und dort auf ihn zu warten.

Während Chulk im Schatten der Hütten davontrottete, lief Tarzan direkt auf die aufgeregte Gruppe zu. Er mischte sich zwischen die Schwarzen und die Araber, um zu erfahren, was geschehen war, vergaß allerdings, daß nur er Speer, Bogen und Pfeile bei sich trug und deswegen den Verdacht der anderen erwecken konnte.

Er bahnte sich seitwärts den Weg durch die Menge und war fast am Eingang angelangt, als einer der Araber ihm die Hand auf die Schulter legte, die Kapuze vom Gesicht riß und rief: „Wer ist das?"

Tarzan von den Affen hatte nie gelernt, einem Streit mit einem Gegner aus dem Weg zu gehen. Der primitive Selbsterhaltungstrieb kennt viele Kniffe und Tricks; aber ein Gespräch gehört nicht dazu. Tarzan verschwendete seine wertvolle Zeit nicht damit, sich herauszureden und die Banditen davon zu überzeugen, daß er nicht ein Wolf im Schafspelz sei. Statt dessen fuhr er seinem Angreifer an die Kehle, schleuderte ihn hin und her und fegte die anderen hinweg, die sich auf ihn stürzen wollten.

Mit dem Araber als Schild bahnte er sich einen Weg zum Eingang und war einen Augenblick später in der Hütte. Ein kurzer Blick zeigte ihm, daß sie leer war, und dem Geruch nach mußte Taglat hier gewesen sein. Tarzan stieß ein leises, böses Knurren aus. Jene, die sich durch den Eingang drängten, um ihn zu ergreifen, scheuten zurück, als sie die wilden, herausfordernden Töne vernahmen. Sie blickten einander überrascht und bestürzt an. Nur ein Mensch hatte die Hütte betreten, und dennoch vernahmen sie mit eigenen Ohren ein wildes Tier. Was konnte das bedeuten? Hatte ohne Wissen der Wachen ein Löwe oder Leopard in der Hütte Schutz gesucht?

Da bemerkte Tarzan das Loch, das Taglat ins Dach gerissen hatte. Er erriet, daß der Affe auf diesem Weg entweder gekommen oder geflohen war, und während die Araber draußen noch zögerten, schnellte er katzengleich nach oben, erfaßte den oberen Mauerrand, zog sich aufs Dach und sprang bald darauf hinter der Hütte wieder zu Boden.

Zu guter Letzt hatten die Araber genügend Mut gesammelt, um einige Gewehrsalven durch die Wände zu jagen und die Hütte zu betreten, mußten nun jedoch feststellen, daß niemand darin war. In derselben Minute suchte Tarzan am anderen Ende der Siedlung nach Chulk, von dem weit und breit nichts zu sehen war.

Tarzan schäumte vor Wut, denn man hatte ihm sein Weibchen geraubt, seine Gefährten hatten ihn verlassen, und er wußte noch immer nicht, wo sein Lederbeutel und seine Kristalle waren. Er kletterte über die Palisaden und tauchte in die Dunkelheit des Dschungels.

Vorerst mußte er die Suche nach seiner Tasche aufgeben, denn es wäre glatter Selbstmord, das Araberlager wieder zu betreten, da dessen Bewohner gewarnt und auf den Beinen waren.

Bei seiner Flucht aus dem Dorf hatte der Affenmensch die Spur Taglats verloren und streifte nun durch den Wald, um sie wieder zu finden.

Chulk war solange auf seinem Posten geblieben, bis das Geschrei und die Schüsse der Araber ihn in Panik versetzten, denn nichts fürchten die Affen mehr als die Donnerstöcke der Tarmangani. So kletterte er schnell über die Umzäunung, zerriß dabei seinen Beduinenumhang und floh schimpfend und keifend in den tiefen Dschungel.

Tarzan stürmte eilig auf der Suche nach der Fährte Taglats und des weiblichen Wesens durch den dichten Wald. Auf einer kleinen, mondhellen Lichtung nicht weit vor ihm beugte sich der große Affe gerade über die am Boden liegende Frau. Das Biest zerrte und nagte an den Fesseln, mit denen ihre Hände und Füße gebunden waren.

Tarzan wäre nur ein kleines Stückchen weiter rechts an ihnen vorbeigekommen, und normalerweise hätte dann der Wind ihm die Witterung der beiden zugetragen.

Jane Clayton hätte gerettet werden können, sogar obwohl Numa sich schon auf den Angriff vorbereitete; doch das allzeit grausame Schicksal übertraf sich selbst – für einige Augenblicke drehte plötzlich der Wind, und die Witterung, die den Affenmenschen zu der jungen Frau geführt hätte, wurde in die andere Richtung getragen. Tarzan lief fünfzig Yards an der Lichtung vorbei, auf der sich die Tragödie abspielte, und die Möglichkeit der Rettung war unwiderruflich verloren.

Der Kampf um den Schatz

Erst am Morgen gestand Tarzan sich ein, daß seine Nachforschungen bisher fehlgeschlagen waren, aber dann würde er eben später etwas mehr Erfolg haben. Jetzt würde er essen und schlafen, bevor er sich erneut auf den Weg machte. Der Dschungel war riesig; doch Tarzan war sehr erfahren und schlau. Mochte Taglat auch weit kommen; zu guter Letzt würde er ihn finden, und wenn er jeden Baum absuchen mußte.

In dieser Überzeugung begab sich Tarzan auf die Fährte Baras, des Rehes, denn er hatte Hunger. Eine halbe Stunde folgte er der Spur auf einem gut ausgetretenen Wildpfad nach Osten, als zu seinem Erstaunen das Tier plötzlich in Sicht kam; nur hatte es kehrtgemacht und stürzte wie von Sinnen direkt auf ihn zu.

Tarzan sprang so schnell in das dichte Buschwerk, daß das Reh ihn nicht bemerkte. Es war noch einige Meter entfernt, so kletterte der Affenmensch auf einen niedrigen Ast, der über den Weg ragte. Dort duckte er sich wie ein wildes Raubtier, das auf sein Opfer wartet.

Tarzan wußte nicht, warum das Reh so panisch den Rückweg eingeschlagen hatte – vielleicht wegen Numa, dem Löwen, oder Sheeta, dem Panther; aber das spielte keine Rolle – er war bereit, seine Jagdbeute gegen jedes andere Dschungeltier zu verteidigen. War er körperlich dazu nicht in der Lage, so würde er sich einer anderen, mächtigeren Kraft bedienen – seines scharfen Verstandes.

Das Reh lief dem Tod direkt in die Arme. Der Affenmensch hockte sich mit dem Rücken zu dem näherkommenden Tier auf den sanft schaukelnden Ast und konzentrierte sich auf das Geräusch der Schritte des erschreckten Baras, das immer näher kam.

Als es unter dem Ast durchschoß, sprang er ihm auf den Rücken. Durch das Gewicht wurde es zu Boden gedrückt. Es stolperte noch einen Schritt nach vorn, versuchte, sich aufzurappeln; dann wurde sein Kopf kraftvoll zurückgezogen, ein schneller, teuflischer Ruck – und Bara war tot.

Alles war sehr schnell vor sich gegangen, und ebenso schnell handelte nun der Affenmensch, denn wußte man, wer Bara verfolgte, und wie nahe er schon war? Er warf sich den Kadaver über die breite Schulter, schmiegte sich einen Augenblick später an einen Ast über dem Weg und blickte in die Richtung, aus der das Reh gekommen war.

Bald erkannte er, wovor Bara geflohen war, denn er hörte die unverkennbaren Geräusche einer nahenden Reitergruppe. Der Affenmensch kletterte mit seiner Beute etwas höher und machte es sich in einer Astgabel bequem, von wo er den Pfad unter sich beobachten konnte; dann schnitt er ein saftiges Fleischstück aus der Lende des Rehes, schlug die kräftigen Zähne in das warme Fleisch und labte sich an den Früchten seines Könnens und seiner Geschicklichkeit.

Dabei ließ er den Pfad nicht aus den Augen. Mit seinem scharfen Blick erkannte er das Maul des Leitpferdes, als es nach einer unübersichtlichen Stelle auftauchte, und musterte jeden einzelnen Reiter, der unten vorbeikam.

Tarzan erkannte einen von ihnen, doch er hatte seine Gefühle derart gut unter Kontrolle, daß nicht die kleinste Änderung des Gesichtsausdrucks seine innerliche Erregung verriet, geschweige denn ein überraschter Ausruf, durch den man auf ihn aufmerksam geworden wäre.

Unten ritt Albert Werper. Weder er noch die Abessinier hinter und vor ihm bemerkten den Affenmenschen. Von weitem suchte der Affenmensch den Belgier nach der gestohlenen Ledertasche ab.

Fortan begleitete eine riesige Gestalt die Abessinier – ein fast nackter weißer Mann, der die blutigen Überreste eines Rehes auf der Schulter trug. Tarzan wußte, daß er bei der Verfolgung des Belgiers nicht wieder dazukommen würde, zu jagen.

Nicht einmal er würde es wagen, ihn aus der Mitte der bewaffneten Reiter zu entführen, es sei denn, man triebe ihn zum Äußersten. Ein wildes Tier liebt Vorsicht und List, wenn es nicht durch Schmerz oder Wut zur Hast gezwungen wird.

Die Abessinier marschierten mit dem Belgier nach Süden, und Tarzan von den Affen schwang sich hinter ihnen lautlos durch die schaukelnden Äste.

Nach zwei Tagen erreichten sie flaches Land, in dessen Ferne sich ein Gebirge erstreckte – die Landschaft kam Tarzan dunkel bekannt vor und erweckte seltsame Gefühle in ihm. In sicherer Entfernung folgte er den Reitern und nutzte dabei Unebenheiten des Bodens zur Deckung.

Neben einem verkohlten Holzgebäude machten die Abessinier halt. Tarzan versteckte sich in einem nahen Gebüsch und verfolgte ihr Tun mit Erstaunen. Sie gruben etwas aus – vielleicht hatten sie früher dort Fleisch vergraben und wollten es nun holen? Dann fiel ihm ein, wie er seine hübschen Kristalle versteckt und warum er das getan hatte. Sie suchten nach den Dingen, die die Schwarzen hier zurückgelassen hatten!

Bald förderten sie einen erdverkrusteten, gelben Block zutage, und er sah, wie sehr sich Werper und Abdul Mourak freuten, als man ihnen das beschmutzte Stück zeigte. Nacheinander holten sie noch mehr aus der Erde, sie waren alle gleich – schmutzig gelb. Man stapelte sie aufeinander, und Abdul Mourak liebkoste sie überschwenglich.

Etwas regte sich in dem Affenmenschen, während er lange auf die goldenen Barren blickte. Wo hatte er so etwas schon einmal gesehen? Was war das? Warum waren diese Tarmangani so sehr davon angetan? Wem gehörten sie?

Ihm fielen die Schwarzen ein, die sie zuvor vergraben hatten. Die Blöcke mußten ihnen gehören. Werper wollte sie stehlen wie schon Tarzans Lederbeutel. Die Augen des Affenmenschen funkelten vor Wut. Gern hätte er die Schwarzen gesucht und gegen diese Diebe geführt. Wo wohl ihr Dorf sein mochte?

All diese Dinge gingen ihm durch den Kopf, als auf einmal eine Gruppe von Männern aus dem Wald kam und auf die Ruinen des verbrannten Landhauses zuritt.

Der immer wachsame Abdul Mourak erblickte sie als erster. Sie hatten das flache Land inzwischen fast zur Hälfte überquert. Er hieß seine Männer aufsitzen und sich bereit halten, denn wer wußte im tiefsten Afrika im Voraus, ob ein Fremder in friedlicher oder feindlicher Absicht nahte?

Werper saß auf, musterte die Ankömmlinge, erbleichte und wandte sich zitternd an Abdul Mourak.

„Es ist Achmet Zek mit seiner Bande. Sie wollen das Gold holen“, flüsterte er.

Im selben Augenblick hatte Achmet Zek die Stapel aus Goldbarren entdeckt und wußte nun, daß sich die Befürchtungen bewahrheitet hatten, die in ihm angesichts der Menschen neben den Ruinen des Landhauses aufgestiegen waren. Jemand war ihm zuvorgekommen und wollte den Schatz holen.

Der Araber schäumte vor Wut. In letzter Zeit richtete sich alles gegen ihn. Er hatte die Juwelen verloren, den Belgier und zum zweiten Mal die Engländerin. Nun wollte ihm auch noch jemand diesen Schatz wegnehmen, den er hier so sicher wähnte.

Ihn interessierte gar nicht, wer die Diebe waren. Sie würden das Gold nicht kampflos hergeben, das war gewiß. Mit einem lauten, wilden Schrei befahl er seinen Männern, ihm zu folgen, gab seinem Pferd die Sporen und stürmte auf die Abessinier zu. Hinter ihm kam, brüllend, fluchend und die langen Gewehre über dem Kopf schwenkend, das übrige Gesindel.

Die Leute Abdul Mouraks empfingen sie mit einer Salve, die einige Sättel leerte; dann waren die Banditen bei ihnen, und Degen, Pistolen und Musketen verrichteten ihr entsetzliches und blutiges Werk.

Da erspähte Achmet Zek Werper und stürmte auf ihn zu; aus Angst vor dem verdienten Schicksal wandte dieser sein Pferd und stob davon. Achmet Zek übergab einem seiner Stellvertreter das Kommando. Er solle die Abessinier erledigen und das Gold zurück ins Lager bringen, andernfalls könne er mit dem Tode rechnen. Dann jagte er über die Felder dem Belgier hinterher, da er sich in seiner Wut das Vergnügen der Rache nicht entgehen lassen konnte, und kostete es ihn auch den Schatz.

Während Verfolgter und Verfolger wie besessen in Richtung Wald stürmten, tobte hinter ihnen der blutige Kampf. Die grausamen Abessinier und die blutrünstigen Banditen Achmet Zeks kämpften erbittert um jedes Stück.

Aus dem Gebüsch verfolgte Tarzan das mörderische Treiben, das sich rundherum abspielte und ihm keine Möglichkeit ließ, Werper und dem Anführer der Araber zu folgen.

Die Abessinier hatten einen Kreis gebildet, der auch Tarzans Versteck einschloß, und wurden von den brüllenden Banditen umringt, die immer wieder angriffen und mit ihren gekrümmten Dolchen Hiebe und Stiche austeilten.

Die Gruppe Achmet Zeks war zahlenmäßig stärker, und langsam, aber sicher verloren Kaiser Meneleks Soldaten an Boden.

Für Tarzan war das Ergebnis Nebensache. Er beobachtete sie nur, um festzustellen, wann er der blutigen Umarmung der Kämpfer entrinnen und dem Belgier und seiner Tasche hinterhereilen konnte.

Als er Werper zum ersten Mal erblickt hatte, hatte er seinen Augen nicht getraut, da er überzeugt gewesen war, daß Numa den Dieb getötet und verschlungen habe; nachdem er der Abteilung jedoch zwei Tage gefolgt war und den Belgier scharf beobachtet hatte, bestanden keinerlei Zweifel mehr, obwohl er sich nun fragte, wer der verstümmelte Leichnam war, den er bei dem Löwen gefunden hatte.

Den vernachlässigten Sträuchern, in denen er lag, und die noch vor so kurzer Zeit Freude und Stolz seiner Ehefrau gewesen waren, an die er sich nun nicht mehr erinnern konnte, näherten sich auf einmal ein Araber und ein Abessinier, wobei sie mit ihren Säbeln aufeinander einhieben. Schritt für Schritt trieb der Araber seinen Gegner zurück, bis dessen Pferd fast auf den Affenmenschen trat, und spaltete mit einem teuflischen Hieb dem Schwarzen den Schädel, so daß der Gefällte beinahe rücklings auf Tarzan stürzte.

Die Fluchtmöglichkeit, die sich mit dem reiterlosen Pferd bot, mobilisierte all seine Kräfte. Bevor sich das erschreckte Pferd besinnen und fliehen konnte, saß ein unbekleideter Riese auf seinen Rücken. Mit starker Hand packte er die Zügel, und der Araber sah zu seiner Überraschung einen neuen Feind im Sattel des soeben Getöteten.

Jedoch schwang dieser Gegner kein Schwert; Speer und Bogen blieben unberührt. Der Araber faßte sich und stürmte mit erhobener Klinge drauflos, um den kühnen Fremden zu vernichten. Er wollte einen mächtigen Schlag auf dem Kopf des Affenmenschen niedergehen lassen, jedoch pfiff die Waffe harmlos durch die Luft, da Tarzan auswich. Dann spürte der Araber, wie das Pferd des anderen sein Bein streifte, ein langer Arm hervorstieß, ihn um die Hüfte faßte und, bevor er sich wehren konnte, vom Sattel zog. Der Reiter setzte ihn vor sich und durchbrach mit ihm als Schutzschild im wilden Galopp die kämpfenden Reihen.

Kurz dahinter warf ihn der Unbekannte vom Pferd und ritt über die Felder in Richtung Wald.

Eine Stunde dauerte der Kampf noch an, bis der letzte Abessinier tot am Boden lag. Eine Handvoll war entkommen, unter ihnen Abdul Mourak.

Die siegreichen Banditen scharten sich um die Goldblöcke und warteten auf die Rückkehr ihres Anführers. Ihr Jubel war etwas gedämpft, angesichts des seltsamen Auftauchens jenes nackten weißen Mannes, der auf dem Pferd eines ihrer Feinde davongaloppiert war und einen von ihnen mitgenommen hatte, der sich nun wortreich über dessen übermenschliche Stärke ausließ. Jedem war der Name und Ruhm Tarzans von den Affen bekannt, und da sie in dem weißen Athleten ihren Erzfeind erkannt hatten, wuchs ihre Furcht, da sie sich seines Todes sicher gewesen waren.

Von Natur aus abergläubisch, wähnten sie, den von der körperlichen Hülle befreiten Geist des Toten gesehen zu haben, und blickten angstvoll um sich, da sie fürchteten, der Geist kehre bald zu den Ruinen zurück, in die sie sein Anwesen bei ihrem kürzlichen Überfall verwandelt hatten. Aufgeregt flüsternd tauschten sie sich darüber aus, wie er sich rächen würde, wenn er zurückkam und sein Gold bei ihnen vorfand.

Ihre Furcht wuchs immer mehr. Währenddessen verfolgte eine kleine Gruppe nackter schwarzer Krieger aus dem Schilf am Fluß unweit des Hauses ihr Treiben. Von den Hügeln jenseits des Flusses hatten die Eingeborenen den Kampfeslärm vernommen, sich vorsichtig herangepirscht, den Fluß durchwatet und sich durch das Schilf soweit genähert, bis sie jede Bewegung der Kämpfer verfolgen konnten.

Eine halbe Stunde warteten die Araber auf Achmet Zek, und die Angst, daß Tarzans Geist vorher auftauchen würde, zermürbte den Gehorsam und die Treue gegenüber ihrem Anführer. Schließlich sprach einer von ihnen aus, was sich alle wünschten: Er wolle in den Wald reiten und Achmet Zek suchen. Sofort waren alle auf den Pferden.

„Das Gold ist hier sicher. Wir haben die Abessinier getötet, und sonst ist hier niemand, der es forttragen könnte. Kommt, wir suchen Achmet Zek!“ hieß es allgemein.

Einen Augenblick später war von den Banditen nur noch eine Staubwolke zu sehen, und da kroch aus dem Schilf eine Gruppe schwarzer Krieger auf die Goldbarren zu.

Im Wald besaß Werper noch einen Vorsprung, jedoch hatte Achmet Zek das bessere Pferd und holte schnell auf. Werper nahm keine Rücksicht und trieb sein Pferd sogar auf dem engen, kurvenreichen Weg immer mehr an.

Hinter ihm rief Achmet Zek, er solle stehenbleiben; doch Werper stieß die Sporen in die blutenden Weichen seines keuchenden Tieres. Zweihundert Yards vor ihm lag ein abgebrochener Ast quer über dem Weg. Er war nicht sehr stark, und ein normales Pferd hätte diese Hürde mühelos genommen, aber Werpers Tier war abgehetzt, und als ihm der Ast zwischen die Vorderbeine geriet, strauchelte es, ging zu Boden und blieb liegen.

Werper flog über seinen Kopf, rollte einige Schritte, sprang auf die Füße und rannte zurück. Er packte die Zügel und wollte das Pferd hochzerren, aber es wollte oder konnte nicht, und während er fluchend auf das widerstrebende Tier einschlug, kam Achmet Zek in Sicht.

Sofort gab der Belgier seine Bemühungen auf, griff nach seinem Gewehr, ließ sich hinter das Pferd fallen und feuerte.

Die Kugel traf Achmet Zeks Pferd in die Brust, es stürzte hundert Yards von Werper entfernt, der schußbereit liegenblieb.

Der Araber war mit dem Tier zu Boden gegangen, stand kurz mit gespreizten Beinen daneben, sah Werper und ging sofort auf ähnliche Weise in Deckung.

Während die beiden abwechselnd Schüsse und Beschimpfungen austauschten, näherte sich Tarzan von den Affen dem Wald. Er hörte das gelegentliche Knallen, und da er in den Bäumen sicherer war und schneller vorankam als auf einem abgehetzten abessinischen Reitpferd, kletterte er nach oben.

Der Affenmensch hielt sich parallel zum Wildpfad und erreichte bald die Stelle, von der er die Streiter unbehelligt beobachten konnte. Mal richtete sich der eine, mal der andere etwas auf, feuerte, ging sofort wieder hinter dem toten Pferd in Deckung, lud durch und begann von neuem.

Werper besaß nur wenig Munition, denn Abdul Mourak hatte ihn zu Beginn des Kampfes schnell mit den Waffen des ersten Gefallenen ausgerüstet, und nun bemerkte er, daß er bald seine letzte Kugel verschossen haben würde und dem Araber somit ausgeliefert war, und wie das enden würde, wußte er.

Im Angesicht des Todes zermarterte er sich das Hirn, wie er

entkommen konnte. Das einzige, was ihm noch einfiel und entfernt Erfolg versprach, war die Frage, ob Achmet Zek sich bestechen ließ.

Als er nur noch eine Patrone hatte, rief er seinem Gegner in einer Feuerpause zu:

„Achmet! Allah allein weiß, wessen Gebeine auf diesem Weg vermodern werden, wenn wir unseren törichten Kampf fortsetzen. Dir geht es um den Inhalt der Ledertasche, die ich am Gürtel trage, und mir sind mein Leben und meine Freiheit mehr wert als die Juwelen. Also soll jeder das Gewünschte bekommen und dann friedlich seiner Wege gehen. Ich lege die Tasche auf mein Pferd, wo du sie sehen kannst, und du legst dein Gewehr mit dem Kolben zu mir auf dein Pferd. Dann gehe ich weg, du bekommst die Tasche und läßt mich in Frieden ziehen. Ich will nur mein Leben und meine Freiheit."

Der Araber dachte einen Augenblick nach. Auch er hatte seinen letzten Schuß abgegeben. Also erwiderte er mürrisch:

„Dann geh! Laß die Tasche in Sichtweite zurück. Sieh her, ich lege mein Gewehr so hin, wie du es verlangst. Verschwinde!"

Werper löste die Tasche von seinem Leib. Zähneknirschend befühlte er die Steine, die sich deutlich darin abzeichneten. Wenn er nur eine Handvoll davon mitnehmen könnte! Aber Achmet Zek stand nun und beobachtete ihn.

Mißmutig und ohne die Steine weiter angerührt zu haben, legte Werper den Beutel auf den Leib des Pferdes, erhob sich, nahm sein Gewehr und ging langsam den Pfad entlang, bis er hinter einer Biegung verschwunden war und der wachsame Araber ihn nicht mehr sah.

Sogar dann lief Achmet Zek nicht blindlings los, da er doppeltes Spiel fürchtete, wie auch er unter ähnlichen Umständen gehandelt haben würde. Sein Argwohn war nicht unbegründet, denn kaum wußte sich der Belgier unbeobachtet, flüchtete er hinter einen dicken Baumstamm, von wo er Pferd und Tasche ungehindert sehen konnte, legte das Gewehr an und zielte auf die Stelle, wo der Körper des anderen auftauchen mußte, wenn er sich den Schatz holte.

Doch Achmet Zek war nicht so töricht, einem ehrlosen Dieb und Mörder zu vertrauen. Er nahm das lange Gewehr, schlug sich seitwärts in die üppige und dichte Pflanzenwelt, kroch langsam auf allen vieren neben dem Pfad her und setzte sich keinen Moment dem Gewehr des versteckten Banditen aus.

So erreichte er schließlich das tote Pferd seines Feindes. Aus der Ferne gut sichtbar lag darauf die Tasche, ein Stückchen weiter wartete Werper mit wachsender Ungeduld und Nervosität und fragte sich, warum der Araber seine Belohnung nicht abholte.

Auf einmal sah er auf geheimnisvolle Weise dicht über der Tasche einen Gewehrlauf auftauchen, und bevor er begriff, welche List der Araber anwandte, fuhr der Lauf in die Lederschlaufe der Tasche und verschwand wieder aus seinem Blickfeld.

Nicht eine Sekunde war auch nur ein Zentimeter des Banditen zu sehen gewesen, und Werper wollte seinen letzten Schuß nur abfeuern, wenn sicher war, daß er traf.

Kichernd zog sich Achmet Zek einige Schritte in den Dschungel zurück. Er war überzeugt, daß Werper in der Nähe auf der Lauer lag, um ihn über den Haufen zu schießen – als hätte er durch die Bäume blicken und die Figur des Belgiers ausmachen können.

Werper traute sich nicht, wegzugehen – seine Habgier hielt ihn davon ab, und so wartete er mit dem Gewehr im Anschlag und beobachtete den Pfad mit Adleraugen.

Indes hatte noch jemand die Tasche gesehen, ein Auge darauf geworfen und folgte Achmet Zek nun still und lautlos wie ein Schatten. Als sich der Araber auf einer kleinen, weniger bewachsenen Lichtung niederließ, um sich am Anblick seiner Erwerbung zu weiden, machte direkt über ihm Tarzan halt.

Achmet Zek fuhr sich mit der Zunge über die dünnen Lippen, öffnete die Tasche, steckte die klauenartige Hand hinein und schüttete sich etwas von dem Inhalt auf die Handfläche.

Er blickte nur kurz hin. Seine Augen verengten sich, er stieß einen Fluch aus und schleuderte die kleinen Steine verächtlich zu Boden. Hastig entleerte er die Tasche, betrachtete jeden einzelnen Stein und warf ihn weg. Dann trampelte er darauf herum und wurde immer wütender, bis sein Gesicht völlig entstellt war und sich seine Fingernägel ins Fleisch bohrten.

Tarzan war verwundert. Er konnte sich nicht erklären, was dieses Theater um seine Tasche bedeutete. Er wollte nur sehen, was der Araber tat, nachdem der andere verschwunden war, Achmet

Zek dann angreifen und ihm den Beutel mit den hübschen Kristallen abnehmen, denn gehörten sie nicht ihm?

Er sah, wie der Araber die leere Tasche zu guter Letzt wegwarf, sein Gewehr am Lauf ergriff, wie eine Keule schwang und neben dem Weg durch den Dschungel schlich.

Kaum war er fort, kletterte Tarzan herunter und wollte die verstreuten Steine auflesen, als er aber die ersten genauer betrachtete, verstand er die Wut des Arabers, denn anstelle der glitzernden und funkelnden Kristalle hielt er nur einige gewöhnliche Kieselsteine in der Hand.

Jane Clayton und die wilden Tiere

Mugambi hatte auf seiner Flucht weniger Glück. Er geriet in unbekanntes Dschungelgebiet, in dem er kein Wasser und nur wenig Nahrung fand, so daß er nach einigen Tagen völlig entkräftet war und sich kaum noch auf den Beinen halten konnte.

Es fiel ihm immer schwerer, sich zur Nacht ein Obdach zu bauen, um vor den größeren Raubtieren sicher zu sein, tagsüber verlor er noch weiter an Kraft, da er nach eßbaren Wurzeln graben und Wasser suchen mußte.

Einige vereinzelte Tümpel retteten ihn vor dem Verdursten; jedoch befand er sich in einem bemitleidenswerten Zustand, als er zu guter Letzt zufällig auf einen großen Fluß stieß, in dessen Umgebung es genügend Früchte sowie Kleinwild gab, das er mit List und Tücke und unter Zuhilfenahme eines groben Knotenstockes, den er aus einem abgebrochenen Ast gefertigt hatte, zur Strecke brachte.

Da er wußte, daß ihm bis zum Waziriland noch ein langer Marsch bevorstand, beschloß er klugerweise, einen Halt einzulegen, bis er wieder gesund und bei Kräften war. Einige Tage Ruhe würden Wunder wirken, wußte er, und er konnte es sich nicht leisten, seine Chancen für eine wohlbehaltene Heimkehr zu verspielen, indem er in seiner derzeitigen Verfassung weiterzog.

So errichtete er eine feste Umzäunung aus Dornbüschen, eine Hütte mit Strohdach, in der er des Nachts sicher sein konnte, und begab sich von dort aus tagsüber auf Jagd, da nur Fleisch ihm seine normale Kraft wiederverleihen konnte.

Eines Tages wurde er dabei aus dem Geäst eines großen Baumes beobachtet, unter dem er gerade vorbeiging. Der Zuschauer hatte böse, blutunterlaufene Augen und ein grimmiges, behaartes Gesicht.

Er sah, wie Mugambi ein kleines Nagetier erlegte und sich zur Hütte zurückbegab, und folgte dem ahnungslosen Neger lautlos durch die Bäume.

Es war Chulk, mehr von Neugierde als Boshaftigkeit getrieben. Seit Tarzan ihm den arabischen Mantel umgehängt hatte, wünschte er sich nichts weniger, als eine Bekleidung wie die Tarmangani zu besitzen. Der Beduinenmantel hatte seine Bewegungsfreiheit eingeschränkt und sich als so lästig erwiesen, daß er ihn schon längst zerrissen und weggeworfen hatte.

Nun aber sah er einen Gomangani in bequemerer Kleidung – mit einem Lendenschurz, etwas Kupferschmuck und einem Kopfputz aus Federn. Dies entsprach mehr Chulks Vorstellungen als ein weiter Mantel, der einem ständig zwischen die Füße geriet und an jedem Ast und Busch im Wald hängenblieb.

Chulk beäugte die Tasche, die über Mugambis Schulter hing und neben seiner Hüfte baumelte. Sie gefiel ihm sehr, da sie mit Federn und Fransen verziert war. In der nächsten Zeit lungerte der Affe häufig in der Nähe von Mugambis Lager herum und wartete auf eine Gelegenheit, sich entweder heimlich oder mit Gewalt etwas von dem Schwarzen zu holen.

Es dauerte auch nicht lange. Mugambi, der sich innerhalb der Umzäunung sicher wähnte, pflegte sich in der lähmenden Mittagshitze oft im Schatten seiner Behausung auszustrecken und zu schlafen, bis es kühler wurde.

An einem schwülen Nachmittag sah Chulk den schwarzen Krieger regungslos daliegen, kletterte auf einen Ast, der über die Umzäunung ragte und sprang auf den Boden. Lautlos näherte er sich dem Schlafenden, so daß sich nicht ein Blatt noch ein Grashalm regte.

Er blieb neben dem Menschen stehen, beugte sich über ihn und untersuchte dessen Habe. Sein Instinkt hielt ihn davor zurück, ihn zum Kampf zu fordern – dieses Gefühl ist tief in den primitiveren Geschöpfen verwurzelt: eine seltsame Furcht vor dem Menschen, die bisweilen sogar die mächtigsten Dschungeltiere befällt.

Es war unmöglich, Mugambi den Lendenschurz zu entwenden, ohne ihn zu wecken; die einzigen Dinge, die man mitnehmen konnte, waren Knotenstock und Tasche, sie war dem Schwarzen im Schlaf von der Schulter geglitten.

Besser als gar nichts, dachte sich Chulk, ergriff diese Sachen und zog sich schleunigst in die Sicherheit seines Baumes zurück, getrieben von einer unerklärlichen Angst, die sich seiner in der unmittelbaren Nähe des Menschen bemächtigt hatte. Auf seine

Nerven war eben kein Verlaß. Wenn man ihn angegriffen hätte oder ein anderer Affe zugegen gewesen wäre, hätte er zwanzig Menschen herausfordern können, jedoch allein und aus freien Stücken – das war etwas anderes.

Einige Zeit nach dem Erwachen fiel Mugambi mit einemmal auf, daß die Tasche fehlte. Er geriet außer sich. Was war damit geschehen? Als er sich zum Schlafen niederlegte, hing sie noch an seiner Seite, das wußte er genau, denn hatte er sie nicht hochgeschoben, da sie gegen die Rippen drückte und ihm unbequem wurde? Ja, als er sich hingelegt hatte, war sie noch dagewesen. Wie war sie dann verschwunden?

In seiner wilden Phantasie schrieb Mugambi das Verschwinden der Tasche und des Knotenstockes zuerst Geistern von verstorbenen Freunden oder Feinden zu, doch später, nachdem er den Boden gründlicher untersucht hatte, fand er eine natürlichere Erklärung als jene, die ihm Aufregung und Aberglaube zuerst eingegeben hatten.

Auf dem zertrampelten Rasen neben sich entdeckte er den schwachen Abdruck riesiger menschenähnlicher Füße. Mugambi runzelte die Stirn, als ihm die Wahrheit klar wurde. Schnell stürzte er los und suchte die Umgebung nach weiteren Hinweisen ab. Er kletterte auf Bäume und versuchte herauszufinden, wohin der Dieb geflohen war; die schwachen Spuren, die der scheue Affe auf dem Weg durch die Bäume hinterlassen hatte, entgingen jedoch selbst dem erfahrenen Jäger Mugambi. Tarzan hätte sie gesehen, doch ein gewöhnlicher Sterblicher konnte sie nicht wahrnehmen, und wenn, dann sie sich wohl nicht erklären.

In der Zwischenzeit war der Schwarze wieder zu Kräften gelangt, hatte sich genügend erholt und fühlte sich in der Lage, zu den Waziri zu ziehen. Nachdem er sich einen anderen Knotenstock gesucht hatte, wandte er dem Fluß den Rücken zu und verschwand im dichten Dschungel.

Während Taglat sich mit den Fesseln abmühte, mit denen die Hände und Füße seiner Gefangenen gebunden waren, kroch der große Löwe, der die beiden aus einem nahen Gebüsch beobachtet hatte, näher heran.

Der Affe saß mit dem Rücken zu Numa. Er konnte nicht sehen, wie sich der breite Kopf, umrahmt von der zottigen Mähne, durch die Blätterwand schob. Auch entging ihm, daß hinter ihm jemand die mächtigen Hinterpranken unter den gelbbraunen Bauch zog, um zum Sprung anzusetzen. Das erste, was er von der drohenden Gefahr vernahm, war das donnernde und triumphierende Gebrüll, das der angreifende Löwe nun nicht mehr unterdrücken konnte.

Taglat drehte sich nicht einmal um, er ließ die bewußtlose Frau fallen und flüchtete vor dem überraschenden und furchteinflößenden Laut; doch war die Warnung zu spät gekommen, und bei dem zweiten Satz prallte der Löwe voll gegen die breiten Schultern des Menschenaffen.

Als der große Affe zu Boden ging, erweckte das mächtigste der Naturgesetze, der Selbsterhaltungstrieb, in ihm auf einmal alle Schläue, Wildheit und Kraft. Er drehte sich auf den Rücken und begann, derart heldenhaft und unbändig um sein Leben zu kämpfen, daß für einen Augenblick selbst das große Raubtier um den Sieg gebangt haben mochte.

Taglat packte den Löwen bei der Mähne und schlug die gelben Zähne tief in den Hals des Untieres. Dumpf drang sein schreckliches Knurren durch den Knebel aus Blut und Haar. Die Stimme des Affen mischte sich mit dem Schmerz- und Wutgebrüll des Löwen und hallte durch den Dschungel, bis die kleineren Tiere, in ihrem friedlichen Treiben gestört, angstvoll davonhasteten.

Beide kämpften wie besessen und rollten über die Wiese, bis die riesige Raubkatze ihre Hinterläufe weit unter den Bauch zog, die Krallen tief in Taglats Brustkorb stieß, sie mit aller Kraft nach unten zerrte und ihn aufschlitzte. Der Menschenaffe erschlaffte mit einer letzten krampfhaften Bewegung und blieb als lebloses und blutiges Etwas unter seinem gewaltigen Gegner liegen.

Der Löwe rappelte sich auf und schaute schnell um sich, ob es noch andere Feinde gäbe, jedoch sah er nur die unbewegliche Gestalt einer jungen Frau einige Schritte von ihm entfernt bewußtlos am Boden liegen, und mit einem zornigen Knurren setzte er eine Vorderpfote auf den Körper seines Opfers, hob sein Haupt und stieß ein wildes Siegesgebrüll aus.

Noch einmal schweifte sein wilder Blick über die Lichtung. Schließlich blieb er ein zweites Mal bei dem Mädchen haften. Ein leises Knurren drang aus seiner Kehle. Der Unterkiefer sank herab und Speichel tropfte auf das Gesicht des toten Taglat.

Die gelbgrünen Augen starrten auf Jane Clayton. Mit einemmal duckte sich die majestätische Gestalt und begann, leise und behutsam auf die junge Frau zuzukriechen.

Das Schicksal meinte es gut mit ihr, so daß sie bewußtlos blieb und glücklicherweise nichts von der grauenvollen Kreatur spürte, die sich an sie heranpirschte. Sie bemerkte nicht, wie der Löwe neben ihr stehenblieb. Sie hörte nicht das laute Atmen, als er sie beroch. Auch fühlte sich nicht die heißen, stinkenden Ausdünstungen, die über ihr Gesicht strichen, oder den Speichel, der aus dem halbgeöffneten entsetzlichen Rachen über ihr troff.

Schließlich drehte der Löwe mit der Vorderpranke den Körper der jungen Frau halb herum, untersuchte sie weiter, als sei er sich nicht sicher, ob sie noch lebe. Auf einmal zog ein Geräusch oder eine Witterung seine Aufmerksamkeit auf sich. Er würdigte Jane Clayton keines weiteren Blickes, lief zurück zu den Überresten Taglats, hockte sich, den Rücken der jungen Frau zugewandt, darauf und schickte sich an, den Affen zu verschlingen.

In diesem Moment öffnete Jane Clayton die Augen. An Gefahr gewöhnt, behielt sie ihre Selbstbeherrschung angesichts des schrecklichen Anblicks, der sich ihr darbot. Lautlos und ohne Regung erfaßte sie jedes Detail ihrer Umgebung.

Sie sah, daß der Löwe den Affen getötet hatte und ihn nun weniger als fünfzig Fuß von ihr entfernt auffraß, aber was konnte sie tun? Hände und Füße waren gebunden. Nun mußte sie warten und sich gedulden, bis Numa den Affen verzehrt hatte, dann würde er sich zweifellos ihr zuwenden, falls ihm bis dahin nicht die gräßlichen Hyänen zuvorgekommen waren, oder irgendein anderes streunendes Raubtier des Dschungels.

Als sie so dalag, gemartert von diesen schrecklichen Gedanken, wurde sie sich auf einmal bewußt, daß die Fesseln an Händen und Füßen nicht länger schmerzten, und gleich darauf bemerkte sie, daß ihre Arme nicht auf dem Rücken, sondern an den Seiten lagen.

Staunend bewegte sie eine Hand. War ein Wunder geschehen? Sie war nicht gefesselt! Vorsichtig regte sie die anderen Gliedmaßen, um schließlich festzustellen, daß sie frei war. Sie konnte nicht wissen, wie das vor sich gegangen war, und daß Taglat die Stricke aus eigener böser Absicht durchgenagt hatte, bevor ihn Numa angegriffen hatte.

Einen Augenblick freute sie sich sehr und wollte schon Gott

danken; doch nur kurz. Was nützte die neugewonnene Freiheit, wenn dicht neben ihr ein so gefährliches Tier hockte? Hätte sich ihr diese Chance unter anderen Umständen geboten, wie erfreut hätte sie danach gegriffen; aber jetzt brachte sie ihr gar nichts, denn es war fast unmöglich zu entkommen.

Bis zum nächsten Baum waren es etwa hundert Fuß, bis zum Löwen weniger als fünfzig. Aufzustehen und zu versuchen, auf einen rettungverheißenden Ast zu klettern, hätte den sofortigen Tod bedeutet, denn er hätte nicht so einfach auf seine zukünftige Mahlzeit verzichtet. Dennoch bestand noch eine andere Möglichkeit, aber diese hing völlig von der Stimmung der Raubkatze ab.

Wenn der Löwe fast schon satt war, ließ ihn das Verschwinden der jungen Frau vielleicht unberührt; konnte sie sich aber darauf verlassen? Sie hatte ihre Zweifel. Andererseits durfte sie sich auch nicht die kleinste Möglichkeit entgehen lassen, um ihr Leben zu kämpfen, sie mußte zumindest versuchen, aus dieser Lage herauszukommen.

Eingehend beobachtete sie den Löwen. Er konnte sie nicht sehen, dazu mußte er den Kopf drehen. Sie würde zu einer List greifen. Lautlos rollte sie in Richtung des nächsten Baumes, vom Löwen weg, bis sie wieder genau in derselben Stellung lag, in der er sie zurückgelassen hatte, jedoch einige Fuß weiter von ihm entfernt.

Atemlos blickte sie zu ihm hinüber; indes wies nichts darauf hin, daß er etwas bemerkt hatte. Erneut rollte sie ein Stück und gewann einige Fuß, bis sie wieder reglos dalag und wartete, was nun geschah.

Die nächste Zeit kam ihr wie eine Ewigkeit vor. Jane Clayton behielt ihre Taktik bei, und noch immer fraß der Löwe, offenbar ahnungslos, daß seine zweite Beute dabei war, zu entwischen. Die junge Frau war nun nur noch einige Fuß vom Baum entfernt, noch einen Augenblick, dann konnte sie es wagen, aufzuspringen, alle Vorsicht sein zu lassen und sich mit einem plötzlichen, verwegenen Satz in Sicherheit zu begeben. Sie war gerade dabei, sich zu drehen und lag halb auf der Seite, das Gesicht dem Löwen abgewandt, als er sich plötzlich umblickte. Er sah, wie sie von ihm wegrollte, und als sie danach wieder in seine Richtung blickte, brach ihr der kalte Schweiß aus den Poren, denn sie erkannte, daß ihr Rettungsversuch fehlgeschlagen war.

Lange Zeit rührte sich keiner von beiden. Die Bestie lag reglos und starrte das unbewegliche Opfer an, das nun fast fünfzig Yards von ihm entfernt war.

Die Anspannung wurde so unerträglich, daß sie am liebsten geschrien hätte. Auf einmal wandte sich Numa wieder seiner Mahlzeit zu; die zurückgelegten Ohren kündeten indes vom nimmermüden bösen Interesse am Tun der jungen Frau.

Jane Clayton wußte nun, daß sie sich nicht noch einmal drehen konnte, ohne seine sofortige und vielleicht tödliche Aufmerksamkeit zu wecken. Sie beschloß, alles zu riskieren und zu versuchen, den Baum zu erreichen.

Unauffällig sammelte sie ihre ganze Kraft und sprang plötzlich auf, doch fast gleichzeitig schoß der Löwe herum und stürmte mit weit offenem Rachen und schrecklichem Gebrüll auf sie zu.

Wer lange Zeit als Großwildjäger in Afrika verbracht hat, weiß, daß kaum ein anderes Tier auf der Welt die Geschwindigkeit eines angreifenden Löwen erreichen kann. Die Raubkatze kann sie kurze Zeit beibehalten und kommt pfeilschnell angebraust. Obwohl Jane Clayton nur eine kurze Strecke zurückzulegen hatte, waren demzufolge ihre Chancen fast aussichtslos.

Jedoch verleiht Angst Flügel, und obwohl der Löwe nach oben sprang und ihre Stiefel nur knapp verfehlte, als sie hochkletterte, schaffte sie es. Während er sich gegen den Baumstamm warf, zog sie sich in die Sicherheit der oberen Äste zurück.

Eine Zeitlang schritt der Löwe knurrend und fauchend unter dem Baum auf und ab, auf dem die junge Frau keuchend und zitternd hockte. Ihre Nerven waren am Rande des Zusammenbruchs, denn soeben hatte sie die Hölle durchschritten, und ihr schien, daß sie sich nie wieder nach unten wagen und den fürchterlichen Gefahren des Dschungels aussetzen könne, der zwischen ihr und dem nächsten Dorf der treuen Waziri lag.

Es war fast dunkel, als der Löwe endlich die Lichtung verließ, und auch wenn sein Platz neben den zerfleischten Überresten des Affen nicht sofort von einer Bande Hyänen eingenommen worden wäre, hätte Jane Clayton angesichts der anbrechenden Nacht kaum gewagt, von ihrem Versteck herunterzusteigen. Sie richtete sich, so gut es ging, auf ein langes und ermüdendes Warten ein, bis sich bei Tagesanbruch eine Möglichkeit ergeben würde, dem fürchterlichen Ort zu entkommen, an dem sie so schreckliche Dinge erlebt hatte.

Schließlich besiegte die Müdigkeit ihre Ängste, und sie sackte in einer großen und zuverlässigen Astgabel in tiefen Schlaf, wenn auch in relativ unbequemer Haltung.

Die Sonne stand schon hoch am Himmel, als sie erwachte. Unten war nichts von Löwen oder Hyänen zu sehen, nur die sauber abgenagten Knochen des Affen zeugten davon, was sich erst vor einigen Stunden auf diesem scheinbar friedlichen Platz abgespielt hatte.

Nun quälten sie Hunger und Durst, und sie erkannte, daß sie herunterklettern mußte, wenn sie nicht verhungern wollte. So nahm sie allen Mut zusammen, um ihre mühevolle Reise durch den Dschungel fortzusetzen.

Sie kletterte vom Baum und schlug die südliche Richtung ein, wo sich ihrer Ansicht nach das Gebiet der Waziri erstreckte, und obwohl sie wußte, daß der Ort, an dem einst ihr glückliches Heim gestanden hatte, nun verwüstet und verlassen war, hoffte sie, im weiten Flachland auf eines der zahlreichen Waziridörfer oder einen ihrer rastlos umherziehenden Jagdtrupps zu stoßen.

Gegen Mittag vernahm sie plötzlich ganz in der Nähe einen Gewehrschuß. Als sie erschrocken stehenblieb und lauschte, folgten weitere Schüsse. Was bedeutete das? Zuerst dachte sie, es wäre ein Kampf zwischen den Waziri und den Arabern; da sie jedoch nicht wußte, wer dabei siegen würde und auf welcher Seite der Kämpfenden sie sich befand, wagte sie nicht, sich weiter zu nähern, um nicht dem Feind in die Arme zu laufen.

Nach einigen Minuten war sie überzeugt, daß es sich lediglich um zwei oder drei Gewehre handelte, es wurde nur vereinzelt geschossen; sie zögerte aber noch immer und kletterte schließlich in das dichte Laubwerk eines Baumes neben dem Weg, auf dem sie gekommen war, und harrte angstvoll der kommenden Dinge.

Als die Schüsse seltener wurden, hörte sie Männerstimmen, doch konnte sie die Worte nicht unterscheiden, und als das Schießen dann gänzlich aufhörte, erkannte sie, daß es zwei Männer waren, die sich laut etwas zuriefen. Dann wurde es still, bis sie zu guter Letzt ganz in der Nähe leise Schritte vernahm. Kurz darauf erblickte sie einen Mann mit Gewehr, er lief rückwärts und blickte aufmerksam in die Richtung, aus der er gekommen war.

Fast gleichzeitig erkannte sie in ihm M. Jules Frecoult, der erst vor kurzem bei ihnen im Haus zu Gast gewesen war. Erleichtert und voller Freude wollte sie ihm schon etwas zurufen, als er einen Satz in das dichte Gebüsch neben dem Pfad machte – er versteckte sich. Offenbar wurde er verfolgt, und so blieb Jane Clayton ruhig, um Frecoult nicht abzulenken oder seinen Feind herbeizulocken.

Kaum war er verschwunden, schlich eine weißgekleidete Gestalt den Weg entlang. Von oben konnte Jane Clayton nun beide Männer gut sehen. Es war Achmet Zek, der Anführer der Banditen, die ihr Heim geplündert und sie verschleppt hatten, und sie sah Frecoult, den vermeintlichen Freund und Verbündeten, nun anlegen und zielen. In diesem Moment blieb ihr schier das Herz stehen, und inbrünstig betete sie, er möge auch treffen.

Achmet Zek blieb mitten auf dem Pfad stehen. Mit scharfen Augen suchte er jeden Busch und jeden Baum der Umgebung ab. Seine hohe Gestalt bot dem treulosen Belgier ein perfektes Ziel. Es gab einen lauten Knall, und eine kleine Rauchwolke stieg aus dem Busch auf, in dem der Schütze sich verkrochen hatte, Achmet Zek taumelte und fiel vornüber zu Boden.

Als Werper wieder auf den Weg trat, ertönte oben ein freudiger Schrei, und als er erschrocken herumfuhr, sah er Jane Clayton von einem Baum springen und mit ausgestreckter Hand auf ihn zukommen, um ihm zu seinem Sieg zu gratulieren.

Wieder gefangen

Obwohl ihr Haar zerzaust und ihre Kleider zerrissen waren, hatte Werper nie ein lieblicheres Bild gesehen, als es Lady Greystoke in ihrer Erleichterung und Freude bot, so unerwartet auf einen Freund und Befreier gestoßen zu sein, da sie doch schon alle Hoffnungen aufgegeben hatte.

War sich der Belgier zuvor noch ungewiß gewesen, wie viel sie von seiner verräterischen Rolle bei dem Angriff auf ihr Heim wußte, wurden seine Zweifel durch ihre aufrichtige und freundliche Begrüßung schnell beseitigt. Sie berichtete ihm kurz, was vorgefallen war, seitdem er ihr Haus verlassen hatte, und sprach mit Tränen in den Augen vom Tode ihres Gatten.

„Ich bin entsetzt, aber es überrascht mich nicht“, sagte Werper mit gutgespieltem Mitgefühl und wies auf Achmet Zek. „Dieser Teufel hier hat das ganze Land in Angst und Schrecken versetzt. Die Waziri sind entweder nicht mehr am Leben oder nach Süden gezogen. Achmet Zeks Leute halten Ihr früheres Anwesen besetzt – dorthin können wir nicht. Unsere einzige Hoffnung liegt darin, so schnell wie möglich nordwärts zum Lager der Banditen zu marschieren, bevor sie von seinem Tod erfahren, und ihnen irgendwie eine Begleitung nach Norden abzuluchsen. Ich denke, das ließe sich einrichten, denn ich war bei diesem Räuber zu Gast, bevor ich seine wahre Natur erkannte, und die im Lager wissen nicht, daß ich gegen ihn bin, seit ich weiß, was er für ein Schurke ist. Kommen Sie! Wir werden versuchen, das Lager zu erreichen, bevor seine Begleiter die Leiche gefunden haben und dem übrigen Gesindel von seinem Tode berichten. Darin besteht unsere einzige Chance, Lady Greystoke, und Sie müssen mir voll vertrauen, wenn es gelingen soll. Warten Sie bitte einen Moment, ich muß noch die Tasche holen, die er mir gestohlen hat.“ Werper trat schnell zu dem Toten, kniete sich hin und tastete ihn ab. Zu seiner Bestürzung fand er die Tasche nicht. Er erhob sich, lief den Pfad zurück und suchte nach einer Spur des Lederbeutels oder der Steine; jedoch weder in der Umgebung seines Pferdes noch zu beiden Seiten des Weges war etwas zu sehen. Erstaunt, enttäuscht und verärgert kehrte er schließlich zu der jungen Frau zurück. „Sie ist verschwunden, und ich wage nicht, länger danach zu suchen. Wir müssen zum Lager, bevor die Banditen zurück sind“, bemerkte er kurz.

Jane Clayton ahnte nichts vom wahren Charakter des Mannes und fand nichts Auffälliges an seinen Plänen oder an der fadenscheinigen Erklärung, warum er früher mit dem Räuber befreundet gewesen war. Mit beiden Händen griff sie nach dem vermeintlich rettenden Strohhalm und brach mit Albert Werper zu dem feindlichen Lager auf, in dem man sie kürzlich noch gefangen gehalten hatte.

Am späten Nachmittag des zweiten Tages erreichten sie die Siedlung. Werper blieb am Rand der Lichtung vor den Palisaden stehen und wies die junge Frau darauf hin, daß sie auf alles eingehen solle, was auch immer er nach dem Gespräch mit den Banditen vorschlagen würde.

„Ich werde sagen, ich hätte Sie nach Ihrer Flucht aus dem Lager eingefangen und zu Achmet Zek gebracht, und da dieser sich gerade ein hartnäckiges Gefecht mit den Waziri lieferte, hätte er mich beauftragt, Sie zum Lager zurückzubringen, mit ausreichender Begleitung so schnell wie möglich nach Norden zu reiten und Sie zu besten Bedingungen einem Sklavenhändler zu verkaufen, dessen Namen er mir gegeben hätte.“

Wieder ließ sich die junge Frau von der scheinbaren Offenheit des Belgiers täuschen. Sie verstand, daß außergewöhnliche Situationen entsprechendes Handeln erforderten, und obwohl ihr bei dem Gedanken ganz kalt wurde, die grauenvolle Arabersiedlung erneut zu betreten, sah sie keinen anderen Weg.

Werper rief laut nach den Torhütern, packte Jane Clayton beim Arm und ging unerschrocken über die Lichtung. Überraschung malte sich auf den Gesichtern der Wachen aus. Daß der entehrte und gejagte Stellvertreter aus freien Stücken zurückkehrte, täuschte sie genau so wirkungsvoll wie seine scheinbare Aufrichtigkeit zuvor Lady Greystoke.

Sie erwiderten seinen Gruß und blickten erstaunt auf die Gefangene.

Sofort suchte der Belgier den Araber auf, der in Achmet Zeks Abwesenheit für die Siedlung verantwortlich war. Auch hier zerstreute seine Direktheit jeglichen Argwohn. Die Tatsache, daß er die Entflohene zurückbrachte, bekräftigte seine Worte, und Mohammed Beyd fand sich bald brüderlich vereint mit eben jenem Mann, den er noch vor einer halben Stunde ohne mit der Wimper zu zucken umgebracht hätte.

Jane Clayton lag wieder in der Hütte, in der sie früher gefangen gehalten wurde, aber da sie wußte, daß dies nur ein Teil ihres Planes war, mit dem sie die leichtgläubigen Banditen hereinlegen wollten, betrat sie die abstoßende und schmutzige Behausung mit anderen Gefühlen als vorher, wo sie sich schon aufgegeben hatte.

Ein weiteres Mal wurde sie gebunden und eine Wache vorm Eingang des Gefängnisses postiert; bevor Werper sie verließ, flüsterte er ihr jedoch einige aufmunternde Worte zu. Dann begab er sich zurück zum Zelt Mohammed Beyds. Er fragte sich, wann die Männer, die mit Achmet Zek ausgeritten waren, mit dem leblosen Körper ihres Anführers zurückkehren würden, und je länger er darüber nachdachte, desto größer wurden seine Befürchtungen, daß sein Plan ohne Komplizen zum Scheitern verurteilt sei.

Selbst wenn er das Lager verließ, bevor die Wahrheit ans Licht kam – welchen anderen Vorteil würde es bringen, als die nervliche Belastung und sein Leben um einige Tage zu verlängern? Diese kaltblütigen Banditen kannten hier jeden Baum und Strauch, sie würden ihn abfangen, lange bevor er die Küste erreichte.

Mit diesen Gedanken betrat er das Zelt, in dem Mohammed Beyd mit untergeschlagenen Beinen auf einer Matte saß und rauchte. Der Araber blickte auf.

„Ich grüße dich, mein Bruder!“

„Ich grüße dich!“ erwiderte Werper.

Eine Zeitlang sprach keiner. Der Araber brach als erster das Schweigen und fragte:

„Und meinem Herrn, Achmet Zek, ging es ihm gut, als du ihn zuletzt sahst?“

„Nie war er vor den Sünden und Gefahren der Sterblichen sicherer“, meinte Werper.

„Gut“, sagte Mohammed Beyd, und blies eine bläuliche Rauchwolke in die Luft.

Wieder herrschte für einige Minuten Stille.

„Und wenn er nun tot wäre?“ fragte der Belgier, der ihm die Wahrheit sagen und bestechen wollte.

Die Augen des Arabers verengten sich, er beugte sich vor und sah ihn prüfend an.

„Ich habe viel nachgedacht, seitdem du in das Lager des Mannes zurückgekehrt bist, den du betrogen hast, und der ausgezogen ist, um dich zu töten, Werper. Ich kenne Achmet Zek seit vielen Jahren – seine eigene Mutter kannte ihn nicht so gut wie ich. Er vergibt niemals – und nie würde er ein zweites Mal einem Mann vertrauen, der ihn einmal hintergangen hat, das weiß ich. Ich habe, wie gesagt, viel nachgedacht, und bin mir inzwischen sicher, daß Achmet Zek tot ist – sonst hättest du nie gewagt, in sein Lager zurückzukehren, es sei denn, du bist ein mutigerer Mann oder ein größerer Dummkopf, als ich geglaubt habe. Und wenn mich nicht alles täuscht, habe ich soeben von deinen Lippen einen noch deutlicheren Beweis vernommen – denn hast du nicht gesagt, daß Achmet Zek niemals sicherer war vor den Sünden und Gefahren der Sterblichen?

Achmet ist tot – du brauchst es nicht zu leugnen. Ich bin nicht seine Mutter oder Geliebte, also fürchte nicht, daß ich in Geheul ausbreche. Erzähl mir, warum du zurückgekommen bist. Sag, was du willst, Werper, und wenn du noch die Juwelen besitzt, von denen Achmet mir berichtet hat, gibt es keinen Grund, warum du und ich nicht gemeinsam nach Norden reiten und uns den Erlös für die weiße Frau und den Inhalt deiner Tasche teilen sollten. Eh?“

Mohammed Beyd grinste den Belgier mit schmalen Augen und einem teuflischen Lächeln auf den dünnen Lippen wissend an.

Werper war sowohl erleichtert als auch beunruhigt. Die Gleichgültigkeit, mit der der Araber den Tod Achmet Zeks hinnahm, verminderte seine Befürchtungen; die Forderung nach einem Teil der Juwelen verhieß jedoch nichts Gutes, falls er wußte, daß Werper die wertvollen Steine nicht mehr besaß.

Wenn er zugab, die Juwelen verloren zu haben, würde er den Araber zornig und mißtrauisch machen und gleichzeitig alles aufs Spiel setzen. Seine Hoffnung lag folglich darin, Mohammed Beyd darin zu bestärken, daß er die Juwelen noch besaß. Das weitere hing von zukünftigen Geschehnissen ab, bei denen sich gewiß eine Möglichkeit zur Flucht bieten würde.

Konnte er es einrichten, auf dem Weg nach Norden mit dem Araber in einem Zelt zu wohnen, würde er genügend Möglichkeiten finden, sich dieser gefährlichen Begleitung zu entledigen – er sollte es zumindest versuchen, einen anderen Weg gab es wohl nicht.

„Ja, Achmet Zek ist tot“, sagte er. „Er fiel im Kampf mit der Kompanie abessinischer Kavallerie, die mich gefangen hatte. Während des Gefechts konnte ich fliehen, aber ich bezweifle, daß noch irgend jemand von Achmets Leuten am Leben ist. Das gesuchte Gold befindet sich nun in den Händen der Abessinier. Jetzt sind sie bestimmt auf dem Marsch hierher, denn Kaiser Menelek hat sie uns als Rache für den Überfall auf ein abessinisches Dorf auf den Hals geschickt. Es sind sehr viele, und wenn wir uns nicht beeilen, ereilt uns alle dasselbe Schicksal wie Achmet Zek.“

Wortlos hörte Mohammed zu. Er wußte nicht, was er von der Geschichte des Ungläubigen halten sollte, aber da er nach einem Vorwand suchte, das Dorf zu verlassen und nach Norden zu ziehen, war er nicht sonderlich geneigt, den Belgier einem Kreuzverhör zu unterziehen.

„Wenn ich mit dir nach Norden reite, bekomme ich dann die Hälfte der Juwelen und des Erlöses für die Frau?“ fragte er.

Werper sicherte ihm das zu.

„Gut. Dann gebe ich Befehl, das Lager morgen früh abzubrechen.“ Er erhob sich und wollte das Zelt verlassen.

Werper legte ihm die Hand auf den Arm.

„Warte, laß uns erst einmal überlegen, wie viele uns begleiten sollen. Die Frauen und Kinder wären nur eine Last, denn dann werden wir bestimmt von den Abessiniern eingeholt. Es wäre weitaus besser, aus den mutigsten Männern eine kleine Gruppe zusammenzustellen und den anderen zu sagen, wir ritten nach Westen. Dann sind die Abessinier auf einer falschen Spur, sollten sie uns verfolgen, und wenn nicht, reiten sie langsamer nach Norden, als wenn sie uns noch vor sich wissen.“

„Du bist schlauer als ein Fuchs, Werper“, meinte Mohammed Beyd lächelnd. „Genau so machen wir es. Zwanzig Männer begleiten uns, und wir reiten nach Westen, wenn wir das Dorf verlassen.“

„Gut!“ rief der Belgier, und es war beschlossene Sache.

Früh am nächsten Morgen wurde Jane Clayton nach einer fast schlaflosen Nacht durch Stimmen geweckt. Einen Augenblick später traten M. Frecoult und zwei Araber in ihr Zelt. Man band ihre Füße los und half ihr beim Aufstehen. Dann löste man die Handfesseln, gab ihr eine Stück trockenes Brot und führte sie hinaus in das schwache Licht der Dämmerung.

Fragend blickte sie auf Frecoult, und da sich der Araber in diesem Moment mit etwas anderem beschäftigte, beugte sich der Belgier zu ihr und raunte ihr zu, alles verlaufe wie geplant. Das beruhigte die junge Frau, und sie schöpfte erneut Hoffnung, die sie während der langen und qualvollen Nacht in Fesseln beinahe aufgegeben hatte.

Kurz darauf hoben die Araber sie aufs Pferd und ritten aus der Siedlung nach Westen. Eine halbe Stunde später bog die Gruppe nach Norden und wich von diesem Kurs nicht mehr ab.

M. Frecoult sprach nur selten mit ihr. Sie sah ein, daß er sich wie ein Bandit verhalten mußte, damit der Plan auch gelang. So kam ihr auch das freundschaftliche Einvernehmen nicht verdächtig vor, das zwischen dem Europäer und dem Anführer der Araber zu herrschen schien.

Hielt sich Werper auch beharrlich von der jungen Frau fern, gelang es ihm jedoch nicht, sie aus seinen Gedanken zu verdrängen. Hundertemale am Tag wanderten seine Augen in ihre Richtung und weideten sich an ihrem Antlitz und ihrer Gestalt. Mit jeder Stunde wuchs seine Leidenschaft.

Hätten die junge Frau oder Mohammed Beyd geahnt, was im Inneren des Mannes vor sich ging, in dem jeder einen Freund und Verbündeten glaubte, wäre die scheinbare Harmonie der kleinen Gruppe schlagartig zerstört worden.

Werper war es nicht gelungen, mit Mohammed Beyd in einem Zelt zu nächtigen, und so zerbrach er sich den Kopf, wie er sich des Arabers entledigen könnte, was entschieden einfacher gewesen wäre, hätte er mit ihm das Nachtlager geteilt.

Am zweiten Marschtag ließ sich Mohammed Beyd neben das Pferd der Gefangenen zurückfallen. Scheinbar nahm der Araber zum ersten Mal Notiz von der jungen Frau; in Wirklichkeit war sein verschlagener Blick in den letzten zwei Tagen oftmals unter der Kapuze hervorgewandert und hatte sich gierig an ihrer Schönheit geweidet.

Auch war seine Vernarrtheit schon etwas älter. Gleich als sie in Achmet Zeks Hände gefallen war, hatte er ein Auge auf sie geworfen, zu Lebzeiten seines strengen Anführers hätte Mohammed Beyd jedoch nicht einmal davon träumen können, seine Vorstellungen zu verwirklichen.

Nun aber lagen die Dinge anders – lediglich ein Hund von einem Christen stand zwischen ihm und der Frau. Er brauchte den Ungläubigen nur zu erledigen und konnte sich die Frau und die Juwelen holen! Dann konnte er auch auf den Erlös verzichten, allein der Besitz der Frau versprach genügend Annehmlichkeiten. Ja, er würde Werper umbringen, sich alle Juwelen nehmen und die Lady behalten.

Er beobachtete sie. Wie schön sie war! Seine Hand öffnete und schloß sich, ihm juckte es in den Fingern, die weiche Haut des Opfers in der Umarmung zu spüren. Er neigte sich zu ihr und fragte:

„Wissen Sie, wohin dieser Mann Sie bringen will?"

Jane Clayton nickte.

„Und möchten Sie die Gespielin eines schwarzen Sultans werden?"

Die junge Frau richtete sich auf und wandte den Kopf ab, antwortete jedoch nicht. Da sie wußte, welche Lüge M. Frecoult den Arabern aufgetischt hatte, fürchtete sie, sich zu verraten, wenn sie nicht genügend Angst und Schrecken zur Schau stellte.

„Sie können diesem Schicksal entrinnen. Mohammed Beyd wird Sie retten", fuhr der Araber fort und griff mit seiner braunen Hand so plötzlich nach ihrer Hand, daß seine brutale Begierde so offenkundig wurde, als hätte er sie in Worte gefaßt.

Jane Clayton riß sich los und schrie:

„Sie Bestie! Lassen Sie mich, oder ich rufe M. Frecoult!"

Mit gerunzelter Stirn zog sich Mohammed Beyd zurück. Seine dünne Oberlippe kräuselte sich, und man sah die glatten, weißen Zähne.

„M. Frecoult?" wieherte er. „Den gibt es hier nicht. Der Mann heißt Werper. Er ist ein Lügner, Dieb und Mörder. Im Kongo hat er seinen Vorgesetzten umgelegt und ist zu Achmet Zek geflohen. Den führte er zu ihrem Haus, damit er es plündern konnte. Dann verfolgte er Ihren Ehemann, um ihm das Gold zu stehlen. Er hat mir erzählt, Sie glaubten, er wäre Ihr Beschützer – damit wollte er nur Ihr Vertrauen gewinnen, um Sie leichter nach Norden bringen und in irgendeinem schwarzen Sultansharem verkaufen zu können. Mohammed Beyd ist Ihre einzige Hoffnung." Nachdem er der Gefangenen mit dieser Erklärung genügend Stoff zum Nachdenken geliefert hatte, trieb er sein Pferd an und ritt an die Spitze der Kolonne.

Jane Clayton wußte nicht, inwieweit sie Mohammed Beyds Anschuldigungen Glauben schenken sollte; dennoch dämpften sie letztlich ihre Hoffnungen und ließen sie argwöhnisch über jede Handlung des Mannes nachdenken, den sie bisher als einzigen Beschützer in einer feindlichen und gefährlichen Welt angesehen hatte.

Für den Marsch war ihr ein eigenes Zelt zur Verfügung gestellt worden, das des Nachts zwischen den Zelten Mohammed Beyds und Werpers stand. Davor und dahinter hatte man Wachen postiert, darüber hinaus es jedoch als unnötig erachtet, die Gefangene zu fesseln.

Am Abend nach dem Gespräch mit Mohammed Beyd saß Jane Clayton einige Zeit im Eingang ihres Zeltes und beobachtete das Treiben im Lager. Sie hatte gegessen, was ihr von Mohammed Beyds Negersklaven gebracht worden war. Maniokkuchen und ein schwer zu beschreibendes, ekelerregendes Gericht, in dem man einen frisch erlegten Affen, einige Eichhörnchen und die Überreste eines am Vortage getöteten Zebras unbekümmert miteinander vermischt hatte. Der einstigen Schönheit aus Baltimore ging es nur noch ums nackte Überleben, früher hätte ihr Magen bei weitaus geringeren Herausforderungen rebelliert.

Die Augen der jungen Frau wanderten über die zertretene Dschungellichtung, auf der die menschliche Anwesenheit bereits ihre häßlichen Spuren hinterlassen hatte, jedoch sah sie weder die Dinge vor sich, noch die ungehobelten, lachenden und streitenden Männer und den Dschungel dahinter. Sie blickte einfach hindurch und sah in der Ferne ein Landhaus und Bilder eines glücklichen und ungestörten Lebens. Vor Freude und Kummer stiegen ihr Tränen in die Augen. Sie sah einen großen, breitschultrigen Mann, der von den fernen Feldern angeritten kam; sie sah sich selbst, wie sie ihn mit einem Arm voll frisch geschnittener Rosen erwartete, die um das kleine ländliche Tor herumwuchsen. All das war verschwunden, war Vergangenheit, ausgelöscht von den Fackeln, Kugeln und dem Haß dieser abscheulichen, gewissenlosen Verbrecher. Ihr schauderte. Mit einem unterdrückten Seufzer wandte sie sich um und begab sich zu dem Haufen schmutziger Decken, aus denen ihr Nachtlager bestand. Sie warf sich mit dem Gesicht nach unten darauf und weinte ihr Elend von Herzen, bis der Schlaf sich ihrer erbarmte und ihr zumindest kurzzeitig Erleichterung verschaffte.

Während sie schlief, stahl sich eine Gestalt von dem Zelt heran, das rechts neben ihrem stand. Sie näherte sich der Wache vor dem Eingang, flüsterte ihr einige Worte zu. Der Mann nickte und trollte sich. Die Gestalt trat hinter Jane Claytons Zelt und sprach mit dem anderen. Auch dieser verschwand in Richtung des eigenen Bettes wie der erste.

Der Mann, der sie fortgeschickt hatte, trat leise an den Zelteingang, löste den Vorhang und trat lautlos hinein.

Die Flucht in den Dschungel

Schlaflos warf sich Albert Werper auf seinem Lager hin und her. Die junge schöne Frau im Nebenzelt ging ihm nicht aus dem Kopf. Mohammed Beyds plötzliches Interesse an ihr war ihm nicht entgangen, und da er den Mann nach seinen eigenen niederträchtigen Maßstäben beurteilte, ahnte er, wo die Ursache für den unerwarteten Sinneswandel zu suchen war.

Diese Gedanken wühlten ihn auf und erweckten bei ihm mit einem Mal eine wütende Eifersucht auf Mohammed Beyd. Er fürchtete, jener werde die wehrlose junge Frau zwingen, ihm zu Willen zu sein. Auf Grund seltsamer Schlußfolgerungen betrachtete sich Werper, dessen Anliegen sich nicht sehr von dem des Arabers unterschied, als Beschützer Jane Claytons. Nach weiterem Nachdenken gelangte er zu der festen Überzeugung, daß Mohammed Beyds Ansinnen sie erschrecken, dasselbe von seiner Seite vorgebracht, ihr jedoch willkommen sein würde.

Ihr Ehemann war tot, und Werper glaubte, den leergewordenen Platz im Herzen der jungen Frau einnehmen zu können. Er könnte Jane Clayton die Ehe anbieten, eine Sache, die für Mohammed Beyd nicht in Frage kam. Außerdem würde die junge Frau dies mit dem gleichen Abscheu von sich weisen wie sein entsetzliches Verlangen.

Es dauerte nicht lange, da gelangte der Belgier zu dem Schluß, daß die Gefangene nicht nur ausreichenden Grund hatte, sich in ihn zu verlieben, sondern daß sie das in ihr neu aufkeimende Gefühl bereits auf weibliche Art und Weise zum Ausdruck gebracht hatte.

Plötzlich faßte er einen Entschluß. Er warf die Decken von sich, stand auf, zog die Stiefel an, schnallte Patronengürtel und Revolver um, trat an den Zelteingang und spähte hinaus. Vor dem anderen Zelt stand keine Wache! Was sollte das heißen? Das Schicksal war tatsächlich auf seiner Seite.

Er lugte hinter das Nebenzelt. Dort stand auch keine Wache! Nun ging er unerschrocken wieder nach vorn und trat ein.

Im schwachen Mondlicht war nicht viel zu sehen. Eine Gestalt beugte sich über das Lager der jungen Frau. Man hörte Flüstern, im Bett setzte sich jemand auf. Langsam gewöhnten sich Werpers Augen an die Dunkelheit des Zeltes. Er sah, daß der nächtliche Besucher ein Mann war, und erriet auch, wer.

Jäh packte ihn eifersüchtige Wut. Er trat einen Schritt auf die beiden zu. Die junge Frau schrie erschrocken auf, als sie Mohammed Beyd erkannte. Der Araber packte sie am Hals und stieß sie zurück auf das Lager.

Werper sah rot, man brachte ihn um seine Leidenschaft. Nein! Dieser Mann sollte sie nicht bekommen. Sie gehörte ihm und nur ihm allein. Niemand würde ihm dies Recht nehmen.

Schnell stürzte er hinzu und sprang Mohammed Beyd von hinten an. Der Angriff kam unerwartet, jedoch gehörte der Araber nicht zu denen, die sich kampflos ergaben.

Der Belgier packte ihn an der Kehle, der Araber riß die Hand weg, erhob sich und fuhr herum. Als er Werper gegenüberstand, versetzte ihm dieser einen kräftigen Schlag ins Gesicht, der ihn nach hinten taumeln ließ. Hätte der Belgier die günstige Situation ausgenutzt, wäre Mohammed Beyd ihm in der nächsten Minute ausgeliefert gewesen; statt dessen versuchte er, seinen Revolver aus dem Halfter zu ziehen. Das Schicksal wollte es aber, daß die Waffe feststeckte.

Bevor er sie losbekam, hatte sich Mohammed Beyd aufgerappelt und fiel über ihn her. Wieder versetzte Werper ihm einen Haken, und der Araber schlug zurück. Sie prügelten sich und rangen miteinander in dem kleinen Zelt, während die junge Frau mit angstgeweiteten Augen das Duell eisig schweigend verfolgte.

Noch immer mühte sich Werper mit der Waffe ab. Mohammed Beyd hatte nicht mit einem derartigen Widerstand gerechnet und war bis auf einen langen Dolch unbewaffnet zum Zelt gekommen, den er in einer kurzen Kampfpause zog. Keuchend stieß er hervor:

„Du Hund von einem Christen, schau dir diesen Dolch in den Händen von Mohammed Beyd an! Schau ihn dir gut an, du Ungläubiger, denn das wird das Letzte sein, was du in deinem Leben siehst oder fühlst. Damit wird Mohammed Beyd dir das Herz herausschneiden. Hast du einen Gott, dann bete – in einer Minute bist du tot!“ Mit erhobenem Dolch stürmte er auf den Belgier los.

Werper zerrte verzweifelt an dem Halfter. Der Araber war fast schon bei ihm. Der Europäer sah keinen Ausweg mehr, wartete, bis es fast zu spät war, dann warf er sich zur Seite auf den Boden und stellte dem Araber ein Bein.

Es funktionierte. Mohammed Beyd kam mit voller Wucht angebraust, stolperte und stürzte. Sofort rappelte er sich wieder auf, fuhr herum, um erneut anzugreifen; jedoch Werper stand ihm mit dem Revolver in der Hand gegenüber.

Mit gesenktem Kopf raste der Araber auf ihn zu, es gab einen scharfen Knall, ein Blitz zuckte, und Mohammed Beyd wälzte sich am Boden und blieb neben dem Bett der Frau liegen, die er zu entehren versucht hatte.

Gleich darauf hörte man draußen aufgeregte Stimmen. Die Leute fragten einander, was geschehen sei. Werper konnte hören, wie sie hin und her rannten.

Jane Clayton hatte sich erhoben und kam mit ausgestreckten Händen auf ihn zu.

„Wie kann ich Ihnen jemals dafür danken, mein Freund?“ fragte sie. „Und heute habe ich der niederträchtigen Geschichte beinahe Glauben geschenkt, die mir dieses Untier über Sie und Ihre Vergangenheit erzählt hat. Verzeihen Sie mir, M. Frecoult. Ich hätte wissen sollen, daß ein Gentleman wie Sie eine Frau in diesem wilden Land nie im Stich läßt.“

Werpers Hände hingen schlaff herab. Er blickte die junge Frau an, konnte jedoch keine Worte finden. Ihre Ahnungslosigkeit verblüffte ihn.

Draußen suchten die Araber nach demjenigen, der den Schuß abgegeben hatte. Die beiden Wachen, die Mohammed Beyd abgelöst und weggeschickt hatte, schlugen als erste vor, zum Zelt der Gefangenen zu gehen. Sie dachten, die Frau habe sich vielleicht erfolgreich gegen ihn verteidigt.

Die Männer kamen zum Zelt. Als Mohammed Beyds Mörder festgenommen zu werden, hätte den sofortigen Tod bedeutet. Die aufgebrachten und brutalen Banditen würden den Christen in Stücke reißen, der es gewagt hatte, das Blut ihres Anführers zu vergießen. Er mußte es irgendwie verhindern, daß sie den Toten jetzt fanden.

Werper steckte den Revolver wieder in den Gürtel und trat aus dem Zelt. Irgendwie brachte er es fertig, ein Lächeln auf die Lippen zu zaubern. Er hob abwehrend die Hand, um sie zurückzuhalten, und sagte:

„Die Frau hat sich gewehrt, und Mohammed Beyd mußte schießen. Sie ist nicht tot, nur leicht verletzt. Ihr könnt euch wieder hinlegen. Mohammed und ich werden uns um sie kümmern.“ Dann wandte er sich um und ging wieder ins Zelt, und die Banditen begaben sich, durch diese Erklärung beruhigt, wohlgemut wieder zur Ruhe.

Nun beherrschten Werper vollkommen andere Empfindungen als jene, die ihn vor einigen Minuten von seinem Lager getrieben hatten. Die Aufregung des Kampfes und die Gefahr, die ihm nun seitens der Banditen drohte, wenn sie am Morgen zwangsläufig die Wahrheit erfahren würden, kühlten die leidenschaftlichen Gefühle verständlicherweise ab.

Eine andere und stärkere Kraft machte jedoch nun ihren Einfluß zu Gunsten der jungen Frau geltend. Wie tief ein Mann auch sinken mag, er verfügt noch immer über einen Funken Ehrgefühl und Ritterlichkeit, falls er sie je besaß. Obwohl Albert Werper diese Eigenschaften schon seit langer Zeit nicht mehr für sich beanspruchen durfte, hatte die spontane Anerkennung beider Werte durch die junge Frau sie wieder in ihm erweckt.

Zum ersten Mal erkannte er, in welcher aussichtslosen und entsetzlichen Lage sich die hübsche Gefangene befand, und wie tief er bereits gesunken war, daß er, ein europäischer Gentleman aus guter Familie, wenn auch nur kurz eine Rolle bei der Zerstörung ihres Heimes und Glücks gespielt hatte.

Zu viel war schon in Scherben gegangen, um sein Gewissen jemals wieder reinwaschen zu können, doch in dieser ersten plötzlichen Reue verspürte er die ehrliche Absicht, das Böse, das er dieser lieblichen und unschuldigen Frau in verbrecherischer Art und Weise zugefügt hatte, wiedergutzumachen, soweit es in seiner Macht stand.

Während er dastand und offenbar den verhallenden Schritten lauschte, trat Jane Clayton zu ihm und fragte:

„Was machen wir nun? Morgen wird man das hier entdecken.“ Sie zeigte auf den leblosen Körper Mohammed Beyds. „Dann wird man Sie töten.“

Eine Weile blieb Werper stumm, dann wandte er sich plötzlich an die Frau.

„Ich habe einen Plan. Dazu brauchen Sie sehr viel Mut und Nerven; jedoch denke ich, daß Sie beides besitzen. Haben Sie davon noch genügend?"

„Ich ertrage alles, wenn auch nur die kleinste Hoffnung besteht", antwortete sie zuversichtlich.

„Sie müssen sich totstellen, und ich trage Sie aus dem Lager. Den Wachen sage ich, daß Mohammed Beyd mir befohlen hat, Ihren Leichnam in den Dschungel zu bringen", erklärte er. „Diese scheinbar unnötige Handlung erkläre ich damit, daß Mohammed Beyd Sie sehr geliebt hat und es so bedauert, zu Ihrem Mörder geworden zu sein, daß er den stillen Vorwurf ihres leblosen Körpers nicht mehr ertragen kann."

Die junge Frau hob abwehrend die Hand und fragte lächelnd: „Sind Sie verrückt? Glauben Sie, man nimmt Ihnen eine solch unsinnige Geschichte ab?"

„Sie kennen sie nicht", antwortete Werper. „Sie besitzen trotz ihrer rauhen Schale und trotz ihres gefühllosen und verbrecherischen Wesens eine romantische Ader – dergleich werden Sie bei Leuten solchen Schlages überall in der Welt finden. Oft bringt die Romantik diese Männer dazu, das wilde Leben der Gesetzlosigkeit und des Verbrechens zu führen. Der Trick wird funktionieren – keine Angst."

Jane Clayton zuckte mit den Schultern. „Wir können es nur versuchen – und dann?"

„Ich werde Sie im Dschungel verstecken und am Morgen mit zwei Pferden zu Ihnen kommen", fuhr der Belgier fort.

„Und wie erklären Sie Mohammed Beyds Tod?" fragte sie. „Man wird ihn entdecken, bevor Sie fliehen können."

„Ich werde es nicht erklären, das tut Mohammed Beyd selbst – wir überlassen es ihm – er hat sich selbst umgebracht. Sind Sie bereit?

„Ja."

„Aber warten Sie, ich bringe Ihnen eine Waffe und Munition." Werper lief schnell aus dem Zelt.

Kurz darauf kam er mit einem zweiten Revolver und einem Munitionsgürtel um die Hüfte zurück.

„Sind Sie bereit?" fragtc er.

„Ja", erwiderte die junge Frau.

„Dann kommen Sie, ich nehme Sie auf die linke Schulter." Er kniete sich hin.

Dann erhob er sich und sagte: „Gut, nun lassen Sie Arme, Beine und Kopf schlaff hängen. Denken Sie daran, Sie sind tot!"

Einen Augenblick später lief er mit dem Körper der Frau auf der Schulter durchs Lager.

Es war mit Dornengestrüpp umgeben worden, um hungrige Raubtiere abzuschrecken. Im hellen Schein des Feuers schritten zwei Wachen auf und ab. Einer von ihnen blickte erstaunt auf, als er Werper kommen sah.

„Wer sind Sie? Was wollen Sie?" rief er.

Werper hob die Kapuze des Beduinenmantels, damit der Mann sein Gesicht sah.

„Das ist der Leichnam der Frau. Mohammed Beyd hat mir befohlen, ihn in den Dschungel zu bringen, denn er kann das Gesicht der geliebten Frau nicht ertragen, die er gezwungenermaßen töten mußte. Er leidet sehr und ist untröstlich. Ich habe ihn gerade noch davon abbringen können, sich das Leben zu nehmen."

Auf seiner Schulter wartete die junge Frau, reglos und innerlich bebend auf die Antwort des Arabers. Bestimmt würde er über diese verrückte Geschichte lachen, davon war sie überzeugt. Gleich würde er den Betrug bemerken, und dann waren sie beide verloren. Sie überlegte, wie sie ihrem Befreier bei dem Kampf, der jetzt sicherlich gleich folgte, am besten beistehen könnte.

Da hörte sie den Araber fragen:

„Gehen Sie allein, oder wollen Sie, daß ich jemanden wecke, der Sie begleitet?" An dem Tonfall hörte man – er war nicht im mindesten überrascht, daß Mohammed Beyd plötzlich derart empfindsam war.

„Ich gehe allein", erwiderte Werper und ging aus dem Tor.

Einen Augenblick später war er mit seiner Last bei den Bäumen angelangt, und als die Wache sie nicht mehr sehen konnte, setzte er die junge Frau ab und warnte sie mit leisem „Sh, sh" zu sprechen.

Dann führte er sie weiter in den Wald, blieb bei einem großen Baum mit weit ausladenden Ästen stehen, band ihr Munitionsgürtel und Revolver um und half ihr hinauf.

„Morgen bin ich wieder hier, sobald ich entkommen kann. Haben Sie Mut, Lady Greystoke – noch haben wir eine Chance“, flüsterte er.

„Vielen Dank, Sie waren sehr lieb und sehr mutig!“ erwiderte sie leise.

Werper antwortete nicht, und in der Finsternis konnte man nicht sehen, wie er errötete. Schnell wandte er sich um und begab sich zurück ins Lager. Die Wachen sahen ihn ins Zelt treten, jedoch nicht, wie er auf der Hinterseite wieder herausschlüpfte und vorsichtig zum Nebenzelt schlich, in dem sich zuvor die Gefangene aufgehalten hatte und wo nun der Leichnam Mohammed Beyds lag.

Werper schob die hintere Zeltwand etwas hoch, kroch hinein und näherte sich dem Toten. Ohne Zögern packte er ihn am Handgelenk und zerrte den Körper zu der Stelle, an der er gerade hereingekommen war. Auf allen vieren zog er den Leblosen nach draußen. Dort blickte er erst einmal um sich, ob ihn jemand beobachtete.

Dann nahm er den Mann auf die Schulter und rannte schnell und lautlos zu dem Zelt des Toten. Hinter der seidenen Rückwand blieb er stehen, ließ seine Last zu Boden gleiten und lauschte.

Überzeugt, daß ihn niemand gesehen hatte, bückte er sich, hob die Rückwand des Zeltes an, schlüpfte hinein und zog Mohammed Beyd nach. Er schleifte den toten Banditen zu seinem Lager und suchte dann nach dessen Revolver. Mit der Waffe in der Hand kniete er neben dem Bett nieder, fuhr damit unter die Decke und umwickelte den Revolver mit dicken Stoff. Dann drückte er ab und hustete gleichzeitig.

Bei dem Husten hätte nicht einmal jemand direkt neben ihm den solcherart gedämpften Schuß gehört. Werper war zufrieden. Mit bösem Lächeln zog er die Waffe zurück, drückte sie dem Toten in die rechte Hand, fixierte drei Finger um den Griff und legte den Zeigefinger an den Abzug.

Alsdann brachte er die Decken wieder in Ordnung, kroch hinaus und versetzte das Zelt wieder in den Zustand, in dem es zuvor gewesen war.

Auch am Zelt der Gefangenen beseitigte er alle Spuren. Dann ging er zurück in seine Unterkunft, ließ die Zeltvorhänge herab und begab sich zu Bett.

Am nächsten Morgen weckte ihn die aufgeregte Stimme des Sklaven Mohammed Beyds:

„Schnell! Schnell! Kommen Sie! Mohammed Beyd liegt tot in seinem Zelt, er hat sich das Leben genommen!“

Werper war zuerst aufgefahren, sein Gesicht spiegelte große Angst; bei den letzten Worten des Sklaven atmete er erleichtert auf, sein Gesicht entspannte sich, und er lächelte.

„Ich komme“, rief er, zog die Stiefel an, erhob sich und trat aus dem Zelt.

Aufgeregt rannten Araber und Schwarze von allen Seiten zu Mohammed Beyds Seidenzelt, und als Werper eintrat, fand er eine Menge, die sich um den nun kalten und steifen Leichnam drängte.

Er bahnte sich einen Weg zu dem Toten, blickte einen Augenblick in das leblose Gesicht, fuhr herum und schrie die Araber an:

„Wer war das?“ Seine Stimme klang drohend und anklagend. „Wer hat Mohammed Beyd umgebracht?“

Sie antworteten in vielstimmigem Protest:

„Er wurde nicht ermordet, er hat sich selbst umgebracht. Dies und Allah sind unsere Zeugen!“ Sie zeigten auf den Revolver in der Hand des Toten.

Einige Zeit gab Werper sich skeptisch; schließlich ließ er sich aber davon überzeugen, daß Mohammed Beyd aus Reue über den Tod der weißen Frau Selbstmord begangen hatte, die er – von allen unbemerkt – so hingebungsvoll geliebt hatte.

Werper wickelte selbst die Decken um den Toten und gab unterdessen acht, daß der verbrannte und durchlöcherte Stoff dabei war, der in der letzten Nacht den Schuß gedämpft hatte. Sechs starke Schwarze trugen den Leichnam vors Lager und legten ihn in ein flaches Grab. Als die lockere Erde auf die reglose Gestalt unter den verräterischen Decken fiel, atmete Albert Werper ein weiteres Mal erleichtert auf – sein Plan hatte sogar besser funktioniert, als er gehofft hatte.

Da Achmet Zek und Mohammed Beyd beide tot waren, hatten die Banditen keinen Anführer mehr und beschlossen nach einer kurzen Besprechung, in den Norden zu den übrigen Stämmen zurückzukehren. Als Werper erfahren hatte, in welche Richtung sie ziehen wollten, verkündete er, daß er sich nach Osten an die

Küste begeben wolle, und da er ihrer Meinung nach nichts Begehrenswertes besaß, waren sie damit einverstanden.

Als sie fortritten, saß er mitten auf der Lichtung auf seinem Pferd, blickte ihnen nach, bis einer nach dem anderen im Dschungel verschwunden war, und dankte Gott, ihren fürchterlichen Klauen entgangen zu sein.

Als er nichts mehr hörte, wandte er sich nach rechts, ritt in den Wald zu dem Baum, in dem er Jane Clayton versteckt hatte, zügelte sein Pferd und rief fröhlich und erwartungsvoll: „Guten Morgen!“

Er erhielt keine Antwort, und als er mit Blicken das dichte Geäst absuchte, konnte er die junge Frau nicht entdecken. Er sprang vom Pferd und kletterte schnell hinauf, wo er alle anderen Äste überblicken konnte. Oben war niemand – Jane Clayton war in der Nacht verschwunden.

Tarzan erinnert sich

Als Tarzan sich die Steine durch die Finger rinnen ließ, die sich in dem Lederbeutel befunden hatten, wanderten seine Gedanken zu den gelben Blöcken zurück, wegen denen sich Araber und Abessinier so erbarmungslos niedergemetzelt hatten.

Was hatten das gelbe Metall und die schönen, funkelnden Kristalle miteinander gemein? Was war das für ein Metall? Woher kam es? Warum ließ es ihm keine Ruhe, und wieso hatte er das unbestimmte Gefühl, daß alles mit seiner Vergangenheit zusammenhing?

Was war früher geschehen? Er schüttelte den Kopf. Langsam zog seine Kindheit bei den Affen an ihm vorüber – dann folgte eine Vielzahl von Gesichtern, Personen und Ereignissen, die anscheinend mit Tarzan von den Affen nichts zu tun hatten und ihm dennoch bekannt vorkamen, selbst in ihrer unvollständigen Form.

Schritt für Schritt versuchte sich sein Gedächtnis wieder zu behaupten, die innere Verletzung verheilte allmählich, und mit der Zeit würde die Ursache des Versagens im Verlaufe des normalen Funktionsprozesses behoben werden.

Die Menschen, die nun vor seinem geistigen Auge vorüberzogen, trugen zum ersten Mal seit Wochen bekannte Gesichter, dennoch vermochte er sie nicht richtig einzuordnen oder beim Namen zu nennen. Eine davon war eine schöne Frau, ihr Gesicht tauchte besonders oft aus dem Wirrwar von Erinnerungen auf. Wer war sie? In welcher Beziehung stand sie zu Tarzan von den Affen? Irgendwie sah er sie an eben jener Stelle, an der die Abessinier die gelben Stapel ausgegraben hatten; jedoch unterschied sich die Umgebung sehr von der jetzigen.

Es gab dort noch ein weiteres Gebäude – viele Gebäude – und Hecken, Zäune und Blumen – Tarzan runzelte die Stirn. Einen Augenblick lang schien ihm alles einzufallen, und als er beinahe schon alles beisammen hatte, verblich das Bild, und er sah eine Szene im Dschungel, einen nackten, weißen Jugendlichen, der mit einigen behaarten primitiven Affen umhertanzte.

Tarzan schüttelte den Kopf und seufzte. Was war da nur noch, woran er sich nicht erinnern konnte? Im Grunde genommen war er überzeugt, daß das Gold, der Ort, an dem es lag, der zarte Duft des verschwundenen weiblichen Wesens und das Bild der weißen Frau etwas miteinander zu tun hatten.

Wenn die Frau dorthin gehörte, wo sonst sollte er sie dann suchen oder erwarten? Es war die Mühe wert. Tarzan griff nach der leeren Tasche, warf sie sich über die Schulter und brach ins flache Land auf.

Am Waldrand stieß er auf die Araber, die sich auf die Suche nach Achmet Zek begeben hatten. Er versteckte sich, ließ sie vorbei und machte sich wieder auf den Weg zu den verkohlten Ruinen des Hauses.

Er unterbrach seinen Marsch, als er an einer schattigen Stelle eine kleine Antilopenherde entdeckte. Deckung und Wind waren für die Pirsch günstig. Langsam und vorsichtig schlich er sich an, machte einen plötzlichen Satz – und seine Mühe wurde belohnt: es war schon später Nachmittag, als er sich an seiner Beute, einem fetten einjährigen Tier labte.

Nachdem er seinen Hunger gestillt hatte, verspürte er Durst. Auf kürzestem Weg begab er sich zum Fluß, und als er sich erfrischt und genügend getrunken hatte, war es bereits dunkel geworden. Er befand sich etwa eine halbe Meile stromabwärts von der Stelle, wo er die vielen gelben Barren gesehen hatte, und wo er hoffte, die Frau aus seiner Erinnerung zu finden oder zumindest einen Hinweis, wer und wo sie war.

Für denjenigen, der im Dschungel aufgewachsen ist, bedeutet Zeit nicht viel, jegliche Hast ist ihm zuwider, wenn nicht Angst, Wut oder Hunger dazu treiben. Der heutige Tag war vorbei. Es genügte völlig, wenn er morgen weitersuchte. Außerdem war er müde und wollte schlafen.

In einem Baum fand er ein sicheres und bequemes Nachtlager, und unter den vielfältigen Geräuschen der Jäger und Gejagten in dieser wilden Flußlandschaft fiel er bald in tiefen Schlaf.

Am Morgen war er erneut hungrig und durstig, sprang vom Baum und begab sich zur Tränke an den Fluß. Dort traf er Numa, den Löwen. Gierig schlürfte der große Geselle das Wasser. Als er Tarzan von hinten den Weg entlangkommen hörte, hob er das zottige Haupt und blickte über die Schulter auf den Ankömmling. Ein leises warnendes Knurren drang aus seiner Kehle. Tarzan erriet, daß das Tier gerade erst von seiner Beute gelassen hatte und satt war, so machte er lediglich einen kleinen Bogen, ging weiter zum Fluß, ließ sich nur einige Schritte neben der gelbbraunen Katze nieder und tauchte das Gesicht in das kühle Naß. Noch einmal beäugte das Raubtier den Menschen, dann senkte es wieder den Kopf, und Mensch und Tier löschten nebeneinander ihren Durst.

Numa war als erster fertig. Er hob den Kopf und blickte einige Minuten mit typisch starrem Blick über den Fluß. Hätte sich die schwarze Mähne nicht in der leichten Brise bewegt – er hätte eine Statue aus Goldbronze sein können, so regungslos stand er da.

Der Illusion wurde durch einen tiefen Seufzer aus prallen Lungen ein Ende gesetzt. Er drehte langsam das Haupt, bis die gelben Augen auf dem Menschen ruhten. Er zog die borstige Lefze hoch und bleckte die gelben Fangzähne. Ein weiteres warnendes Knurren ließ die schwere Wange vibrieren, aber dabei beließ es der König der Tiere, wandte sich majestätisch um und schritt gemächlich auf die dichten Schilfgräser zu.

Tarzan von den Affen trank weiter, beobachtete jedoch aus dem Augenwinkel jede seiner Bewegungen, bis er verschwunden war, dann übernahm es sein scharfes Gehör, das weitere Tun des Löwen zu überwachen.

Nach einem Bad im Fluß nahm er ein spärliches Frühstück aus Eiern zu sich, auf die er zufällig gestoßen war, und ging stromauf zu den Ruinen des Landhauses, wo er am Vortag den Kampf um die goldenen Barren beobachtet hatte.

Als er ankam, waren Überraschung und Betroffenheit groß, denn das gelbe Metall war verschwunden. Die von Menschen und Pferden zertrampelte Erde gab über das Wohin keine Auskunft. Es war, als hätten sich die Blöcke in Luft aufgelöst.

Nun wußte der Affenmensch nicht, was er als nächstes tun sollte. Nichts wies darauf hin, daß die Frau hier gewesen war. Das Metall war fort, und wenn es irgendeine Beziehung zwischen der Frau und dem Metall gab, hatte es keinen Zweck mehr, hier auf sie zu warten.

Alles schien sich ihm zu entwinden – die hübschen Kristalle, das gelbe Metall, die Frau, sein Gedächtnis. Das genügte. Er würde in den Dschungel zurückkehren und nach Chulk suchen. So wandte er seine Schritte ein weiteres Mal dem Wald zu. Er kam schnell voran, durchquerte im leichten Trab das Flachland, und kletterte am Waldrand in die Bäume.

Ein Ziel hatte er nicht – er stürmte einfach drauflos – immer weiter, aus bloßer Freude, und mit der Hoffnung, auf eine Spur von Chulk oder der Frau zu stoßen.

Zwei Tage lang streifte er so herum; er jagte, trank, aß und schlief, wann immer er Zeit und Muße dazu hatte. Am Morgen des dritten Tages trug ihm der Wind die schwache Witterung von Pferd und Mann zu. Sofort änderte er seinen Kurs und glitt lautlos durch die Bäume, dorthin, von wo der Geruch gekommen war.

Nicht lange darauf sah er einen einsamen Reiter auf dem Weg nach Osten. Ein Blick bestätigte, was seine Nase ihm vorher mitgeteilt hatte – es war der Dieb der hübschen Kristalle. Wut flackerte in den grauen Augen des Affenmenschen, er ließ sich soweit hinunter, bis er fast über dem ahnungslosen Mann hing. Dann sprang er.

Plötzlich landete ein schwerer Körper auf dem Pferd des Belgiers. Das Tier schnaubte und sprang angsterfüllt nach vorn. Riesige Arme umklammerten Werper und zogen ihn in Windeseile vom Sattel, dann lag er auf dem Weg, und ein halbnackter, hellhäutiger Hüne kniete auf seiner Brust.

Werper erkannte den Angreifer sofort und wurde kreidebleich vor Angst. Stählerne Hände griffen nach seinem Hals. Er versuchte zu schreien und um sein Leben zu betteln, doch die grausamen Finger ließen ihn nicht zu Wort kommen.

„Wo sind die hübschen Kristalle?“ brüllte der Mann über ihm. „Was hast du mit den Kristallen getan, mit Tarzans hübschen Kristallen?“

Er lockerte den Griff, um Werper antworten zu lassen. Eine Zeitlang konnte dieser nur röcheln und husten – dann endlich wieder sprechen.

„Achmet Zek, der Araber, hat sie mir gestohlen. Er zwang mich dazu, ihm die Tasche und die Kristalle herauszugeben!“ schrie er.

„Ich habe alles gesehen, aber die Steine in der Tasche waren nicht Tarzans Kristalle – sie waren solche, wie man sie auf dem Grund und am Ufer von Flüssen findet. Sogar der Araber wollte sie nicht haben, denn er hat sie voller Zorn weggeworfen, nachdem er einen Blick darauf geworfen hatte. Ich will nur meine hübschen Kristalle wiederhaben – wo sind sie?"

„Ich weiß nicht, ich weiß nicht. Ich habe sie Achmet Zek gegeben, er hätte mich sonst getötet! Einige Minuten später ist er mir hinterhergekommen, um mich umzubringen, obwohl er mir versprochen hatte, mich in Ruhe zu lassen. Ich habe ihn erschossen; aber die Tasche hatte er nicht bei sich, und obwohl ich den Dschungel danach abgesucht habe, konnte ich nichts finden", rief Werper.

„Ich sage dir, ich habe sie gefunden, und auch die Steine, die Achmet Zek wutentbrannt von sich geschleudert hatte. Das waren nicht Tarzans Kristalle. Du hast sie versteckt! Wo sind sie, heraus damit, oder ich töte dich!" knurrte Tarzan, und verstärkte den Griff um den Hals seines Opfers.

Werper wand sich, um freizukommen, und schaffte es zu schreien: „Mein Gott, Lord Greystoke, wollen Sie wegen einer Handvoll Steine zum Mörder werden?"

Der Griff lockerte sich, Verwirrung malte sich in den grauen Augen des Affenmenschen.

„Lord Greystoke!" wiederholte er. „Lord Greystoke! Wer ist Lord Greystoke? Woher kenne ich diesen Namen?"

„Aber Sie sind doch Lord Greystoke! Sie wurden von einem Felsbrocken verletzt, als der Zugang zu der unterirdischen Kammer bei dem Erdbeben verschüttet wurde, zu der Sie mit Ihren schwarzen Waziri gegangen waren, um das Gold zu holen. Sie haben Ihr Gedächtnis verloren. Sie sind John Clayton, oder Lord Greystoke – können Sie sich nicht entsinnen?" rief der Belgier.

„John Clayton, oder Lord Greystoke!" wiederholte Tarzan. Einen Augenblick lang schwieg er. Dann fuhr er zögernd mit der Hand über die Stirn, in den Augen ein Ausdruck von Erstaunen – Erstaunen und plötzlichem Verstehen. Der in Vergessenheit geratene Name hatte seinem Gedächtnis auf die Sprünge geholfen, das ohnedies im Begriff war, sich wieder zu behaupten. Der Affenmensch ließ den Belgier los, sprang auf und rief:

„Mein Gott! Jane!" Er wandte sich an Werper. „Meine Frau? Was ist aus ihr geworden? Die Farm ist abgebrannt. Das wissen Sie. Sie hatten Ihre Hände dabei mit im Spiel. Sie sind mir nach Opar gefolgt und haben die Juwelen gestohlen, von denen ich gedacht hatte, daß es hübsche Kristalle seien. Sie sind ein Betrüger! Sagen Sie bloß, daß das nicht stimmt."

„Schlimmer noch", ertönte eine ruhige Stimme hinter ihnen.

Erstaunt wandte Tarzan sich um und erblickte nur wenige Schritte von ihnen entfernt einen großen Mann in Uniform. Dahinter standen Schwarze in der Uniform des Kongostaates.

„Er ist ein Mörder, Monsieur", fuhr der Offizier fort. „Ich bin ihm lange Zeit gefolgt, um ihn wegen Mordes an seinem Vorgesetzten vor Gericht zu bringen."

Werper war aufgesprungen und starrte totenbleich und zitternd auf den Mann, der ihn sogar im undurchdringlichen Dschungels ausfindig gemacht hatte. Instinktiv wandte er sich um und wollte seinem Schicksal entfliehen, aber Tarzan von den Affen packte ihn an der Schulter und sprach:

„Warten Sie! Dieser Gentleman will Sie haben, und ich auch. Wenn ich mit Ihnen fertig bin, kann er Sie bekommen. Sagen Sie, was ist mit meiner Frau geschehen?"

Neugierig blickte der belgische Offizier auf den halbnackten weißen Hünen. Ihm fiel der seltsame Kontrast zwischen den primitiven Waffen, der Kleidung und dem guten Französisch auf, das er sprach. Von ersterem konnte man auf die niedrigste, von letzterem auf die erste Gesellschaftsschicht schließen. Er konnte den sozialen Status dieses seltsamen Wilden nicht bestimmen; jedoch störte ihn die Selbstsicherheit, mit der der Mann ihm vorzuschreiben versuchte, wann er den Gefangenen zu übernehmen habe. Er trat nach vorn, legte seine Hand auf Werpers andere Schulter und sprach:

„Entschuldigen Sie, aber dieser Gentleman ist mein Gefangener. Er muß mit mir kommen!"

„Wenn ich mit ihm fertig bin", erwiderte Tarzan ruhig.

Der Offizier wandte sich um und nickte seinen Soldaten zu. Einige Schwarze traten schnell nach vorn und umringten den Affenmenschen und seinen Gefangenen.

„Das Recht ist auf meiner Seite, und ich bin dazu berechtigt, es durchzusetzen. Lassen Sie uns das friedlich regeln. Wenn Sie etwas gegen diesen Mann vorzubringen haben, können Sie uns begleiten und Ihre Anklage vor einem ordentlichen Gericht vortragen", verkündete der Offizier.

„Ihre gesetzlichen Rechte sind nicht über jeden Verdacht

erhaben, mein Freund. Das scheint Ihnen nur so. Sie haben es gewagt, mit einer bewaffneten Gruppe britisches Territorium zu verletzen. Wer hat Ihnen das erlaubt? Wo sind die Auslieferungspapiere, die Sie dazu ermächtigen, den Mann festzunehmen? Und welche Sicherheit haben Sie, daß ich nicht auch über eine bewaffnete Armee verfüge und Sie daran hindere, in den Kongostaat zurückzukehren?"

Der Belgier verlor die Geduld. Er schrie: „Ich muß mich hier nicht mit einem halbnackten Wilden streiten. Wenn Sie mit heiler Haut davonkommen wollen, stellen Sie sich mir nicht in den Weg. Sergeant, nehmen Sie den Gefangenen fest!"

Werper wisperte Tarzan ins Ohr: „Liefern Sie mich nicht aus, ich kann Ihnen die Stelle zeigen, wo ich Ihre Frau in der letzten Nacht gesehen habe. Sie kann noch nicht weit sein."

Die Soldaten folgten dem Befehl ihres Sergeanten und wollten Werper festnehmen. Tarzan packte den Belgier um die Taille, nahm ihn wie einen Sack Mehl unter den Arm und machte einen Ausfallschritt, um die Kette zu durchbrechen. Mit der rechten Faust traf er den ersten Soldaten am Kinn und schleuderte ihn rückwärts gegen die anderen. Er riß jenen, die ihm im Wege standen, die Gewehre aus den Händen. Rechts und links taumelten die Schwarzen zur Seite.

Die Soldaten standen so dicht, daß sie nicht wagen konnten, zu schießen, um nicht einen ihrer Leute zu treffen. Tarzan hatte sich fast schon eine Gasse gebahnt und war dabei, sich in das dichte Laubwerk des Dschungels zu retten, als sich von hinten einer an ihn heranschlich und ihm mit dem Gewehrkolben einen heftigen Schlag auf den Kopf versetzte.

Sofort sank der Affenmensch zu Boden, und ein Dutzend Schwarze stürzte sich auf ihn. Als er das Bewußtsein wiedererlangte, waren er und Werper gefesselt. Dem belgischen Offizier war dieser Erfolg zu Kopf gestiegen, und er war demzufolge geneigt, seine Gefangenen damit aufzuziehen, wie leicht er sie überwältigt hatte, aber Tarzan zeigte keine Reaktion. Werper jedoch protestierte wortreich gegen die Behandlung. Er erklärte, daß Tarzan ein englischer Lord sei; aber der Offizier lachte nur über diese Behauptung und riet dem Gefangenen, sich den Atem für seine Verteidigung aufzusparen.

Als Tarzan wieder erwachte und man sah, daß er nicht ernsthaft verletzt war, wurden sie schnell ins Glied gestellt, und der Marsch zur Grenze des Kongostaates begann.

Gegen Abend schlug man neben einem Fluß das Lager auf und bereitete das Abendessen zu. Vom nahen Dschungel verfolgte ein stiller Zuschauer das Treiben der uniformierten Schwarzen aufmerksam und neugierig. Der wilde Geselle sah, wie sie das Lager umzäunten, ein Feuer entfachten und Essen zubereiteten.

Tarzan und Werper lagen hinter einem kleinen Stapel aus Tornistern. Als die Mahlzeit fertig war, befahl ihnen die Wache, sich zu erheben und zu einem der Feuer zu kommen, wo man ihnen zum Essen die Hände losband.

Als sich der riesige Affenmensch erhob, spiegelte sich in den Augen des heimlichen Beobachters Bestürzung, und er gab einen Schwall leiser Kehllaute von sich. Sofort war Tarzan hellwach, jedoch erstarb das Antwortknurren auf seinen Lippen, da er nicht den Argwohn der Soldaten erregen wollte.

Da kam ihm eine Idee. Er wandte sich an Werper.

„Ich werde jetzt mit Ihnen laut in einer Sprache reden, die Sie nicht verstehen können. Tun Sie so, als ob Sie mir gut zuhören, und murmeln Sie gelegentlich etwas als Antwort – unsere Flucht kann davon abhängen.“

Werper nickte zustimmend, und gleich darauf redete sein Begleiter in einer Sprache, die so ähnlich klang wie Hundegebell, Knurren und das Schnattern der Affen.

Die Soldaten in ihrer Nähe blickten den Affenmenschen überrascht an. Einige lachten, andere verzogen sich angstvoll. Der Offizier näherte sich den Gefangenen, während Tarzan noch immer plapperte, blieb hinter ihnen stehen und lauschte verwirrt und interessiert. Als Werper lächerlich stammelnd ebenfalls etwas von sich gab, hielt er es vor Neugierde nicht länger aus, trat vor und wollte wissen, in welcher Sprache sie miteinander redeten.

Tarzan hatte den Mann im Verlaufe des Marsches beobachtet, schloß von der Art und Weise seines Auftretens auf eine gewisse Bildung und antwortete entsprechend:

„Es ist Griechisch.“

„Ach ja, natürlich Griechisch, das habe ich mir gedacht. Aber es ist schon so lange her, seit ich es gelernt habe, daß ich mir nicht sicher war“, sagte der Offizier. „In Zukunft wäre ich Ihnen jedoch dankbar, wenn Sie in einer Sprache redeten, die ich besser kenne."

Werper mußte sich wegdrehen, um sein Grinsen zu verbergen, und raunte Tarzan zu: „Für ihn war es wirklich Griechisch – für mich auch."

Einer der Schwarzen jedoch murmelte leise zu seinem Gefährten: „Ich habe so etwas schon einmal gehört, als ich mich eines Nachts im Dschungel verlaufen hatte. Die behaarten Männer des Waldes unterhielten sich, und es klang so wie jetzt der weiße Mann. Ich wünsche, wir hätten ihn nicht gefunden. Er ist überhaupt kein Mensch – er ist ein böser Geist, und wenn wir ihn nicht gehen lassen, geschieht ein Unheil!" Voller Furcht blickte er zum Dschungel.

Der Angesprochene lachte nervös und trollte sich, um den anderen diese Geschichte in etwas veränderter und ausgeschmückter Form wiederzugeben, und es dauerte nicht lange, bis eine Schauergeschichte von schwarzem Zauber und plötzlichem Tod um den hünenhaften Gefangenen entstanden war und im Lager umging.

Tief im düsteren Dschungel schwang sich in der Finsternis der hereinbrechenden Nacht eine behaarte, menschenähnliche Gestalt in geheimer Mission schnell nach Süden.

Eine schreckliche Nacht

Jane Clayton wartete auf dem Baum, wo Werper sie zurückgelassen hatte. Die lange Nacht schien für sie nie ein Ende zu nehmen, aber als sie kurz nach Tagesanbruch einen Reiter den Pfad entlangkommen sah, schöpfte sie erneut Hoffnung.

Der flatternde Beduinenumhang und die lose Kapuze verdeckten Gesicht und Gestalt des Mannes; jedoch sagte sie sich, daß es nur M. Frecoult sein könne, denn er hatte arabische Kleidung getragen, und wer sonst sollte sie hier suchen.

Was sie sah, nahm ihr die Anspannung der langen Nacht, aber sie sah zu wenig. Ihr entgingen das dunkle Gesicht unter der weißen Kapuze und die lange Reihe schwarzer Reiter, die ihm folgten und noch hinter einer Wegkrümmung verborgen waren. Sie lehnte sich nach vorn und begrüßte den Ankömmling.

Bei ihren ersten Worten schaute der Mann überrascht nach oben, zügelte sein Pferd, und sie erblickte das schwarze Gesicht Abdul Mouraks, des Abessiniers. Angstvoll zog sie sich hinter einen Ast zurück, jedoch zu spät. Der Mann hatte sie gesehen und forderte sie auf, herunterzukommen. Zuerst weigerte sie sich, als aber ein Dutzend Schwarze auftauchten und einer davon auf Abdul Mouraks Befehl auf den Baum kletterte, sah sie ein, daß Widerstand zwecklos sei, kam langsam herabgeklettert und flehte ihn im Namen der Gerechtigkeit und Menschlichkeit an, sie zu verschonen.

Abdul Mourak war aufgrund der kürzlichen Niederlage, des Verlustes des Goldes und des Gefangenen kaum geneigt, sie zu erhören, und eigentlich auch unter günstigeren Umständen derartigen Einflüssen nicht zugänglich.

Menelek würde ihn nach seiner Rückkehr wegen seines Versagens degradieren, wenn nicht gleich töten; mit einem annehmbaren Geschenk konnte er den schwarzen Kaiser indes beschwichtigen, und dieser würde die fremdländische Schönheit gewiß mit offenen Armen entgegennehmen.

Als Jane Clayton geendet hatte, erwiderte Abdul Mourak kurz, daß er ihr seinen Schutz zusichern könne, sie jedoch zu seinem Kaiser bringen müsse. Die junge Frau mußte nicht fragen, warum, und verlor ein weiteres Mal jegliche Hoffnung. Resigniert saß sie hinter einem der Reiter auf und begann unter neuen Herren ihre Reise in ein Schicksal, das sie inzwischen als unvermeidlich ansah.

Abdul Mourak war durch das Gefecht seiner Führer beraubt worden, da er sich im Land nicht auskannte, war er weit vom eigentlichen Weg abgekommen und deswegen noch nicht weiter nach Norden gelangt. Jetzt wollte er sich nach Westen durchschlagen in der Hoffnung, dort auf ein Dorf zu stoßen, wo er Wegkundige finden würde. Am Abend war er jedoch seinem Ziel nicht näher als am Morgen.

Entmutigt, hungrig und ohne Wasser schlugen sie im dichten Dschungel ihr Lager auf. Die Pferde hatten Löwen herangelockt, sie strichen brüllend um die Umzäunung. Angsterfüllt und schrill wieherten die Pferde. Menschen und Tiere fanden nur wenig Schlaf. Man verdoppelte die Wachen, um auf den plötzlichen Angriff eines vor Hunger tollkühnen Löwen vorbereitet zu sein und das Feuer zu erhalten, das die Raubkatzen wesentlich wirksamer abschreckte als die Dornenhecke.

Bis weit nach Mitternacht hatte auch Jane Clayton ungeachtet der vorhergehenden schlaflosen Nacht kaum ein Auge zugetan. Dem Lager schien ein Unheil zu drohen. Die älteren Soldaten des schwarzen Kaisers waren nervös und unruhig. Abdul Mourak stand dutzendmal von seinem Lager auf und ging rastlos zwischen den angebundenen Pferden und dem prasselnden Feuer hin und her. Die junge Frau konnte die unheimliche Silhouette seiner großen Gestalt im Feuerschein sehen und schloß aus seinen schnellen, fahrigen Bewegungen, daß er Angst hatte.

Die Wut der Löwen wuchs, sie brüllten immer lauter, bis die Erde unter dem schrecklichen Getöse erbebte. Die Pferde wieherten durchdringend, zerrten ungestüm an den Koppeln und wollten sich losreißen. Ein etwas mutigerer Soldat sprang dazwischen, um sie zu beruhigen – doch es war völlig sinnlos. Ein riesiger Löwe warf sich im hellen Feuerschein fast gegen die Umzäunung. Ein Wachposten legte an und schoß, und die kleine bleierne Kugel löste eine Hölle aus.

Der Schuß streifte den Löwen an der Flanke, die Wunde war tief und schmerzhaft und versetzte ihn in irrsinnige Wut.

Unverletzt hätten ihn die Umzäunung und das Feuer fortgetrieben; nun jedoch nahmen ihm Schmerz und Zorn jegliche Vorsicht. Mit lautem Wutgebrüll und unverminderter Kraft setzte er über die Umzäunung und landete mitten zwischen den Pferden.

Was zuvor noch Lärm war, nahm nun unbeschreiblichen Ausmaße an. Das Tier, auf das der Löwe gesprungen war, schrie mit verzweifelter Todesangst. Andere Tiere in seiner Nähe rissen sich los und preschten wild im Lager umher. Die Männer sprangen von ihrem Nachtlager auf und rannten mit den Gewehren zu den Posten, während weitere Löwen, ermutigt vom Beispiel ihres Gefährten, unerschrocken angriffen.

Einzeln und zu zweit setzten sie über die Dornenhecke, bis es überall von fluchenden Männern und wildgewordenen Pferden wimmelte, die mit den grünäugigen Bestien des Dschungels um ihr Leben kämpften.

Schon beim Angriff des ersten Löwen hatte sich Jane Clayton aufgerappelt und verfolgte nun schreckerfüllt das blutige Treiben. Einmal warf ein durchgegangenes Pferd sie zu Boden, einen Augenblick später fegte ein Löwe auf Verfolgungsjagd sie beiseite.

Mitten im Knallen der Gewehre und Gebrüll der Löwen wurden Todesschreie von verwundeten Menschen und Pferden laut. Die umherspringenden Raubtiere und ausgebrochenen Pferde machten den Abessiniern ein geschlossenes Vorgehen unmöglich, jeder kämpfte für sich allein, und in dem Getümmel vergaß man die schutzlose Frau oder beachtete sie nicht. Mehrere Male entging sie nur mit knapper Not einem angreifenden Löwen, durchgehenden Pferd oder den wilden Schüssen der Soldaten. Und doch gab es keine Hoffnung auf Rettung, denn die gelbbraunen Tiere begannen sie einzukreisen und bildeten einen Ring aus gelben, mächtigen Zähnen und langen, scharfen Krallen um sie. Immer wieder sprang ein einzelner Löwe jählings in die erschrockene Menge, gelegentlich gelang es einem von Schmerz oder Angst getriebenen Pferd, die Umzingelung unversehrt zu durchbrechen und in den Dschungel zu fliehen. Ein solches Entkommen lag jedoch außerhalb des Menschenmöglichen.

Von einer verirrten Kugel getroffen, stürzte ein Pferd neben

Jane Clayton zu Boden, ein Löwe sprang über das verendende Tier einen dahinterstehenden Soldaten an. Vergeblich schlug der Mann mit dem Gewehrkolben nach dem breiten Kopf, ging dann zu Boden, und die Raubkatze war über ihm.

Der Soldat schrie angsterfüllt, griff mit seinen kleinen Händen nach dem zottigen Biest und versuchte vergebens, den klaffenden Rachen beiseite zu drücken. Der Löwe senkte den Kopf, die Kiefer schlossen mit widerlichem Krachen über dem angstverzerrten Gesicht, dann wandte er sich um, schritt über den Pferdekadaver und zog seine reglose, blutige Last dabei mit sich.

Mit weit aufgerissenen Augen verfolgte die junge Frau das Geschehen. Der Löwe trat auf das tote Pferd und stolperte, da ihm die grausige Bürde zwischen die Vorderpranken geriet. Jane Clayton ließ ihn nicht aus den Augen.

Angesichts der Behinderung geriet der Löwe in Wut. Aufgebracht schüttelte er den unbeweglichen Klumpen. Er knurrte, brüllte das leblose Wesen an, ließ es fallen und hob den Kopf, um etwas zu finden, an dem er seine schlechte Laune auslassen konnte. Die gelben Augen blieben schließlich unheildrohend an der jungen Frau haften, er zog die borstigen Lefzen hoch und bleckte die Zähne. Mit furchteinflößendem Gebrüll duckte er sich, um zum Sprung auf das neue und wehrlose Opfer anzusetzen.

In dem Lager, in dem man Tarzan und Werper gefangenhielt, war es zeitig still geworden. Unruhig gingen zwei Wachen auf und ab, ihre Augen wanderten oft in die undurchdringliche Finsternis des Dschungels. Die anderen schliefen oder versuchten es zumindest – außer dem Affenmenschen. Leise zog er mit aller Kraft an den Fesseln, mit denen seine Handgelenke verschnürt waren.

Die Muskeln unter der weichen, braunen Haut an Armen und Schultern spannten sich, die Adern an den Schläfen traten vor Anstrengung hervor – ein Strang zerriß, ein weiterer und noch einer, und eine Hand war frei. Auf einmal drang ein leiser kehliger Ton aus dem Dschungel zu ihm, und er erstarrte, lauschte angespannt und nahm witternd die Gerüche der Umgebung auf, wo die Augen nichts mehr auszurichten vermochten.

Abermals ertönte der unheimliche Laut. Ein Wachposten blieb wie angewurzelt stehen und starrte angestrengt in das Dunkel.

Vor Angst standen ihm die Haare zu Berge. Heiser flüsternd fragte er seinen Kameraden:

„Hast du das gehört?"

Der andere trat zitternd näher.

„Was gehört?"

Erneut erklang der furchteinflößende Ruf, und gleich darauf war im Lager ein ähnlicher Laut zu vernehmen. Die Wachposten rückten zusammen und blickten wie gebannt in die Finsternis, aus der die Stimme zu kommen schien.

Auf der anderen Seite des Lagers hingen Äste über die Umzäunung. Die Männer wagten nicht, näherzutreten. Sie trauten sich nicht einmal, ihre Leute zu wecken – standen vielmehr wie gelähmt und harrten der grausigen Erscheinung, die ihrer Ansicht nach in Kürze aus dem Dschungel springen würde.

Sie brauchten nicht lange zu warten. Eine dunkle, massige Gestalt ließ sich behend von einem Baum ins Lager herab. In dem Moment kam einer der Wachposten wieder zu sich, schrie, um die Schlafenden zu wecken, sprang zu dem flackernden Feuer und warf einige Äste hinein.

Sofort waren alle auf den Beinen. Das Feuer loderte auf und erhellte das ganze Lager. Die schlaftrunkenen Männer wichen angsterfüllt zurück, als sie ein Dutzend riesiger behaarter Gestalten erblickten, die unter den Bäumen auf der anderen Seite ihr Unwesen trieben. Der weiße Hüne rappelte sich auf und sprach die grausigen nächtlichen Besucher in einem seltsamen Gemisch von tierischen Kehllauten, Bellen und Knurren an.

Werper hatte sich aufrichten können. Auch er sah die wilden Gesichter der Ankömmlinge und wußte nicht, ob er erleichtert oder entsetzt sein sollte.

Knurrend sprangen die Menschenaffen auf Tarzan und Werper zu, allen voran Chulk. Der belgische Offizier befahl seinen Männern, auf die Eindringlinge zu schießen, doch die abergläubischen Schwarzen hielten sich zurück, da sie vor den Baummenschen Angst hatten und überzeugt waren, daß der weiße Mann, der die wilden Tiere des Dschungels zu Hilfe rufen konnte, übermenschliche Kräfte besaß.

Der Offizier zog seine Waffe und feuerte. Tarzan kannte die Wirkung des Knalls auf seine im Grunde eher schüchternen

Freunde, rief ihnen zu, sich zu beeilen und zu tun, was er gesagt habe.

Bei dem Schuß wandten sich einige Affen um und flohen; Chulk und ein halbes Dutzend von ihnen sprangen jedoch schnell nach vorn, packten Tarzan und Werper und trugen sie in den Dschungel.

Durch Drohungen, Tadel und Gefluche war es dem belgischen Offizier mittlerweile gelungen, seine Mannschaft dazu zu bringen, den fliehenden Affen eine Salve nachzusenden. Sie folgten dem Befehl nur vereinzelt, dennoch verfehlte zumindest eine Kugel ihr Ziel nicht, denn Chulk, der Werper auf der breiten Schulter trug, taumelte mit einemmal und fiel hin.

Einen Augenblick später war er wieder auf den Beinen; doch aus seinem unsicheren Gang schloß der Belgier, daß der Affe schwer verletzt war. Er blieb weit hinter den anderen zurück, und als auf Tarzans Kommando haltgemacht wurde, dauerte es mehrere Minuten, bis er endlich langsam und schwankend bei ihnen anlangte und schließlich unter der Last und wegen seiner Verwundung zu Boden ging.

Dabei ließ er Werper fallen, so daß dieser bäuchlings quer unter dem Affen lag. Mit einemmal spürte Werper, wie ihm etwas in die Hände geriet, die noch auf dem Rücken verschnürt waren – etwas, das nicht zum Körper des Affen gehörte.

Mechanisch tastete er den Gegenstand ab – es war ein weicher, mit kleinen, harten Steinchen gefüllter Beutel. Ihm stockte vor Überraschung der Atem, als ihm dämmerte, was das sein konnte. Es war unmöglich und mußte doch wahr sein!

Fieberhaft bemühte er sich, dem Affen die Tasche abzunehmen, jedoch hatte er nicht genügend Bewegungsfreiheit, und schaffte es lediglich, sie unter seinen Gürtel zu ziehen.

Tarzan saß einige Schritte von ihm entfernt und war noch damit beschäftigt, die Knoten seiner Fesseln zu lösen. Bald warf er die letzte beiseite, stand auf, trat zu Werper und kniete sich neben ihn. Nach einem kurzen Blick auf den Affen sagte er:

„Er ist tot. Das ist jammerschade. Er war ein wunderbares Geschöpf!“ Dann wandte er sich Werper zu, um ihm zu helfen.

Zuerst löste er die Handfesseln, dann die an den Füßen.

„Das kann ich allein tun. Ich besitze ein kleines Taschenmesser, das sie nicht gefunden haben, als sie mich durchsuchten“, bemerkte Werper, entledigte sich auf diese Weise des Affenmenschen, suchte das kleine Messer, schnitt das Band um Chulks Schulter durch und verstaute die Tasche unter seinem Hemd. Dann erhob er sich und lief zu Tarzan.

Ein weiteres Mal übermannte ihn die Gier. Vergessen waren die guten Vorsätze, die Jane Clayton in ihm erweckt hatte. Was sie vollbracht hatte, war durch den kleinen Beutel wieder zunichte gemacht worden. Wie der große Affe dazu gekommen war, war ihm schleierhaft, vielleicht hatte er den Kampf zwischen ihm und Achmet Zek beobachtet, die Tasche bei dem Araber gesehen und sie ihm weggenommen. Werper war überzeugt, daß sich darin die Juwelen von Opar befanden, und mehr interessierte ihn nicht.

„Nun lösen Sie Ihr Versprechen ein. Bringen Sie mich dorthin, wo Sie zuletzt meine Frau gesehen haben“, forderte der Affenmensch.

Es kostete ihn viel Geduld, sich hinter dem langsamen Belgier durch den nächtlichen Dschungel zu schlagen. Der Affenmensch war wütend ob dieses Tempos, jedoch konnte sich der Europäer nicht durch die Bäume schwingen, wie seine beweglicheren, muskulösen Begleiter, und so kamen sie nur zögernd voran.

Die Affen trotteten einige Meilen mit den beiden mit; doch bald ließ ihr Interesse nach, und die ersten von ihnen blieben auf einer kleinen Lichtung zurück. Die anderen folgten ihrem Beispiel und blickten unter struppigen Augenbrauen den beiden unbeirrt weitermarschierenden Männern nach, bis sie im Laubwerk hinter der Lichtung verschwunden waren. Dann suchte sich ein Affe ein bequemes Lager unter einem Baum, und einer nach dem anderen tat es ihm nach, so daß Werper und Tarzan ihren Marsch allein fortsetzten, was letzteren weder überraschte noch beunruhigte.

Sie hatten erst eine kurze Strecke hinter der Lichtung zurückgelegt, als sie entferntes Löwengebrüll vernahmen. Der Affenmensch widmete dem zunächst keine Beachtung, bis aus derselben Richtung ein Gewehrschuß ertönte, und dann durchdringendes Pferdegewieher hörbar wurde, das sich mit weiteren Schüssen und dem noch lauteren wilden Gebrüll einer großen Löwengruppe vermischte. Das war beunruhigend. Er wandte sich an Werper und sagte:

„Da hat jemand Schwierigkeiten. Ich muß unbedingt hineilen – es könnten Freunde sein."

„Vielleicht ist Ihre Frau dort", erwiderte Werper. Seit er die Tasche hatte, fürchtete er den Affenmenschen, war argwöhnisch und grübelte ständig, wie er diesem riesigen Engländer entkommen konnte, der ihn gerettet und gleichzeitig gefangen hatte.

Bei dieser Bemerkung zuckte Tarzan zusammen wie vom Blitz getroffen.

„Großer Gott, ja! Und die Löwen greifen an – sie sind in das Lager eingedrungen. Ich kann das an den Pferden hören – und jetzt! Da ringt ein Mann mit dem Tode! Bleiben Sie hier – ich komme zu Ihnen zurück. Zuerst muß ich dorthin!" Er schwang sich auf einen Baum und stürmte schnell wie der Wind durch die Nacht.

Einen Moment blieb Werper stehen. Er lächelte listig. „Hierbleiben?" sagte er zu sich. „Hierbleiben und warten, bis du zurückkommst, die Juwelen bei mir findest und mir wegnimmst? Nein, mein Freund." Hastig wandte er sich nach Süden, durchquerte den Vorhang aus Schlingpflanzen und entschwand den Blicken seines Begleiters – für immer.

Daheim

Während Tarzan durch den Dschungel stürmte, drang der Kampfeslärm immer deutlicher zu ihm und bestätigte seine Befürchtungen, daß sich dort Menschen in Gefahr befanden.

Schließlich konnte er durch die Bäume klar den Schein des Lagerfeuers erkennen. Einen Augenblick später ließ er sich auf einem herausragenden Ast nieder, um das blutige Gemetzel zu überblicken.

Im Nu erfaßte er die Situation und stutzte sofort, als er eine junge Frau sah, die Auge in Auge einem Löwen gegenüberstand und nur durch einen Pferdekadaver von ihm getrennt war.

Das Raubtier setzte gerade zum Sprung an. Es hockte schräg unter dem Ast, auf dem der Affenmensch nackt und unbewaffnet stand. Tarzan zögerte nicht eine Sekunde und handelte blitzschnell, als hätte er bei seinem zügigen Marsch durch den Dschungel nicht ein einziges Mal innegehalten.

Die Situation erschien Jane Clayton so hoffnungslos, daß sie gleichgültig dastand und darauf wartete, von dem riesigen Körper zu Boden geworfen zu werden – sie wartete auf die Qualen, die ihr die grausamen Krallen und Zähne zufügen würden, bevor sie das Bewußtsein verlor und ihre Schmerzen und Leiden ein Ende finden würden.

Wozu sollte sie fliehen? Lieber wollte sie dem entsetzlichen Tod ins Auge sehen, als bei einem sinnlosen Fluchtversuch hinterrücks angefallen zu werden. Sie blickte nicht einmal beiseite angesichts des zähnefletschenden Tieres, und so entdeckte sie, als der Löwe sich duckte, eine mächtige, bronzefarbene Gestalt, die von einem Baum sprang.

Erstaunt und ungläubig riß sie die Augen auf, als der offenbar von den Toten Auferstandene vor ihr auftauchte. Der Löwe war vergessen – und die Gefahr, die ihr drohte – alles, außer diesem seltsamen Wunder. Mit offenem Mund, die Hände fest an die bebende Brust gepreßt, neigte sich die junge Frau nach vorn, gefesselt vom Bild ihres totgeglaubten Gatten.

Sie sah, wie der Athlet neben den Löwen sprang und sich mit

voller Wucht gegen ihn warf. Das Biest wurde aus der Bahn geschleudert, als es fast bei ihr war, und im selben Augenblick wurde ihr klar, daß kein körperloser Geist solche Kraft besaß, den Angriff eines Löwen abzuwenden.

Tarzan, ihr Tarzan lebte! Sie stieß einen lauten Freudenschrei aus, der jedoch sofort erstarb, als sie zu ihrem Entsetzen bemerkte, daß er unbewaffnet war, der Löwe sich aufgerappelt hatte und sich nun voller Rachegelüste Tarzan zuwandte.

Zu Füßen des Affenmenschen lag das Gewehr des toten Abessiniers, dessen verstümmelter Leichnam sich noch dort befand, wo Numa ihn hatte fallen lassen. Auf der Suche nach einer Waffe hatte Tarzan es jetzt entdeckt, und als der Löwe sich aufbäumte, um den dreisten Wicht zu packen, der es gewagt hatte, sich zwischen ihn und seine Beute zu stellen, schwirrte der schwere Kolben durch die Luft und zersplitterte auf seiner breiten Stirn.

Tarzan schlug nicht wie ein gewöhnlicher Sterblicher, sondern mit der Unbezähmbarkeit des wilden Raubtieres und mit den stählernen Muskeln, die sich in seiner Kindheit in den Wäldern herausgebildet hatten. Der Kolben zerschmetterte den Schädel der Raubkatze, so daß sich der stählerne Lauf verbog.

Als der Löwe leblos zu Boden sank, fiel Jane Clayton in die Arme ihres Gatten. Für einen kurzen Moment preßte er sie innig an seine Brust, um dann mit einem Blick zu erfassen, daß sie noch nicht außer Gefahr waren.

Von allen Seiten fielen die Löwen über die Menschen her. Vor Angst durchgehende Pferde preschten durch das Lager. Umherschwirrende Kugeln verschlimmerten die Situation.

Zu bleiben bedeutete den sicheren Tod. Tarzan packte Jane Clayton und hob sie auf seine breite Schulter. Die Schwarzen, die alles mitverfolgt hatten, staunten, als er sich mit Leichtigkeit in das Geäst des Baumes schwang, aus dem er so geheimnisvoll erschienen war, und nun mit ihrer Gefangenen verschwand.

Sie waren zu sehr mit ihrer Verteidigung beschäftigt, um ihn aufzuhalten, außerdem hätten sie damit nur wertvolle Kugeln verschwendet, die im nächsten Moment einen wilden Angreifer zurückwerfen konnten.

Unbehelligt verließ Tarzan das Lager der Abessinier, der Lärm folgte ihm aber noch weit in den Dschungel, bis er allmählich verklang.

Der Affenmensch begab sich geradewegs dorthin, wo er Werper zurückgelassen hatte, nun jedoch überglücklich. Angst und Sorge waren vergessen. Er war entschlossen, dem Belgier zu vergeben und ihm bei der Flucht behilflich zu sein. Als er aber ankam, war dieser verschwunden, und obwohl Tarzan noch oft nach ihm rief, erhielt er keine Antwort. Überzeugt, daß der Mann aus eigenen Stücken seiner Wege gegangen war, fühlte sich John Clayton nicht länger verpflichtet, seine Frau weiteren Gefahren und Strapazen auszusetzen, die eine sorgfältigere Suche nach dem Belgier mit sich gebracht hätten.

„Mit der Flucht hat er seine Schuld zugegeben, Jane. Wir lassen ihn den Weg gehen, den er gewählt hat", bemerkte Tarzan.

Auf kürzestem Weg begaben sich die beiden zu den Ruinen dessen, was einst die Heimstatt ihres Glückes gewesen war, und das bald voller Freude von freiwilligen schwarzen Arbeitern neu errichtet werden sollte, die durch die Rückkehr ihres totgeglaubten Herren und ihrer Herrin ebenfalls wieder zu Glück und Frieden fanden.

Dabei kamen sie an der Siedlung Achmet Zeks vorbei, wo sie lediglich die verkohlten Überreste der Palisaden und Hütten vorfanden, die noch rauchten – ein stummes Zeugnis des Zorns und der Rache eines mächtigen Feindes.

„Die Waziri", sagte Tarzan mit bitterem Lächeln.

„Gott schütze sie!" rief Jane Clayton.

„Basuli und die anderen können nicht weit sein", bemerkte Tarzan. „Das Gold ist weg, und auch die Juwelen von Opar, Jane; aber wir haben uns und die Waziri – und wir haben Liebe, Treue und Freundschaft. Was sind im Vergleich dazu Gold und Juwelen?"

„Wenn nur der arme Mugambi und die anderen mutigen Männer noch lebten, die sich geopfert haben, um mich zu schützen", erwiderte sie.

Sprachlos vor Freude, aber auch vor Schmerz, durchquerten sie den vertrauten Dschungel, und als es langsam Abend wurde, hörte der Affenmensch in der Ferne Stimmen.

„Das sind die Waziri, Jane. Sie sind vor uns. Ich nehme an, sie schlagen ihr Nachtlager auf", meinte Tarzan.

Eine halbe Stunde später trafen sie auf eine Schar Schwarzer, die Basuli zum Rachefeldzug gegen die Banditen gesammelt hatte. Auch die Frauen waren dabei, die Achmet Zek gefangen hatte, und die sie in der Arabersiedlung vorgefunden hatten. Eine selbst für die Maßstäbe der Waziri riesige Gestalt ragte neben Basuli auf. Es war der totgeglaubte Mugambi.

Ein solches Zusammentreffen! Bis spät in die Nacht tönten Gesang, Tanz und Gelächter durch den düsteren Wald. Immer wieder erzählte man sich die verschiedenen Abenteuer. Immer wieder kämpfte der wilde Mann mit dem wilden Tier, und der Morgen graute bereits, als Basuli zum vierzigsten Male berichtete, wie er und eine Handvoll Krieger den Kampf der Araber und Abessinier um die Goldbarren beobachtet hatten und, als die Sieger davongeritten waren, sich aus dem Flußschilf herbeigeschlichen, sie entwendet und versteckt hatten, wo niemand sie je entdecken würde.

Die jeweiligen Erfahrungen mit dem Belgier fügten sich stückweise zu einem Bild, und so wurde die Wahrheit über die hinterhältige Handlungsweise Albert Werpers bekannt. Nur Lady Greystoke hatte nichts gegen den Mann vorzubringen, und es fiel ihr schwer, diese vielen Abscheulichkeiten mit ihrem Zeugnis über seinen Mut und seine Ehre in Einklang zu bringen.

„Tief im Herzen eines jeden Mannes liegt der Keim der Rechtschaffenheit“, sagte Tarzan. „Es war eher deine Tugend als deine Hilflosigkeit, die für kurze Zeit den Funken des Anstands in ihm entfacht hat. Damit hat er ein Verbrechen wiedergutgemacht, und wenn er einst dem Schöpfer gegenübertritt, kann es das Zünglein an der Waage sein gegenüber all jenen Sünden, die er begangen hat.“

Und Jane Clayton hauchte ein inbrünstiges „Amen“!

Monate vergingen. Dank der Mühe der Waziri und des Goldes von Opar wurde die verwüstete Heimstatt der Greystokes wieder aufgebaut und neu eingerichtet. Erneut verlief das einfache Leben auf der großen afrikanischen Farm in den Bahnen, wie vor der Ankunft des Belgiers und der Araber. Vergessen waren Leid und Gefahr.

Zum ersten Mal seit langer Zeit verspürte Lord Greystoke den Wunsch nach Zerstreuung, und so organisierte man eine große Jagd, um gemeinsam mit den treuen Arbeitern die Fertigstellung ihres Werkes zu feiern.

Die Jagd selbst war ein Erfolg, und zehn Tage nach ihrem Beginn kehrte eine schwer beladene Jagdgesellschaft ins Flachland der Waziri zurück. Lord und Lady Greystoke ritten mit Basuli und Mugambi an der Spitze, lachten und unterhielten sich ungezwungen und vertraut, so wie es ehrliche und intelligente Menschen aller Rassen tun, die einander respektieren und gemeinsame Interessen haben.

Plötzlich scheute Jane Claytons Pferd vor etwas, das man im hohen Dschungelgras nicht sehen konnte. Tarzans scharfe Augen fanden schnell die Erklärung dafür.

„Was haben wir denn da?“ rief er, sprang vom Sattel, und wenige Minuten später standen die vier um einen menschlichen Schädel und gebleichte Gebeine.

Tarzan bückte sich und hob eine lederne Tasche auf, die bei den grausigen menschlichen Überresten lag. Man konnte deutlich die Umrisse des Inhalts sehen, so daß er überrascht ausrief:

„Die Juwelen von Opar!“ Er hielt die Tasche hoch und wies auf die Knochen. „Und das sind die Überreste von Werper, dem Belgier!“

Mugambi lachte und rief: „Schaut mal hinein, Herr, und Ihr werdet sehen, was das für Juwelen sind – dafür hat der Belgier sein Leben gegeben.“ Er lachte noch lauter.

„Warum lachst du?“ fragte Tarzan.

„Weil ich die Tasche des Belgiers mit Kieselsteinen aus dem Fluß gefüllt habe, bevor ich von den Abessiniern geflohen bin. Ich ließ ihm nur wertlose Steine, und die Juwelen, die er gestohlen hatte, nahm ich mit. Daß sie mir danach selbst im Dschungel entwendet wurden, ist meine Schuld und Schande, aber zuletzt hat der Belgier sie verloren – öffnet die Tasche, und Ihr werdet sehen.“

Tarzan löste die Schnur, mit der der Lederbeutel verschlossen war, und ließ sich das, was darin war, langsam auf die Handfläche rollen. Mugambis Augen weiteten sich, und die anderen stießen Rufe der Überraschung und des Zweifels aus, denn aus der fleckigen und wettergegerbten Tasche rieselte eine Reihe heller, schillernder Steine.

„Die Juwelen von Opar!“ rief Tarzan aus. „Aber wie ist Werper wieder dazugekommen?“

Niemand kannte die Antwort, denn nur Chulk und Werper wußten es, und beide waren nicht mehr am Leben.

„Armer Teufel! Sogar im Tod hat er Wiedergutmachung geleistet – so mögen seine Sünden mit den Gebeinen ruhen!“ sagte der Affenmensch und schwang sich wieder in den Sattel.

Inhaltsverzeichnis

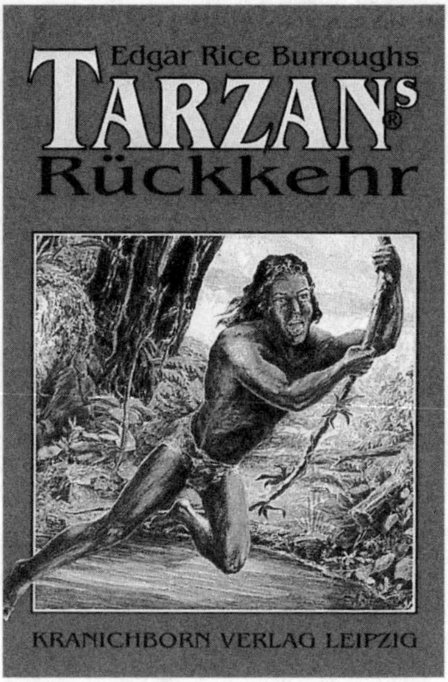

Wer es liebt, zu sehen, wie ein Abenteuer das andere ablöst, zu fühlen, wie sich die Spannung immer mehr und mehr steigert, der lese diese Romane!
Er kommt immer auf seine Kosten!

(aus einer Düsseldorfer Zeitung aus den 20er Jahren)

Edgar Rice Burroughs
TARZANs®
Tiere
KRANICHBORN VERLAG LEIPZIG

Edgar Rice Burroughs
TARZAN®
und der Schatz von Opar
KRANICHBORN VERLAG LEIPZIG

Edgar Rice Burroughs
TARZAN®
und der goldene Löwe

Edgar Rice Burroughs
TARZAN®
und die Ameisenmenschen
KRANICHBORN VERLAG LEIPZIG

In folgenden Bänden
können Sie weitere Abenteuer
mit TARZAN lesen:

Band 1
TARZAN bei den Affen
ISBN 3-930040-09-3

Band 2
TARZANs Rückkehr
ISBN 3-930040-10-7

Band 3
TARZANs Tiere
ISBN 3-930040-11-5

Band 4
TARZANs Sohn
ISBN 3-930040-12-3

Band 6
TARZAN und der goldene Löwe
ISBN 3-930040-20-4

Band 7
TARZAN und die Ameisenmenschen
ISBN 3-930040-19-0

Jeder Band 19,80 DM

KVL

KRANICHBORN VERLAG LEIPZIG

Die Reihe der TARZAN-Geschichten
wird mit folgenden Bänden
fortgeführt:

TARZAN der Schreckliche
ISBN 3-930040-21-2

Deutsche Erstveröffentlichung
TARZAN, Herr des Dschungels
ISBN 3-930040-22-0

Deutsche Erstveröffentlichung
TARZAN und das verschollene Reich
ISBN 3-930040-23-9

TARZAN der Unbesiegbare
ISBN 3-930040-24-7

KRANICHBORN VERLAG LEIPZIG